ATTRACTION
DANGER

ELLIE ACH

EDEN

Couverture : Shutterstock / Studio City

ISBN : 978-2-8246-1529-5
Code Hachette : 77 2987 0

Collection dirigée par Christian English & Frédéric Thibaud
Catalogues et manuscrits : city-editions.com/EDEN

Dépôt légal : Août 2019

1

Quand j'arrive au *Hard One*, il y a un monde de dingue. Je ne peux pas faire un pas sans marcher sur les pieds de quelqu'un. Même pour un samedi soir, la boîte est bondée, et mon mal de crâne est mis à mal par la musique assourdissante qui règne ici. J'aurais dû rester à la maison pour me reposer, mais je ne pouvais pas dire non à Austin et Lily. Ils ont emménagé ensemble il y a un mois et ont été très occupés à faire quelques travaux dans leur nouvelle maison. Du coup ils ont insisté pour que nous nous retrouvions tous ensemble ce soir histoire de nous voir en dehors du boulot. J'aurais adoré l'idée si je n'étais pas autant crevé. Ça fait deux semaines maintenant que je dors à peine et j'ai une tête de déterré. C'est pas cette nuit que je vais rencontrer la femme de ma vie, ou alors c'est qu'elle kiffe les zombies.

Je finis par me faufiler à travers la foule jusqu'au bar, où mes amis m'attendent. Austin et Lily sont trop occupés à se rouler des pelles pour me voir arriver, mais heureusement Alexia me fait un petit signe de la main et je les repère facilement. Elle a l'air fatiguée elle aussi, et ravie de me voir. À mon avis, ça fait un moment qu'elle tient la chandelle et elle a dû faire face à un peu trop d'échange de salive depuis tout à l'heure.

— Il était temps que tu arrives ! crie-t-elle à mon oreille alors que je lui fais la bise. J'ai cru que j'allais assister à la conception de mes futurs neveux et nièces ici même.

Je me marre alors que Lily rougit et qu'Austin ébouriffe les cheveux de sa sœur. Il a beau être plus jeune qu'elle, il a sans cesse tendance à la taquiner et à jouer les grands frères protecteur. En même temps je le comprends, tous les trois nous nous connaissons depuis toujours et quiconque ferait du mal à sa frangine aurait affaire à moi. Mon pote me donne une tape virile dans le dos et j'embrasse les joues de sa charmante petite amie. Au début, Lily me plaisait bien et j'avais envie de sortir avec elle. Je ne suis pas un connard. Je mentirais si je disais que je n'ai jamais eu de coup d'un soir mais ce n'est pas mon but, j'ai vraiment envie de construire une relation stable avec quelqu'un. Il s'avère que Lily est mignonne et une fille très bien, alors je m'étais dit pourquoi pas ? Mais quand je les vois tous les deux, je comprends que ça aurait été une grave erreur et qu'ils sont véritablement faits l'un pour l'autre. Leur bonheur fait plaisir à voir.

— Qu'est-ce que tu bois ? me demande Austin.

— Une bière, s'il te plaît.

— Ça atténuera l'odeur de cerise, rigole Alexia en fronçant son petit nez.

J'adore les chewing-gums à la cerise, j'en mâche à longueur de journée, ce qui fait toujours se marrer mon amie qui pense que c'est un goût pour filles. Austin fait signe au serveur qui me rapporte une Bud bien fraîche. Je n'ai pas intérêt à trop abuser ce soir ; vu mon état de fatigue, je ne vais pas faire long feu.

— T'as une sale gueule, me fait remarquer Alexia.

Autant avec les autres elle est douce et gentille, autant avec moi elle a zéro filtre. Et réciproquement.

— Toi aussi. Tes cernes sont presque aussi gros que ton cul.

Elle me frappe à l'épaule, fort, et je grimace alors qu'elle me traite de crétin. C'est mérité, j'avoue.

— Je plaisante, ma belle, ton cul est parfait.

Je me penche pour admirer son fessier et j'ai droit à un nouveau coup sur le bras. Comment une fille aussi petite peut avoir autant de force ? Elle m'arrive à peine à l'épaule !

— Sérieusement, t'as l'air claqué. Beaucoup de boulot à la librairie en ce moment ?

Alex a son propre magasin, où elle travaille avec Lily. Elle se l'est achetée avec l'héritage de ses parents, malheureusement décédés dans un accident de voiture. La librairie Grimm s'est fait une belle réputation dans le centre de Brooklyn, aussi bien pour sa grande variété d'articles que pour l'accueil chaleureux et souriant de la propriétaire. Et avec Lily comme second, le charme dans la boutique a doublé. De ce fait, elles ont de plus en plus de monde et si ça continue une troisième personne ne sera pas du luxe.

— Ça tourne bien, on n'arrête pas une seconde. Mais j'aime autant, ça renfloue les caisses et puis le travail m'évite de trop cogiter.

— Quelque chose te tracasse ?

— Non, non, ça va. Et vous, chez AG Motors, ça roule ?

Je ris de ce jeu de mots pourri alors qu'Austin lève les yeux au ciel. Il a repris le garage de son père dès qu'il a eu son diplôme et il a fait de moi son associé. Nous sommes passionnés de voitures depuis tout mômes, la faute à son paternel qui nous emmenait bosser dans son garage sur des bagnoles plus classes les unes que les autres dès que nous avions cinq minutes de libres. C'était un chic type son père, comme le mien. Nos familles s'entendaient très bien et ça a été un coup dur pour tout le monde quand l'accident a eu lieu. Alors ce garage automobile, c'est un peu une deuxième maison, pour Austin comme pour moi. Nous nous défonçons pour le faire tourner mais ça en vaut la peine.

— On a du travail par-dessus la tête, comme d'habitude.

— Ce n'est peut-être pas le moment de vous demander de venir jeter un œil sur ma caisse, alors ?

Alexia a une magnifique Chevrolet Nova gris métallisé, une pure beauté. Et un vrai plaisir à conduire, d'autant qu'elle en a sous le capot. C'est un sacré bolide, mais ça reste une antiquité qui a besoin d'un entretien régulier. Elle appartenait à leur père et je sais qu'Alexia ne voudra jamais s'en séparer.

— Qu'est-ce qu'elle a ?

— Je n'en sais rien, elle fait un drôle de bruit depuis plusieurs jours et j'ai eu du mal à la démarrer ce matin.

— Je viendrai y jeter un œil demain si tu veux, lui proposé-je. Je passe chez mes parents et c'est juste à côté.

— Merci, Matt.

Ça veut dire qu'il faudra que je me lève encore un peu plus tôt pour aller chez elle avant de passer voir mon père et ma mère. Tant pis, je dormirai quand je serai mort.

La soirée est agréable et nous discutons pendant des heures. Les filles nous traînent sur la piste de danse et nous nous trémoussons tous les quatre en riant. Parfois nous inversons les cavalières et ça me fait plaisir de voir qu'Austin a assez confiance en moi pour me laisser danser avec Lily alors qu'au début il était fou de jalousie dès que je posais les yeux sur elle. Le fait qu'elle n'arrête pas de le dévorer du regard, bien qu'elle soit dans mes bras, doit grandement l'aider à se détendre. Mais je ne me vexe pas et je lui rends bien volontiers sa moitié pour reprendre Alex contre moi lorsqu'un morceau lent de Coldplay démarre.

— Tu n'es pas mauvais comme partenaire de danse, me dit-elle.

— C'est parce que j'ai eu un très bon professeur.

Quand nous étions gosses, c'est elle qui m'a appris à danser pour impressionner Cordélia Runningam, la bombe du collège. Elle s'esclaffe en se remémorant ses fameux cours du mercredi soir.

— C'était pas gagné, tu m'as écrasé tant de fois les orteils que j'ai boîté pendant des jours.

— Avoue que ça en valait la peine.

Je la fais tournoyer puis je penche son corps en arrière et ses longs cheveux bruns cascadent dans son dos. Elle rit lorsque je la relève et place ses bras autour de mon cou. Ses yeux bleus brillent sous la lumière diffuse du *Hard One* et elle me fait un grand sourire.

— Merci, c'est agréable de rire, j'en avais besoin.

— Moi aussi. Tu veux me parler de ce qui ne va pas ?

Je la connais assez pour savoir qu'un truc ne tourne pas rond, et elle aussi, malheureusement.

— Et toi, tu veux me dire pourquoi tu fais cette tête ?

Si j'insiste, elle finira peut-être par me raconter ses problèmes, mais elle essayera de me tirer les vers du nez à son tour et je n'ai franchement aucune envie de lui parler de tout ça. Je veux que personne ne soit au courant.

— Et si je te payais un verre plutôt ?

Elle acquiesce et je l'emmène au bar où nous buvons tous les deux un rhum-Coca. Puis un deuxième, et un troisième. Quand Austin et Lily nous abandonnent, Alexia et moi en sommes au… j'arrive même plus à compter mais nous avons beaucoup trop bu, ça, c'est sûr. Cependant nous oublions le temps d'une soirée nos emmerdes, quelles qu'elles soient, et ça fait du bien.

*

J'ai l'impression d'avoir un essaim d'abeilles dans le crâne et ma bouche est aussi pâteuse que si j'avais avalé un tube entier de dentifrice. Dentifrice au goût vomi, je dois le préciser. J'essaye péniblement d'ouvrir les yeux mais la chambre tourne autour de moi et j'ai du mal à faire le point. Putain, la cuite ! Je savais que j'aurais dû y aller mollo, mais avec Alexia, nous rigolions bien et…

Oh merde! Merde, merde, merde, merde, merde ! Dites-moi que je n'ai pas fait ça, pitié, s'il vous plaît. Je ferme fort les paupières en laissant les images floues d'hier m'envahir. Alex et moi au bar, avalant les rhums-Coca les uns après les autres. Nous sur la piste de danse, collés serrés. Mes doigts qui s'égarent sur ses fesses. Ses joues qui rougissent mais ses mains qui ne me repoussent pas. Son souffle contre mon oreille. Ma bouche sur la sienne. Une envie subite, foudroyante, dévastatrice. Elle qui me chevauche dans le taxi, sa langue dans ma bouche. Moi qui la pousse dans mon appart et la plaque contre la porte d'entrée. Et ensuite dans mon lit… Bordel de putain de merde ! Je ravale la nausée qui remonte ma trachée et tente un coup d'œil sur ma droite. Elle est là. Punaise, elle est bien là, endormie à côté de moi. Je n'ose pas relever le drap mais je suis quasi sûr qu'elle est à poil. Et moi je suis un homme mort.

Un léger gémissement s'échappe de ses lèvres roses alors qu'elle s'étire de tout son long, faisant glisser la couverture vers le bas et dévoilant un peu plus de peau de sa poitrine. Ma tête me dit de me retourner, mon sexe, lui, veut que je me régale du spectacle qui m'est offert et se met au garde-à-vous. J'essaye de faire preuve d'un peu de bon sens et je m'oblige à lever les yeux vers son visage, et ses deux prunelles bleues me fixent. Elle est réveillée. Je ne sais pas trop à quoi m'attendre, et son silence ne m'aide pas du tout. J'espère une réaction, mais elle reste totalement inerte tout en me dévisageant, si bien que je me demande si elle ne dort pas les yeux ouverts.

— Alex ?

— J'étais en train de prier pour être en train de rêver. Dis-moi que t'es simplement un effet de mon imagination bien trop débordante.

— J'aimerais bien.

Je lui fais un sourire contrit alors qu'elle bondit dans le lit, en plaquant le drap contre ses seins. Fini le spectacle. Le calme dont elle faisait preuve jusqu'à présent laisse place à la panique. Ses yeux sont exorbités, et elle ouvre et ferme la bouche comme un poisson hors de l'eau. Dans cinq minutes elle va nous faire un malaise. O.K., c'est un choc pour moi aussi, mais là, je suis presque vexé.

— Respire, Alexia.

— On n'a pas fait ça quand même ?

— J'ai bien peur que si. Tu ne te souviens de rien ?

Son regard se perd un instant sur mon torse et j'ai la sensation que ma peau prend feu sous son inspection minutieuse. Bordel, d'où ça vient, ça ? Elle clôt un instant les paupières avant de hocher la tête et de murmurer :

— Si. Si je me souviens. Et mon corps aussi.

Elle bloque un instant sur son entrejambe, sûrement un peu douloureux après nos galipettes, et je ne peux pas m'empêcher de sourire. Ben oui, quoi, je suis un mec, j'ai une grosse queue, et je sais m'en servir, il y a de quoi être fier. Enfin, jusqu'à ce qu'elle me frappe. Encore.

— Arrête de fanfaronner, Rocco Siffredi, on n'a pas de quoi se réjouir.

— Crois-moi, je le sais. Si ton frère apprend ça, il va me buter.

Comme si c'était encore possible, ses yeux s'arrondissent un peu plus et elle plaque une main sur sa bouche. Elle ne va pas vomir quand même ?

— Il ne faut rien lui dire. Ni à lui ni à personne. Ça doit rester entre nous. On a fait une connerie, mais on est des adultes. Alors, on oublie et on passe à autre chose.

— Bien.

D'un côté, c'est exactement ce que j'espérais entendre ; d'un autre, je ne sais pas pourquoi, mais ça me fout les boules. Royalement. J'ai besoin de m'isoler un instant pour me remettre les idées en place, accessoirement pour pisser. Je me lève, entièrement nu, et je vois Alexia se retourner comme une vierge effarouchée.

— Oh, c'est bon, je te rappelle que tu l'as vu en gros plan cette nuit.

Un souvenir de sa langue parcourant la longue veine de mon sexe me revient à l'esprit et je me mords la joue pour ne pas grogner de plaisir. C'était trop bon. Mal, mais vraiment bon. Alex me jette un oreiller en pleine figure et les images de sa bouche magnifique sur ma queue s'effacent. Je fonce dans la salle de bains et je réponds à l'appel de la nature. Je me passe de l'eau sur le visage, fais face à mon reflet dans le miroir. J'ai toujours la même tête de zombie, mais un zombie avec une gueule de bois du tonnerre. Autant dire que je fais peur. Je remarque alors sur mon torse quelques traces rouges, ainsi que sur mes cuisses et près de mon pénis. Elle m'a mordu. À plusieurs reprises. Et je me rappelle avoir adoré ça. Rien que d'y songer, je durcis à nouveau. Il faut que je me reprenne ; c'est Alexia, merde ! La sœur de mon pote, qui me connaît depuis que je suis né, qui m'a vu avec un appareil dentaire et plein de boutons sur la gueule.

Je me brosse les dents mais j'oublie le rasage pour l'instant. Ce n'est pas ma priorité. D'autant que j'entends du bruit de l'autre côté de la porte. J'enfile un caleçon propre et un short de sport qui traîne puis je repars dans ma chambre. Alexia est agenouillée, elle cherche de toute évidence quelque chose sous mon plumard.

— Je peux t'aider ?

Elle se cogne contre le lit en se redressant et ça me fait rire, ce qui me vaut un regard noir. Elle brandit une chaussure noire à talon devant elle avant de la passer à son pied. Je la détaille de haut en bas maintenant qu'elle est rhabillée et j'ai la sensation de la voir pour la première fois. J'ai toujours su qu'elle était jolie, oui, mais je n'avais jamais remarqué à quel point ses lèvres sont charnues. Je n'avais jamais vu que le bleu de ses yeux est si profond, aussi ténébreux que la nuit. Que son nez fin garde encore la trace du piercing qu'elle s'était fait faire à l'adolescence. Que son décolleté dans ce débardeur kaki lui fait une poitrine à damner un saint. Et que sa taille fine et ses hanches voluptueuses sont mises parfaitement en valeur dans ce pantalon en cuir prune. Et je ne vous parle même pas de son cul.

C'est quand elle se gratte la gorge en haussant les sourcils que je me rends compte que je la mate depuis un peu trop longtemps.

— Tu peux prendre une douche. Enfin, si tu veux. Ou t'as peut-être envie d'un café ?

— Non, là j'ai surtout besoin de rentrer chez moi et de me planquer sous un oreiller pendant la prochaine décennie.

— Alex…

— Je dois y aller. On se voit plus tard, Matt.

Et elle détale de mon appartement aussi vite que si une meute de loups lui collait au train. Pendant une seconde, je pense à toutes ces filles qui se font larguer comme des merdes un lendemain de baise par un mec qui ne souhaitait que tirer son coup. Et j'avoue que j'ai un petit pincement dans la poitrine. Je mets ça sous le coup de mon ego de mâle et puis, après avoir ingurgité à peu près dix litres de café, je me dis que je devrais plutôt remercier le ciel qu'Alex n'ait pas pris cette nuit trop au sérieux. J'aurais été bien plus embêté si elle s'était mis en tête que notre petite histoire avait de l'importance. Avec tout ce qui se passe dans ma vie en ce moment, ce n'est pas le bon timing pour m'engager avec qui que ce soit. Et quand bien même, jamais ce ne pourrait être Alexia, elle est comme une sœur. Enfin, elle l'était. Merde, j'espère juste que je ne viens pas de ruiner une amitié qui dure depuis plus de vingt ans.

2

Vers dix heures, j'arrive chez mes parents, la tête encore embrumée. Même après avoir avalé l'équivalent de mon poids en café, la gueule de bois me scie encore le crâne. Ou alors mes neurones éclatent comme du pop-corn après la nuit que j'ai passée avec Alexia. Je n'ai pas pu me résoudre à aller chez elle pour voir sa voiture, comme c'était prévu. Même si j'ai essayé de rester cool ce matin, j'avoue que cette histoire me met mal à l'aise et je ne sais pas trop comment réagir. Je me dis que vu la vitesse à laquelle elle est partie, ça l'arrange sûrement que je ne me pointe pas aujourd'hui.

Quand j'entre dans la maison de mon enfance, ma mère est déjà en train de préparer le déjeuner. Je me souviens que lorsque j'étais enfant, je râlais toujours parce que le matin ça sentait déjà la viande cuite, les pommes de terre sautées ou la bolognaise dans toute la baraque. Autant dire que ça ne donne pas envie d'avaler quoi que ce soit après le réveil. Ma mère n'ayant jamais travaillé, je n'ai jamais compris ce besoin de préparer à manger si tôt. Mais ça fait partie de ses petits rituels quotidiens et je pense que ça ne changera pas.

Quand elle me voit, ses prunelles se mettent à pétiller avant qu'elle ne vienne me serrer dans ses bras. J'ai les mêmes yeux marron qu'elle, si foncés qu'on les croirait presque noirs. Pour tout le reste, je ressemble trait pour trait à mon père. Mes cheveux châtains, ma mâchoire carrée, ma carrure de rugbyman et la fossette dans ma joue gauche. Mais je suis content d'avoir les yeux de ma mère, mon regard sombre a toujours fait chavirer les filles.

— Bonjour, mon lapin, dit-elle en m'enlaçant.

— Bonjour, maman. Tu sais que je suis un peu trop grand maintenant pour que tu me donnes encore ce surnom ridicule.

— Mon chéri, désolée, mais tu seras toujours mon petit lapin. C'est comme ça. Privilège de maman.

Elle me fait un grand sourire et je la presse un peu plus contre moi. Cora Adams est la femme la plus gentille et la plus douce du monde. Nous n'avons jamais eu beaucoup d'argent et avons connu des périodes difficiles où la plupart des gens se seraient écroulés. Mais ma mère n'a jamais perdu son magnifique sourire, pas une seule fois. Même encore maintenant, alors que les difficultés s'accumulent pour mon père et elle.

— Tu as une mine affreuse. Est-ce que tu manges correctement au moins ?

— Je fais deux fois ton poids, bien sûr que je mange ! J'ai simplement été boire quelques verres avec les copains hier et j'ai un peu abusé.

Elle tourne légèrement mon visage vers la droite avec sa petite main froide et elle plisse les yeux en observant mon cou.

— Avec tes copains, hein ? Mon lapin, je suis peut-être ta mère, mais je ne suis pas née de la dernière pluie. Et si je ne m'abuse, ce que tu as dans le cou, c'est un suçon. Alors, à moins que tu aies changé de bord... Non pas que ça me dérangerait. En fait, ça pourrait être assez drôle. Le fils de Mme Garber est gay et il l'emmène tout le temps faire les boutiques. Il a un goût très sûr ! Elle s'est métamorphosée depuis qu'il l'a relookée et…

— Maman ! Stop. Désolé de te décevoir mais je suis cent pour cent hétéro, il va falloir que tu t'occupes seule de ta garde-robe.

Elle continue néanmoins de me parler du rejeton de la vieille Garber et j'ai presque l'impression qu'elle veut me caser avec lui. Du délire ! Pendant qu'elle parle, je masse ma nuque et passe mes doigts sur le fameux suçon. Je n'ai jamais été adepte de ce genre de chose, laisser ma trace sur une fille, ou inversement. Mais cette nuit, alors qu'Alex aspirait ma peau entre ses lèvres pulpeuses et qu'elle me mordillait, je pense que je n'avais jamais été aussi excité de ma vie. Ça me plaisait de savoir qu'elle me marquait, comme si j'étais à elle, et qu'elle avait autant envie de me dévorer que moi j'avais besoin de la posséder. Je me souviens aussi que plus elle se repaissait de ma peau, plus je plantais mes doigts dans sa chair tendre. Si moi aujourd'hui j'ai quelques suçons à droite à gauche, elle doit avoir l'empreinte de mes doigts partout sur son corps. Et, putain, ça me file la gaule rien que d'y penser.

J'essaye de chasser toutes les images de cette nuit débridée en secouant la tête, ce qui me vaut un nouvel élancement dans le crâne. Lorsque je grimace de douleur, ma mère s'arrête enfin de déblatérer sur Garber junior et me passe une main sur le front.

— Ça va, mon chéri, tu es malade ?

— Non, ça va, ne t'inquiète pas. Où est papa ?

Le visage de ma mère s'assombrit un instant avant de s'illuminer à nouveau, comme si de rien était. Pourtant je ne suis pas dupe. Je connais bien mon paternel. C'est un homme bon et qui voue un amour sans borne à sa famille, maman et moi sommes toute sa vie. Mais quand il a une simple grippe, il est déjà infernal, alors maintenant qu'il se retrouve fortement diminué, il doit faire vivre l'enfer à sa femme.

— Il est dans le salon, il regarde une série policière.

— O.K., je vais aller voir comment il va.

Je l'embrasse sur le front et me dirige vers le salon. Je m'arrête un moment à l'entrée de la pièce pour observer mon père. Beaucoup diraient qu'Adrian Adams est un homme lambda. Il n'a pas fait une grande carrière, il possède une modeste maison, il n'a jamais voulu que son épouse travaille donc il n'a jamais eu beaucoup d'argent en poche et il a un fils mécano qui a passé sa quasi-scolarité en heures de colle. Un homme normal, sans plus.

Mais pour moi, mon papa est un héros. Il m'a encouragé à finir mes études mais il ne m'a jamais mis la pression et a été très fier quand je suis devenu l'associé d'Austin. Pour lui, le plus important a toujours été que je fasse quelque chose qui me plaît. S'il n'a pas voulu que ma mère travaille, c'est parce qu'il savait que sa passion était la peinture et qu'il souhaitait qu'elle passe son temps libre avec un pinceau à la main plutôt que de gagner une misère dans un supermarché ou dans un petit bureau minable. Sa maison n'est pas très grande, certes, mais il l'a pratiquement bâtie de ses propres mains et elle est le reflet de notre famille. Chaleureuse. Remplie d'amour. Quant à son travail, mon père s'est saigné aux quatre veines dans son entreprise de construction afin de subvenir à nos besoins. Si bien que cette année son cœur trop sollicité a lâché et il a fait une crise cardiaque. Même s'il va mieux, son état physique en a pris un coup et son moral aussi, par la même occasion. Deux mois après, je le trouve encore fatigué, amoindri. Il ne me paraît plus aussi impressionnant que lorsque j'étais petit, il a vieilli.

— Tu viens t'asseoir ou t'espères encore grandir ? Parce que tu fais déjà une tête de plus que moi alors je pense que là, ça suffit.

Mon père est aussi large qu'un bœuf, mais il n'est pas très grand, un mètre soixante-dix et quelques. Alors, avec mon bon mètre quatre-vingt, je le dépasse largement. Pourtant il y a encore quelques mois, j'avais l'impression qu'il était l'homme le plus fort au monde. Aujourd'hui, il me semble que c'est à moi de le protéger. Et je suis prêt à tout pour lui et ma mère.

— Comment ça va, papa ?

— Bien, mon fils. Très bien. Et toi ?

— Ça va. Austin et moi, on bosse comme des dingues au garage, mais je ne m'en plains pas.

— Pas de petite amie ?

Je ne sais pas pourquoi mais le visage d'Alexia s'imprime devant mes prunelles noires d'encre et je passe machinalement mes doigts sur mon cou. J'ai déjà eu des petites amies, mais je n'en ai jamais présenté à mes parents. Ce n'était pas assez sérieux et le jour où je leur amènerai une femme, c'est que je serai fou amoureux. Et je sais qu'ils attendent ce moment avec impatience.

— Non, pas pour l'instant.

Il hoche la tête mais il ne m'a toujours pas adressé un regard, il reste focalisé sur sa série. Et je sais que c'est parce qu'il a peur que je ne lise trop bien en lui. Quand je suis venu il y a deux semaines, il m'a dit qu'ils avaient quelques soucis d'argent, puisqu'il ne peut plus travailler autant qu'avant, mais que ça allait s'arranger. Seulement, je ne peux ignorer ni son air triste et abattu ni la lettre de retard de paiement que j'ai aperçue en passant sur la table de la salle à manger. Je m'empare de la télécommande et coupe le son, ce qui oblige mon père à se tourner vers moi.

Je demande d'un ton ferme :

— Comment ça va, papa ?

Il souffle et se passe une main sur le visage, las.

— J'ai vu le médecin, jeudi. Il dit que mon cœur va mieux mais si je reprends un rythme de travail aussi intensif qu'avant, il ne donne pas cher de ma peau. Et même si je le voulais, je m'en sens incapable. Les types au boulot sont sympas, ils me confient les tâches les plus simples. Mais moins d'heures sup veut dire moins d'argent et on commence à être dans la merde. Vraiment. Je ne sais pas comment faire.

Ça me fend le cœur de le voir comme ça. Pas seulement malade, mais aussi honteux. Parce que, oui, il a honte de ne plus être capable d'assumer les besoins de sa famille, alors qu'il n'a fait que ça ces trente dernières années. À présent, il a le droit de souffler un peu, il doit se reposer.

— Papa, tout ce qui compte, c'est ta santé, tu dois te concentrer sur ça. Pour le reste, ne t'en fais pas, je vais m'en charger.

— Ce n'est pas à toi de t'occuper de nous.

— Bien sûr que si. Tu as pris soin de moi jusqu'à présent, maintenant c'est mon tour. De toute façon, tu n'as pas vraiment le choix.

Il baisse la tête, signe que j'ai raison et que leur situation financière est sûrement encore pire que ce qu'il veut bien me dire.

— Comment tu vas faire pour nous aider ? Tu l'as dit toi-même, tu as déjà une tonne de boulot au garage et même si tu gagnes correctement ta vie, tu ne peux pas payer tes factures et nos dettes. Crois-moi, ça fait beaucoup.

— Je me débrouillerai. Fais-moi confiance, ça va s'arranger.

Il pose une main sur mon épaule, l'autre est serrée sur sa cuisse. Il se sent impuissant. Et quand je jette un œil derrière moi et que je vois ma mère, les yeux brillants de larmes, je me sens mal comme jamais. Il faut que je les aide. Je ne sais pas encore comment, mais je vais trouver.

*

Quand je rentre enfin à l'appart, je suis complètement vanné. Entre mes insomnies, ma gueule de bois et les problèmes de mes parents, j'ai la sensation que ma tête va imploser. Je me masse les tempes, espérant atténuer un peu mon mal de crâne, mais la sonnerie stridente de mon téléphone me tire un grognement. Je raccroche sans même prendre la peine de regarder qui appelle, je n'ai envie de parler à personne de toute façon. Quand il se remet à sonner, cette fois je regarde le nom qui s'affiche sur l'écran, de peur que mon père n'ait eu un infarctus de nouveau. Même si je viens de les quitter, ce genre de chose peut arriver très vite. Heureusement, ce n'est pas ma mère, mais Alexia. J'hésite un instant, le doigt au-dessus du bouton vert. Et si elle voulait parler de ce qui s'est passé hier ? Ou si elle m'engueulait pour ne pas être passé ce matin ? Ou alors elle peut juste m'appeler pour une connerie, comme elle l'a toujours fait. Mais aucune de ces situations ne me plaît. Je ne suis ni d'humeur à me prendre la tête avec quelqu'un, ni à jouer la comédie en faisant comme si rien ne s'était passé. Finalement, le temps que je me décide, la sonnerie s'arrête. J'attends quelques secondes avec le téléphone à la main, au cas où elle rappellerait, mais plus rien.

Je souffle de soulagement et m'installe confortablement dans mon canapé, un bras sous ma tête et les pieds sur la table basse. Mon appart n'est pas très grand mais il l'est suffisamment pour une personne seule et je m'y sens plutôt bien. La cuisine est impeccable, moderne, dans des tons gris foncé, mais je ne m'en sers presque jamais. Je suis une calamité dans une cuisine et me contente donc de plats à emporter. Mon salon en cuir blanc ressort bien sur les murs peints en rouge brique. C'est la seule excentricité que je me suis permis, à côté de ça j'ai opté pour l'absence de décoration. Pas de cadres, pas de bibelots, juste ma télé et un petit bureau en métal et en verre dans un coin de la pièce. Ma chambre est tout aussi impersonnelle, mais ça me convient.

Je songe à aller m'étendre sur mon lit mais à la télé il passe une rediffusion de *L'Étrange Noël de monsieur Jack* et je me laisse happer par l'histoire. Je me réveille en sursaut environ deux heures plus tard, la nuque endolorie mais mon mal de tête apaisé. Pendant mon sommeil, mon smartphone est tombé du canapé et je me baisse pour le ramasser. L'écran clignote alors et je remarque que j'ai un SMS d'Alex. Quand je l'ouvre, je vois une photo d'elle, à côté de sa voiture sur le bas-côté d'une route de campagne. Elle est couverte de cambouis et j'ai l'impression que ses yeux me lancent des missiles à travers l'écran. J'essaye de suite de l'appeler mais je tombe sur son répondeur. J'enchaîne les appels pendant un bon quart d'heure, sans succès. Je finis par appeler Austin ; apparemment elle a aussi essayé de le joindre mais lui et Lily étaient occupés (autrement dit, ils étaient en train de baiser) et il n'a pas entendu son téléphone sonner.

Le soir venu, personne n'a réussi à la joindre, et nous nous faisons tous un sang d'encre. Je fais les cent pas dans mon appart, attendant un coup de fil d'elle, d'Austin, ou du pape, peu importe tant que celui qui m'appelle me dit qu'elle va bien. Mon pote m'avertit vers vingt-deux heures que tout est O.K., qu'elle a trouvé quelqu'un pour venir la chercher et que Lily s'occupera de l'emmener au boulot jusqu'à ce que nous réparions sa Chevrolet. Une fois raccroché, je renvoie un message à Alexia pour lui demander de m'excuser. J'aurais dû passer ce matin. J'ai merdé. Je reçois un SMS dix secondes plus tard :

Sale con.

Simple. Concis. Ouais, j'ai bien merdé.

3

Cela fait quatre jours qu'Alexia m'a traité de con après être tombée en panne sur une nationale, perdue dans la campagne. Depuis, elle n'est pas venue avec Lily pour que nous mangions tous ensemble, comme tous les midis. Elle n'a pas non plus répondu à mes messages, ni à mes appels. Elle est de toute évidence furieuse, et ça m'emmerde vraiment. Je n'arrête pas d'y penser, alors que j'ai déjà mille choses en tête. Je n'ai toujours trouvé aucune solution pour mes parents mais ça devient urgent. Mon père m'a appelé hier, dans le dos de ma mère, pour me dire qu'ils avaient une nouvelle facture impayée et que si ça continuait on allait leur couper l'électricité. Je dois vraiment me démerder. Néanmoins, même si ça devrait être ma seule préoccupation, ma dispute avec Alexia me prend tout autant la tête. Sans compter que je n'arrive pas à oublier ce qui s'est passé entre nous cette nuit-là. Moi qui dormais déjà peu, j'en ai carrément perdu le sommeil.

— Ne t'en fais pas, Alex va se calmer. Je ne comprends pas pourquoi elle t'en veut autant, moi non plus je ne lui ai pas répondu.

Nous sommes assis tous les trois dans le bureau d'Austin, Lily à moitié sur ses genoux tant ces deux-là sont incapables de ne pas se toucher pendant cinq minutes. Nous mangeons nos sandwichs tranquillement mais je n'ai pas vraiment faim. J'ai perdu trois kilos déjà et je n'ai pas eu beaucoup de temps pour aller à la salle de musculation ces dernières semaines. En fait, j'envisage d'arrêter carrément. Si j'économise le montant de l'abonnement, ça sera déjà ça en plus que je pourrai donner à mes parents. Il faudra que je trouve une autre façon de me tenir en forme, je tiens à mes quatre-vingt-cinq kilos de muscles.

— Ce n'est pas seulement le fait de ne pas avoir répondu. Je devais passer voir sa voiture ce matin-là et je n'y suis pas allé. Si j'avais respecté ma parole, j'aurais vu tout de suite qu'il y avait un problème d'injection et elle n'aurait pas pris sa Chevrolet.

— T'as oublié, mec, ça arrive.

Je lui ai dit que j'avais complètement zappé, ça m'a semblé mieux que de lui avouer que j'étais trop gêné pour faire face à sa sœur après l'avoir culbutée comme un fou furieux la nuit d'avant. Sinon on trouverait encore des traces de ma cervelle partout sur les murs.

— Je ne suis pas sûre que ça ne vienne que de toi. Elle n'a pas l'air bien en ce moment, nous avoue Lily.

— Ah bon ?

— Non, je la trouve préoccupée. Parfois elle paraît carrément éteinte. Quand on est sortis tous ensemble au *Hard One*, ça faisait un moment que je ne l'avais pas vue sourire autant, depuis un sacré bail !

Austin fronce les sourcils, et sa mine inquiète doit à peu près refléter la mienne. Elle m'a avoué à demi-mot avoir des soucis en boîte, mais je n'ai pas insisté pour savoir. J'aurais sans doute dû. Décidément, je me sens comme le pire des imbéciles en ce moment.

— T'as une idée de ce qui la tracasse ? demande Austin à Lily.

— Non. J'ai essayé d'en parler avec elle mais elle m'a dit que je me faisais des idées et que tout allait bien. Sauf que plus les jours passent, et pire c'est.

On se met tous alors à fixer nos repas respectifs, comme s'ils allaient nous donner la réponse à l'énigme qu'est Alexia Grimm. Ça me soulage de savoir que je ne suis pas le seul responsable de sa colère et de sa tristesse. Et en même temps, ça m'énerve parce que si j'étais le seul à avoir foiré, il me suffirait de ramper à ses pieds pour qu'elle me pardonne et ensuite tout irait de nouveau mieux. En tout cas pour elle. Mais là, je ne peux pas l'aider. Pas si elle ne veut rien dire. Et maintenant qu'elle et moi avons commis l'irréparable, je suis sûrement la dernière personne à qui elle a envie de se confier.

Soudain, Austin frappe fort sur le bureau avec le plat de sa main.

— Ça y est, je sais, c'est à cause de la maison !

Lily et moi, nous nous regardons, perdus, alors que mon pote paraît fier de lui d'avoir enfin trouvé le problème de sa frangine.

— Ça fait un moment qu'elle me dit qu'elle se sent mal dans la maison de nos parents. Elle nous appartient, mais on n'y a jamais vraiment touché, tout est resté comme lorsqu'ils étaient encore en vie. C'est un peu pour ça que j'avais du mal à y remettre les pieds. Alors qu'Alex n'a pas eu le choix, elle a entretenu cette maison comme elle a pu, à la manière d'un mausolée en l'honneur de papa et maman. Et maintenant que je lui ai laissé ma part, elle en est officiellement propriétaire et elle vit là-bas seule, entourée de murs remplis de fantômes du passé.

— C'est vrai que ça ne doit pas être évident de vivre au milieu de tous ces souvenirs, en ayant peur de s'approprier enfin les lieux, répond sa petite amie.

— Elle n'avait pas prévu de faire quelques travaux ? demandé-je.

— Si, mais elle n'arrive pas à trouver quelqu'un de confiance apparemment. Elle a suffisamment d'argent pour employer une personne compétente mais je crois qu'elle ne veut pas que n'importe quel étranger entre dans ce lieu sacré et touche aux affaires de la famille.

Je comprends parfaitement la réaction d'Alexia, et en effet ça pourrait expliquer en partie son mal-être. Même si je pense que ça va chercher plus loin que ça. Mais pour l'instant, je me contente de ces bribes d'informations. Parce qu'en y réfléchissant bien, la maison des Grimm est peut-être la solution pour qu'Alexia me pardonne. Et aussi pour aider mes parents.

*

À la fin de la journée, Austin et moi nous rendons à la librairie. Il est accueilli par une Lily plus que ravie, qui se jette dans ses bras. Moi, par contre, je n'ai droit qu'à un regard noir de la part d'Alexia. Elle continue à ranger la boutique, comme si nous n'étions pas là. Je profite de ce qu'elle est accaparée par son rangement pour la détailler. Ses longs cheveux bruns sont retenus dans une queue haute. Elle porte un jean brut et un pull léger blanc qui moule sa merveilleuse poitrine. Elle ne porte pas de maquillage, ce qui ne lui ressemble pas. Elle n'est pas le genre à se ravaler la façade à coups de truelle comme certaines, mais elle porte toujours au moins un maquillage discret qui met ses grands yeux bleus en valeur. Mais aujourd'hui rien, pas même une touche de mascara. Son regard si pétillant d'habitude semble terne et vide. Enfin, jusqu'à ce qu'il se pose à nouveau sur moi, en train de la dévisager. Ses prunelles se mettent alors à briller de colère et d'une pointe... de déception.

— Bon, nous, on va y aller. Alexia, on te ramène ? propose Austin.

— Non, je vais m'en charger.

Alex me regarde comme si des cornes m'étaient poussées sur la tête, avant de hocher vivement du chef par la négative.

— Même pas en rêve, Adams. Merci, Austin, j'en ai pour une minute.

Elle part en direction du bureau, sans doute pour récupérer ses affaires, et je jette un regard lourd de sens à mon meilleur pote. Pas besoin d'échanger un seul mot, nous nous connaissons assez, lui et moi. En quelques secondes, lui et Lily ont débarrassé le plancher, bien que celle-ci soit plutôt réticente à l'idée de me laisser seul avec une Alexia toujours aussi furax. Quand elle revient et qu'elle voit que son frère et son amie sont partis, elle souffle bruyamment en me fusillant des yeux.

— Très bien, je vais appeler un taxi, bougonne-t-elle.

— Oh, je t'en prie, ne soit pas ridicule, laisse-moi te ramener.

— Moi je suis ridicule ? Tu es sérieux ?

Elle se rapproche dangereusement de moi et mon instinct me dit de protéger mes parties car elle a l'air à deux doigts de me couper les couilles.

— Tu sais ce qui est ridicule, Matt ? C'est vous, les mecs ! Vous êtes des lâches, des salauds, vous profitez des nanas et ensuite vous n'avez même pas le courage de prendre vos responsabilités. Vous nous laissez dans la merde parce que c'est bien plus simple que d'agir en homme et d'affronter les conséquences de vos actes. Vous êtes des odieux personnages, manipulateurs, menteurs, égoïstes, et je vous déteste tous autant que vous êtes !

Voilà qui est clair, net, et précis. Elle veut ma peau. Et elle a raison. Mais d'un certain côté, je doute que tout ce beau discours ne concerne que moi, et je commence à croire que son problème n'a pas grand-chose avoir avec sa maison, mais plutôt avec un gars. Ce qui m'emmerde, parce que ça remet en cause tout mon plan. Et aussi parce que je n'ai aucune envie d'imaginer un connard dans la vie d'Alexia en ce moment.

Je me racle la gorge, une main toujours plaquée sur le devant de mon pantalon, au cas où, et j'avance lentement vers elle. À ce stade d'énervement, Alexia est comme un animal sauvage qu'il vaut mieux approcher avec douceur et méfiance. Elle peut me sauter au visage à tout instant. Mais plus je me rapproche, plus je vois la fatigue et la tristesse dans ses beaux yeux bleu marine, et plus j'ai envie de la prendre dans mes bras et de la consoler, malgré les risques de me faire trucider.

— Écoute, ma belle, tout ce que tu dis est vrai. J'ai agi comme le pire des enfoirés. Après la nuit qu'on a passée ensemble, je me suis senti mal à l'aise. Et au lieu de venir comme prévu le lendemain et d'en discuter avec toi pour mettre les choses à plat, j'ai préféré me terrer dans mon trou en espérant que ça s'arrangerait tout seul. Et à cause de moi, tu t'es retrouvée en panne en pleine cambrousse. Alors, vas-y, frappe-moi, je le mérite.

Je lui tends ma joue et ferme les yeux bien fort, en attendant de recevoir une gifle magistrale. J'essaye de me remémorer si Alexia porte des bagues ; si c'est le cas, elle va me péter la mâchoire. Elle a une passion pour les bijoux artisanaux énormes, du genre qui risque de me casser trois molaires à l'impact. Le temps passe, et toujours rien. Je rouvre un œil, la tête rentrée dans le cou pour amortir le choc au cas où elle me prendrait par surprise, et j'aperçois un léger sourire sur son visage. Mais vraiment léger.

— Je ne vais pas te frapper, abruti. Et recule, tu pues la cerise !

J'avale mon chewing-gum, qu'elle déteste tant, et lui fais un léger sourire en ouvrant mon deuxième œil.

— Pas de gifle ?

— Non.

Je souffle de soulagement et j'avance davantage vers elle, en me saisissant de ses mains. Je sens un faible courant électrique passer de ses doigts aux miens pour se répandre dans tout mon être. C'est étrange comme une nuit peut tout changer. Le regard que vous portez sur une personne, la réaction qu'elle déclenche dans chaque fibre de votre corps, l'envie de la plaquer contre vous jusqu'à ce qu'elle se fonde en vous. *Putain, je suis en train de débloquer là !*

— Alexia, je te demande pardon. Sincèrement.

Elle lâche mes mains et je me sens déçu de ne plus être physiquement lié à elle. Elle s'assoit et passe ses doigts fins sur son visage. Elle semble vraiment exténuée. Et pourtant, elle reste probablement la plus belle femme que je connaisse.

— Tout n'est pas ta faute. Je savais depuis un moment que ma voiture déconnait, je n'aurais pas dû la prendre. C'était stupide.

— Alex, on sait, toi et moi, que le fond du problème, ce n'est pas vraiment la voiture.

Elle fait une petite moue adorable et je me demande un instant si elle m'en voudrait si je venais passer ma langue sur cette bouche boudeuse qui me tente plus que la plus délicieuse des friandises. Alexia porte toujours des parfums à l'odeur de fruit. Quand elle passe quelque part, elle est poursuivie par une fragrance de pêche, de framboise ou de fraise. Aujourd'hui, elle sent l'abricot bien mûr, et j'ai une folle envie de découvrir si ses lèvres ont le même goût que ce parfum qui me met l'eau à la bouche. Je ne me rends compte qu'elle parle encore que lorsque j'entends mon nom résonner dans la pièce.

— … faute, Matt. On est deux à avoir… enfin, tu vois. Tu ne m'as pas forcée.

— Non, tu avais même l'air plus que consentante.

Nous nous regardons un long moment et je sais que les mêmes images de cette nuit défilent dans nos têtes. Nos corps emboîtés parfaitement l'un dans l'autre, mes grondements de plaisir, ses gémissements étouffés par ma langue dans sa bouche. Je sens le tissu de mon pantalon se tendre et je m'assois rapidement face à elle pour qu'elle ne découvre pas l'effet qu'elle me fait. Sinon, ce coup-ci, je pars avec un œil au beurre noir, c'est sûr.

— C'est vrai, et c'était une nuit fabuleuse. Ça me fait drôle de te dire ça à toi, étant donné qu'on se connaît depuis toujours, mais t'es doué, Matt Adams. Très doué.

Elle me lance un sourire insolent auquel je réponds sans hésiter, ma fierté masculine gonflée à bloc par ce compliment. Ce n'est pas la première fois qu'une femme vante mes prouesses, mais venant d'elle, ça prend un tout autre sens. Je me sens plus que fier de lui avoir procuré du plaisir, ça me rend… heureux. Et frustré. Parce qu'une partie de moi aimerait lui en donner encore. Et encore. Et encore.

— Je vous retourne le compliment, mademoiselle Grimm. C'était la nuit la plus torride de ma vie.

Et je le pense vraiment.

— Mais on est amis, toi et moi. Et ça ne doit pas

changer. Je ne veux pas me fâcher avec toi, je ne veux pas que tu te sentes mal à l'aise en ma présence, et je ne veux pas que tu me laisses en plan parce que tu te mets à flipper que je veuille t'épouser ou un truc comme ça.

Je me mets à rire et un faible ricanement lui échappe également. Voilà une des nombreuses raisons qui font que j'adore cette nana. Elle sait comment me parler, comment ne pas dramatiser une situation que moi-même j'ai eu tendance à rendre dramatique, et elle me pardonne mes conneries comme seule une amie peut le faire.

— Vaudrait mieux pas pour toi qu'on se marie. Je suis un piètre cuisinier, j'ai une famille envahissante et en matière de sexe je suis insatiable. Tu serais vite épuisée avec moi.

— Insatiable, vraiment ? À quel point ?

— Oh, je dirais deux ou trois fois…

— Par semaine ? Ça va, c'est la base.

— Par nuit.

— Par nuit ?!

Elle ouvre de grands yeux alors que sa mâchoire touche presque le sol et cette fois-ci j'explose de rire.

— Chérie, maintenant que je sais à quel point c'est bon d'être en toi, il me faudrait au moins ça pour être rassasié.

Nous rigolons tous les deux mais la rougeur qui a envahi ses joues prouve que mes propos ne la laissent pas totalement de marbre. Et j'aime ça.

— Bon, maintenant que les choses vont mieux entre nous, est-ce que tu acceptes que je te ramène chez toi ?

Elle hoche la tête et je l'aide à passer sa veste en cuir noir. Je profite quelques instants de l'odeur de fruit qui envahit mes narines et lui souris lorsqu'elle me lance un regard par-dessus son épaule. Ces yeux… Ils auront ma mort.

— Allez, beauté, en route.

Je la suis en quittant le magasin et j'admire ses hanches qui ondulent gracieusement tels deux melons bien mûrs. Je suis tellement obnubilé par la vue que je trébuche et manque de me rompre le cou contre la caisse à l'entrée. Alexia se marre alors que je me passe une main sur la nuque, en jetant un dernier coup d'œil à son postérieur. Finalement, ce ne sont pas ses yeux qui auront ma peau. C'est son cul.

4

Je gare ma Honda Civic devant la maison des Grimm. Enfin c'est la maison d'Alexia maintenant, mais j'ai toujours l'étrange sensation que ses parents vont en sortir et m'inviter chez eux comme si j'étais un membre de leur famille. C'était vraiment des gens super, et ils nous manquent à tous. Alex replace une mèche de ses cheveux derrière son oreille et me fixe un instant avant de me sourire.

— Je te proposerais bien de rentrer boire un verre, mais j'ai peur que tu prennes ça pour des avances. Tu sais, maintenant qu'on a…

— Couché ensemble ? T'as le droit de le dire, tu sais. Depuis quand tu es si prude ?

— Je ne suis pas prude.

— Oui, je le sais. C'est pour ça que ça m'étonne que tu aies tant de mal à dire la chose.

— O.K., ça va. Depuis qu'on a couché. Forniqué. Baisé. Fais la bête à deux dos. C'est bon comme ça ?

Elle rit mais pas moi. Depuis qu'elle a dit le mot « baisé », j'ai une quantité d'images perverses qui me traversent l'esprit et je revois son corps magnifique dans les moindres détails. Voyant que je ne l'ai pas suivie dans son rire, Alexia s'arrête et plonge ses yeux bleus dans les miens. Elle hausse un sourcil brun tout en mordillant ses lèvres pulpeuses et je serre mon poing sur ma cuisse pour m'empêcher de faire une connerie. Comme lui sauter dessus.

— Tu devrais arrêter de faire ça, lui dis-je en fixant ses lèvres.

— Faire quoi ?

Elle joue les innocentes mais je suis presque certain qu'elle a une parfaite idée de ce que ce mordillement déclenche chez moi. Sans doute parce que cette fameuse nuit, je lui ai dit que si elle n'arrêtait pas de se mordre les lèvres, alors je prendrais le relais. Elle s'était alors passé la langue sur la commissure et m'avait regardé avec audace avant de presser ses dents sur sa chair. Je l'avais prise par surprise en me jetant sur son corps, comme un affamé, et je m'étais mis à lui dévorer la chatte en la mordillant et en suçant son clitoris, ce qui l'avait fait hurler de plaisir. Après tout, je n'avais pas précisé de quelles lèvres je parlais.

Mes doigts se resserrent un peu plus sur le tissu, au point que si je continue comme ça je vais finir par me retrouver en short. Je tente tant bien que mal de reprendre mes esprits et je passe une main sur mes cheveux coupés court. Je les ai rasés il y a quelques semaines, arborant une coupe quasi militaire. Lily m'a dit que ça me donnait l'air d'un dur comme ça, et Alexia m'a dit, elle, que ça me faisait un cou de taureau. Sympa…

— En fait, j'aimerais assez rentrer un instant. Je voudrais te parler de quelque chose d'important.

— Ah. D'accord, pas de problème.

On quitte ma voiture et une minute après nous voici dans la douce chaleur de cette belle maison que j'ai toujours aimée. C'est une demeure magnifique, au charme rustique, où l'on sent encore l'âme des parents Grimm veiller sur les vivants. J'observe un instant la grande cheminée au-dessus de laquelle trône le portrait de famille, le plancher en haut de l'escalier sur lequel j'ai glissé un million de fois tant Mme Grimm était une accro à la cire, et je ris franchement en observant la grande table de la salle à manger.

— Qu'est-ce qui te fait rire ? demande Alexia.

— Je me souviens quand ton frère et toi vous vous couriez après autour de cette table en vous balançant des chaussures au visage.

Alex se met à rire elle aussi et je suis certain qu'elle revoit la scène comme si c'était hier.

— C'est pas facile d'avoir cinq années de différence avec son frangin, ça fait pas mal d'écart et ça provoque beaucoup d'incompréhensions et de disputes. Et puis ce gamin était un monstre ! Il faisait tout pour me faire tourner en bourrique, et tu adorais lui donner un coup de main.

— Faut dire que tu étais une cible facile. Un rien te mettait en boule.

— C'est faux. C'est vous qui étiez ignobles. Dois-je te rappeler la fois où vous aviez piqué tous mes sous-vêtements et où j'ai trouvé le chien dans la cour qui portait l'un de mes soutifs ?

— Déjà en ce temps-là j'étais fou de lingerie, que veux-tu ?

Elle penche la tête sur le côté en riant et je la sens m'observer longuement. Trop longtemps, au point que ça me met mal à l'aise.

— Quoi ?

— Parfois, je me demande où est passé ce gamin joufflu avec son acné et ses lunettes rondes à la John Lennon.

— Eh bien, il a grandi, il a découvert le sport, la crème pour le visage et les lentilles de contact. Mais si ça peut te rassurer, il continue à planquer des soutifs dès qu'il en a l'occasion.

Alexia sourit mais ce sourire n'atteint pas ses yeux. Je me demande s'il n'est pas un peu trop tôt pour faire des blagues sur ma vie sexuelle avec d'autres femmes. Après tout, rien que de l'imaginer avec un autre type, ça me file de l'urticaire. Nous ne nous sommes pourtant jamais rien caché de nos relations amoureuses par le passé, nous nous sommes même déjà échangé deux ou trois tuyaux pour améliorer nos performances et faire grimper notre partenaire au rideau à coup sûr. C'est l'avantage d'avoir un ami du sexe opposé. Mais maintenant, qu'on le veuille ou non, les choses sont différentes, et si elle venait me demander un conseil, je lui dirais de s'enfermer dans sa chambre et de ne plus jamais s'envoyer en l'air avec aucun homme. Sauf moi. Merde… Elle part dans la cuisine et rapporte un Dr Pepper pour moi et un jus d'orange pour elle.

— Alors, de quoi voulais-tu me parler ?

— Austin m'a dit que tu avais comme projet d'embaucher quelqu'un pour faire quelques travaux ici.

— Euh… oui, effectivement. Mais j'ai du mal à trouver quelqu'un qui me convienne pour faire le job.

Elle regarde autour d'elle, probablement submergée par des tas de souvenirs d'enfance, et ses yeux s'embuent de larmes. Je m'approche d'elle et lui prends la main mais elle secoue la tête et ses doigts se dérobent. Elle penche la tête pour refaire sa queue-de-cheval et quand elle relève le visage quelques secondes plus tard, les larmes ont disparu. Alexia déteste se montrer vulnérable, et je respecte son besoin de cacher ses failles. Je connais bien ça. Je fais donc comme si de rien n'était moi aussi et poursuis dans mon idée :

— En fait, j'ai quelqu'un qui pourrait tout à fait faire l'affaire.

— Ah oui ? Un gars à ton père ?

— Si on veut.

Je m'apprête à lui faire part de mes plans quand son téléphone se met à sonner. Il est sur la table basse et je ne peux pas rater le nom qui s'affiche sur l'écran. Reese ? Ce que je vois surtout, c'est le visage d'Alexia devenir encore plus pâle et ses yeux briller d'une étrange lueur qui ne me plaît pas du tout.

— Tout va bien ? demandé-je.

Elle se jette sur le smartphone et raccroche sans prendre l'appel, avant de l'éteindre carrément. Elle n'a de toute évidence aucune envie de lui parler et je préfère ne pas m'étendre sur la vague de soulagement que ça déclenche en moi. Mais je me promets de creuser un peu plus cette histoire une prochaine fois.

— Tu disais donc que tu as quelqu'un qui pourrait m'aider ? dit-elle en tentant de masquer son trouble.

— Oui. Moi.

Cette fois-ci, elle ne fait rien pour cacher ses sentiments et je vois clairement la surprise se peindre sur son visage.

— Toi ?

— Oui. Tu sais que mon père m'a tout appris, j'ai travaillé des centaines de fois avec lui sur des chantiers. Grâce à ses fournisseurs, je pourrais t'obtenir un rabais sur les matériaux et tu ne me paieras pas aussi cher qu'un professionnel. Tu auras droit au prix d'ami.

Je ponctue ma proposition d'un clin d'œil charmeur mais Alexia garde les sourcils froncés comme si cette idée était vraiment très, très, mauvaise.

— Je ne doute pas de tes capacités, et c'est surtout de la déco plutôt que du gros œuvre donc je sais que tu es parfaitement capable de faire le job.

— Mais…

— Mais pourquoi veux-tu faire ça ? Tu es déjà au garage du lundi au samedi, tu n'auras jamais le temps.

— Je viendrais tous les jours, après le boulot.

— Tu vas t'épuiser. Et puis le chantier va durer beaucoup plus longtemps que si j'embauche quelqu'un qui y travaillera toute la journée.

— Oui, mais au moins la personne qui bossera ici sera quelqu'un de confiance, qui a déjà un double des clés et qui ne t'embêtera pas. Sans compter que je te connais, je connais tes goûts, et jamais je ne dénaturerai la maison de tes parents. Elle sera à ton image, mais elle conservera tes souvenirs intacts.

Je sais que c'est mon meilleur argument pour la convaincre, et en effet elle se met à réfléchir longuement à ma proposition. Seulement je la vois froncer son petit nez retroussé et je sais que ce n'est pas encore gagné.

— J'en sais rien, Matt. Hier encore tu n'osais même pas remettre les pieds ici après notre nuit ensemble, et maintenant tu voudrais venir passer tes soirées chez moi.

— Je pensais que les choses étaient réglées.

— Elles le sont.

— Alors, où est le problème ?

Je souffle un grand coup, je ne pensais pas qu'il serait si difficile de la convaincre. Alexia, elle, fait tourner son jus d'orange dans son verre en m'observant. Elle mord encore sa putain de lèvre et je ne peux pas m'empêcher de tirer dessus pour qu'elle la lâche avant que je ne l'embrasse pour de bon. Le simple contact de mes doigts sur ses lèvres lui déclenche un frisson et je peine à déglutir tant l'envie d'être en elle me tiraille. Je n'arrive pas à oublier ce moment que nous avons partagé et le désir de recommencer est de plus en plus fort. Et quand je la vois me regarder comme elle le fait en ce moment, avec ses joues rougies et cette lueur qui brûle au fond de ses yeux, je me dis que je ne suis pas le seul à y penser. Souvent. Tout le temps.

— Ce n'est pas une bonne idée.

Je me demande si elle parle toujours de moi venant travailler chez elle, ou de nous deux tout simplement. Peut-être un peu des deux. Mais j'ai besoin qu'elle accepte. Alors, il ne me reste plus que la vérité.

— J'ai besoin d'argent, Alexia.

Elle prend de suite ses airs de grande sœur inquiète et je ne sais pas si ça m'agace ou si ça me fait chaud au cœur. Elle m'inspire tant de sentiments contradictoires dernièrement.

— Tu as des problèmes ? Tu sais que tu peux tout me dire, Matt.

— Je sais, et non, je n'ai pas de problème. Enfin si, mais rien de grave. J'ai juste besoin de gagner un peu plus d'argent.

— Je peux t'en prêter, il ne me reste pas grand-chose de l'héritage mais quand même. Et Austin aussi devrait pouvoir…

Voilà pourquoi je n'avais rien dit à mes amis jusqu'à présent. Et voilà aussi pourquoi je ne lui avouerai pas que c'est pour aider mes parents. Si les parents d'Austin et Alexia comptaient beaucoup pour moi, il en va autant de ma famille pour eux. Nous avons pratiquement été élevés ensemble, mes parents habitent à quelques rues d'ici. Nous avons partagé des tonnes de repas de famille, ma mère a beaucoup aidé Alexia avec Austin quand elle est revenue de la fac pour s'occuper de lui, mon père a toujours répondu présent quand la maison avait besoin d'une réparation ou juste parce qu'Alex avait entendu un drôle de bruit en pleine nuit et qu'elle était seule ici avec son petit frère. Ma famille, c'est un peu aussi sa famille. Et si je lui dis que mes parents ont des soucis d'argent, ou si j'en parle à Austin, ils feront tout pour les aider. Comme toucher à leur héritage. Et ça, c'est hors de question.

— Je ne veux pas de votre argent. Pas comme ça, en tout cas. Si tu dois me donner un centime, ça sera parce que j'ai mérité ce salaire.

— Mais…

— Pas de mais, Alexia. Est-ce que tu veux bien que je bosse ici ? Oui ou non ?

*

J'arrive devant mon immeuble avec un grand sourire aux lèvres. Je suis passé par chez mes parents avant de rentrer leur déposer un chèque. Normalement, il s'agissait de l'argent qui devait me servir à payer mon assurance. Mais je me suis dit qu'ils en avaient plus besoin que moi. Et avec l'argent que va me verser Alexia dans les prochains jours, je pourrai payer mes factures avec juste un peu de retard.

Elle a finalement accepté de m'embaucher, et même si ça me gêne de me dire qu'elle l'a fait surtout pour me rendre service, je peux garantir que je lui ferai un super travail et qu'elle en restera bouche bée. Ça sera ma façon de la remercier. Nous avons déjà convenu de nous voir dès demain pour commencer à faire des plans. Je sais malgré tout qu'elle est inquiète de savoir que je vais bosser tard chez elle, chaque jour, après avoir déjà effectué ma journée au garage. Et c'est vrai que ça va être éreintant. Mais le soulagement que j'ai pu voir dans les yeux de mon père lorsque je lui ai remis l'argent vaut toutes les peines du monde. Autant que le sourire étincelant que ma mère portait sur son visage. Bien sûr, ils culpabilisent tous les deux d'avoir besoin d'un coup de pouce de leur fils. Mais ils n'ont pas d'autres solutions, et moi ça me fait plaisir d'être là pour eux.

Et mon petit bonus, c'est que je vais pouvoir voir Alexia tous les jours. Comme je vais rester tard pour travailler, nous avons décidé que je mangerais avec elle chaque soir. J'ai un peu honte de l'avouer, mais quand elle me l'a proposé, j'ai tout de suite calculé ce que j'allais économiser en plats à emporter quotidiens. Et puis cette fille est un cordon-bleu, je me lèche déjà les babines en pensant à tout ce qu'elle va me préparer. Et aussi au plaisir que je vais prendre à l'admirer tous les soirs. Bon, c'est vrai, nous nous sommes mis d'accord pour ne plus jamais coucher ensemble. Mais ça ne veut pas dire que je n'ai pas le droit de la reluquer, juste un peu.

Je monte l'escalier et quand j'arrive sur le palier du premier étage, je tombe sur un couple en train de batifoler dans le couloir. Le mec a carrément sa main sous la jupe de la fille. Je ne suis pas contre faire ça dans un lieu public, j'ai même déjà expérimenté à plusieurs reprises, mais j'ai toujours mis un point d'honneur à ce que la vertu de ma compagne soit protégée. En d'autres termes, personne ne devait pouvoir voir son intimité sauf moi, et là je peux vous dire que cette fille est blonde sans même regarder ses cheveux. Les gémissements qu'ils laissent tous deux échapper sont sans équivoque, la fille a tendance à en faire un peu trop je trouve, et je secoue la tête en riant devant cette scène digne d'un mauvais porno. Soudain, elle relève un peu le visage et je la reconnais immédiatement. Ces grands yeux bleus, ces pommettes hautes, cette bouche à la Angelina Jolie. Bonnie, l'ex-meilleure amie de Lily, semble un instant surprise de me trouver là. Mais ce n'est rien comparé à ce que je ressens moi.

Je n'ai jamais été très fan de cette fille, que je trouvais un poil vulgaire et très égocentrique. Mais Austin l'aimait bien et je n'ai jamais été du genre à critiquer ses petites amies. Il trempait son biscuit où il voulait, ce n'était pas mon problème. Et j'étais persuadé que ça ne durerait pas entre eux. L'arrivée de Lily a effectivement mis un terme à leur relation, puisque mon meilleur pote a flashé sur la petite brune très rapidement. Un bien meilleur choix si vous voulez mon avis. Malgré la vision peu flatteuse que j'avais de Bonnie, je pensais cependant qu'elle se respectait suffisamment pour ne jamais se retrouver dans la situation dans laquelle je la découvre en ce moment même. En pleine exhibition avec un gars qui a tout d'un tocard d'après ce que je vois.

Elle ne semble cependant pas gênée par l'image qu'elle renvoie car je la vois me sourire perfidement alors que le mec commence à baisser sa braguette. Je préfère déguerpir avant qu'il ne se mette carrément à la baiser devant moi et je prie pour que sa vieille voisine, Mme Hitwood, ne sorte pas de chez elle avant un moment.

Je grimpe jusqu'au second étage où se trouve mon appart et à peine arrivé, je m'écroule dans mon canapé, rincé après cette grosse journée. Ça ne fait que commencer ; dès demain, ma charge de travail sera double. Mais si mes calculs sont bons, avec ce deuxième salaire, je pourrai sortir mes parents de leurs problèmes financiers d'ici à peine quelques mois. Grâce à Alexia, qui a insisté pour me payer comme n'importe quel ouvrier. Et avec un peu de chance, je pourrai même les aider à mettre un peu d'argent de côté. Quant à Alex, elle aura enfin le nouvel environnement qu'elle désire tant, et moi je serai sur place pour voir pourquoi elle est si triste dernièrement et si ça a un rapport avec ce Reese. Auquel cas, je me ferai un plaisir de lui broyer les membres un par un. Personne ne touche à mon Alexia.

5

Le lendemain, Alexia et Lily viennent déjeuner avec nous. Lorsqu'elles arrivent, je tends un trousseau de clés à Alex et elle saute de joie comme si je venais de lui offrir un diamant.

— Ça y est, Nova est réparée ? s'exclame-t-elle.

— C'est bon, tu peux reprendre la route sans crainte. Mais je tiens à lui faire une révision complète tous les six mois. Et tu devrais quand même envisager de changer de bagnole.

— Jamais de la vie, cette voiture, c'est mon bébé !

— Je ne te dis pas de la mettre à la casse, mais tu devrais en acheter une pour tes trajets quotidiens et utiliser celle-là juste pour le plaisir, le week-end.

— Non merci, tout ira bien, elle va tenir le coup encore des années, tu verras.

Je n'insiste pas davantage. Je comprends sa réticence à s'en séparer, c'était la voiture de son père. Mais j'ai bien l'intention de mettre mon nez sous le capot aussi souvent que possible, juste pour m'assurer qu'elle ne tombera plus jamais en panne comme la dernière fois.

On mange tous tranquillement en dégustant une bonne pizza pepperoni et Alexia me tend une feuille sur laquelle elle a fait diverses annotations.

— Tiens, je t'ai noté différents carrelages que j'ai repérés pour la salle de bains, on devrait aller y jeter un œil rapidement, certains sont en promotion. Et j'ai aussi trouvé quelques idées pour la cuisine. Je pense garder les meubles et les repeindre simplement. Mais il faut changer la crédence, elle est vraiment dépassée.

— Ça marche, on peut aller voir pour les matériaux ce soir en sortant du boulot, si tu veux, mais il faudra faire vite avant la fermeture.

Je jette un œil au papier qu'elle me tend mais je n'ai pas le temps de voir grand-chose car Austin m'arrache la feuille des mains.

— Attendez une minute, qu'est-ce que c'est que cette histoire ?

— J'ai embauché Matt pour rénover la maison. Tu ne le savais pas ?

Tous se tournent vers moi, Austin avec une mine consternée, Alexia contrariée que je n'aie encore rien dit à son frère, et Lily amusée par la situation, de toute évidence. Effectivement, j'aurais dû en parler tout de suite à Austin, mais avec tout ce que j'ai en tête dernièrement, j'avoue que ça m'est complètement sorti de l'esprit.

— Désolé, mec, j'aurais dû en discuter avec toi. Je vais aider Alex pour la maison de tes parents. Enfin sa maison.

— Mais t'as déjà un job !

C'est là que ça se corse. Je n'ai pas du tout envie de lui dire que j'ai besoin de fric. Sinon il ne va pas me lâcher jusqu'à ce que je crache le morceau. Sa sœur doit percevoir mon malaise car elle vole immédiatement à ma rescousse.

— Oui, mais c'est moi qui ai insisté pour qu'il s'en charge. Tu sais que j'avais du mal à laisser le chantier à un parfait étranger. Mais Matt est compétent et j'ai confiance en lui. Alors...

Cette fille est adorable, une perle. Je lui souris en lui faisant un léger hochement de tête pour la remercier, alors que son frangin se fout en rogne.

— À quoi tu penses, Alex ? On a déjà des journées de dingues au boulot, si en plus il bosse chez toi il va finir sur les rotules ! Matt, tu devrais laisser tomber cette idée. Demande à un ouvrier de ton père, quelqu'un que tu connais bien. Ou merde, Alexia, débrouille-toi, mais cumuler deux emplois aussi exigeants physiquement, c'est pas malin.

Je vois Alexia se mordiller le pouce tout en réfléchissant. Je sais qu'elle avait déjà quelques réticences à m'engager, elle-même s'inquiétait de l'effort que tout ça allait me demander. Je ne peux pas risquer qu'Austin vienne la faire changer d'avis.

— Écoute, mon pote, c'est ma décision. J'ai envie de faire ce boulot. Ça me fera un peu de tunes supplémentaires et ça rend service à ta sœur. Et surtout, je veux être celui qui s'occupera de la maison de tes parents. Tu sais qu'ils comptaient pour moi, moi aussi je serai plus rassuré d'être celui qui lui redonne un coup de jeune plutôt que de confier la tâche à n'importe quel loustic.

— Comme tu veux. Mais si tu tombes de fatigue, compte pas sur moi pour te ramasser.

Il passe les cinq minutes suivantes à s'acharner sur sa pizza, en mastiquant si fort chaque bouchée qu'il va finir par se péter une dent. Mais quand Lily vient se blottir contre lui en lui murmurant je ne sais quoi à l'oreille, il se calme instantanément. Cette nana est une magicienne. Alexia reste silencieuse un bon moment après ça. Je pense d'abord que c'est à cause de la réaction de son frère puis je me rends compte qu'elle jette des coups d'œil réguliers à sa poche de veste. Pendant qu'elle est occupée à débarrasser avec Lily et qu'Austin étudie les plans qu'Alexia a apportés, je prends discrètement le téléphone portable qui dépasse de son manteau. O.K., je sais, c'est très mal de faire ça, mais je suis inquiet pour elle. À chaque fois que le smartphone vibrait, j'avais l'impression qu'elle perdait un peu plus de couleur sur ses joues et de joie de vivre dans ses yeux. Quand je regarde l'écran, je remarque qu'elle a vingt-six appels manqués et tout autant de messages sur son répondeur de ce fameux Reese. Que peut-il bien lui vouloir pour l'appeler autant de fois ? Je songe à en toucher un mot à Austin, mais il est ultra protecteur et je redoute une réaction quelque peu démesurée de sa part. Il faudra donc que je règle cette histoire moi-même.

*

Comme convenu, je me rends chaque soir chez Alexia après le boulot. Nous avons déjà acheté une bonne partie des matériaux et j'ai bien avancé dans la cuisine. Les meubles sont repeints en gris pâle et elle a choisi un vert tendre pour les murs. L'électroménager est encore impeccable, donc ça ne lui a pas coûté très cher pour refaire cette pièce, mais le peu de transformations a tout de même rajeuni l'espace. Il y a plus de boulot dans la salle de bains, dans laquelle je m'acharne à retirer la vieille faïence rouge. Alexia a choisi une mosaïque dans les tons bleus, une toute nouvelle baignoire, et il y aura un carrelage d'un bleu plus soutenu pour la douche à l'italienne. Ça va être du tonnerre.

— Tu devrais t'arrêter là pour ce soir, m'interrompt Alex alors que je retire un morceau supplémentaire de cette fichue faïence.

— J'aimerais finir, il me reste juste ce pan de mur, dis-je en mâchant mon chewing-gum comme une vache.

— Il est déjà vingt et une heures, tu en as fais assez pour aujourd'hui. Et puis le repas est prêt, je t'ai fait des raviolis au poulet sauce curry.

Il n'en faut pas plus pour me convaincre. J'avale mon bonbon et nous descendons tous les deux. Mon estomac gronde furieusement tandis que je me lave les mains. Nous nous asseyons et Alex nous sert deux verres de vin blanc. Je ne devrais pas boire d'alcool vu mon état de fatigue mais il est frais et délicieux et se marie parfaitement avec le menu. Ces ravioles sont une tuerie, elles fondent dans la bouche comme du beurre, et la sauce ajoute une touche de piquant qui me fait gémir de plaisir.

— Ça a l'air de te plaire, ricane Alexia.

— C'est le meilleur plat que je n'aie jamais mangé.

— Tu as dit ça de tout ce que j'ai cuisiné cette semaine.

— Parce qu'à chaque fois tu te surpasses. C'est trop bon. Presque meilleur que le sexe.

— À ce point là ? rigole-t-elle franchement.

— Presque.

Je lui lance un regard sans équivoque et elle rougit instantanément. Elle a beau être une cuisinière hors pair, rien ne sera jamais aussi bon que sa peau douce, ses lèvres délicates et son sexe trempé rien que pour moi. Heureusement que la table cache l'érection que me provoque l'image d'Alexia sur cette table, nue, recouverte de raviolis que je mangerais à même son corps. Et sa merveilleuse chatte serait mon dessert. Putain, ça serait le nirvana.

On finit le repas tout en discutant des travaux, mais aussi du garage, de la librairie et de la nouvelle lubie d'Austin de s'acheter une moto. J'aide Alexia à remplir le lave-vaisselle et nous filons nous installer dans le canapé pendant qu'un moelleux au chocolat finit de cuire dans le four.

— Une moto ! Il est complètement dingue. Ce sont de vrais engins de malheur, s'énerve-t-elle.

— J'avoue que je ne suis pas fan de cette idée non plus. Mais c'est un grand garçon, on ne peut pas l'en empêcher.

— Nous, non, mais Lily compte bien s'en charger. Elle s'est lancée dans une grève du sexe jusqu'à ce qu'il renonce.

— Alors, il est foutu le pauvre.

Je rigole mais pas Alexia, qui fixe mes prunelles comme si elle cherchait à lire quelque chose en moi. Elle reprend enfin la parole après deux bonnes minutes au moins.

— Elle te plaît toujours ?

— Qui ça ? Lily ?

Elle hoche la tête et je me demande si l'expression étrange qu'elle arborait il y a un instant n'était pas de la jalousie. Bizarrement, ça me réjouit.

— C'est une fille géniale, et elle est très jolie. Intelligente aussi, et marrante.

Le visage d'Alexia continue à s'assombrir malgré elle et cela renforce mon sourire. Elle est effectivement jalouse. Et ça me fait bander davantage. Je ne compte plus le nombre d'érections malvenues que j'ai eues depuis que je bosse ici. Entre les leggings hyper moulants qu'elle met en rentrant pour se sentir à l'aise, les fois où je la surprends en train de faire son yoga dans le salon et où elle me met son postérieur parfait sous le nez, et le pire, quand elle goûte à même la casserole lorsqu'elle fait à manger et qu'elle se lèche le doigt comme si elle lui faisait une fellation, Alexia veut ma mort. On peut mourir d'avoir trop bandé sans être allé jusqu'au bout, non ? Parce que je suis bien parti pour !

Même si elle me torture quotidiennement, je mets fin à cette idée stupide que je pourrais encore m'intéresser à la petite amie de mon meilleur pote.

— Je l'adore, vraiment, mais pas comme tu crois. Elle me plaisait, comme elle doit plaire à beaucoup d'hommes. Mais plus j'y pense et plus je suis convaincu que ça aurait été une mauvaise idée. Elle et Austin sont faits pour être ensemble. Lily est plus comme une sœur pour moi maintenant. Ça ne va pas plus loin.

— Tant mieux. Enfin, je veux dire, ils sont bien tous les deux. Mais je ne voudrais pas que tu sois malheureux.

— Ce n'est pas le cas.

Elle chasse avec ses doigts fins quelques mèches qui se sont échappées de sa natte. Elle est belle ce soir, juste avec son legging noir et un T-shirt rose fuchsia qui lui tombe sur une épaule. Elle sent bon le chocolat et la framboise et c'est dur pour moi de ne pas me glisser entre ses longues jambes pour venir humer son parfum directement sur la peau soyeuse de son cou gracieux. Dur dans tous les sens du terme. Alors que nous nous observons tous les deux à la dérobée, son portable se met à sonner. Encore. Il a sonné tous les soirs, sans exception. Parfois, elle l'a ignoré. Parfois, elle l'a carrément éteint. Et parfois, elle a pris l'appel, en s'enfermant dans sa chambre. Ces fois-là, quand elle en ressortait, elle avait les yeux gonflés et rougis. À chaque fois, j'ai vu le même nom apparaître sur l'écran. Reese. Je n'ai pas encore osé aborder le sujet, mais ce soir, puisqu'on en est aux confidences, ça me semble être le bon moment. D'autant plus qu'elle rejette l'appel à la vitesse de l'éclair.

— Est-ce que tu vas enfin me dire qui c'est ?

— De quoi tu parles ?

Elle joue les innocentes, mais elle joue très mal. Ses yeux font des allers-retours entre moi et son smartphone et ses joues sont presque aussi rouges que mon T-shirt. Je frotte mes paumes sur mon jean, qui est plein de petits accrocs et de taches de peinture. Il serait simple de laisser tomber cette conversation, elle n'a de toute évidence pas envie qu'elle ait lieu. Mais je suis prêt à me battre le temps qu'il faudra, car plus les jours passent, plus la joie de vivre d'Alexia s'efface. Et ça me blesse autant que ça la tue.

— S'il te plaît, ne me prends pas pour un con. C'est qui ce Reese ?

— Tu as regardé dans mon téléphone ?!

— Je n'en ai pas eu besoin. Il t'a appelée au moins une centaine de fois cette semaine, j'ai vu son nom apparaître sur ton écran, sans le vouloir. Mais tu ne réponds pas à ma question. C'est qui ce type ?

— Personne d'important.

Elle tente de s'échapper en fuyant dans la cuisine, pour soi-disant sortir les moelleux du four. J'adore ses gâteaux, et l'odeur est super appétissante. Mais même eux ne m'empêcheront pas d'aller jusqu'au bout de cette histoire. Surtout maintenant que je vois ses magnifiques yeux bleus s'embuer de larmes, alors que je lui fais lâcher les moules des moelleux pour la tourner vers moi.

— Parle-moi, Alex. Tu ne vas pas bien, je le vois. Je le sens. Et ça a un rapport avec ce connard.

— Qu'est-ce qui te fait croire que c'est un connard ?

— Il te fait pleurer. C'est suffisant pour me donner envie de lui botter le train.

Elle s'appuie contre le plan de travail en marbre de la cuisine et baisse les yeux sur ses pieds nus. Je me place à côté d'elle et pose une main réconfortante sur son épaule pour l'inciter à se confier. Et ça marche.

— C'est mon ex.

Je m'en doutais un peu. Ça m'agace bien plus que ça ne devrait, mais j'essaye de rester calme et serein.

— Laisse-moi deviner. Il a du mal à accepter la séparation.

— Oui. On peut dire ça. Il m'appelle sans arrêt, me laisse des tas de messages, parfois il m'attend à la sortie de la piscine ou du travail.

Voilà qui ne me plaît pas du tout. Ce mec la harcèle carrément. Alexia se tue à la tâche, sa seule distraction consiste à aller à la piscine une fois par semaine avec Lily, et ce mec vient l'importuner et ne cesse de la relancer. S'il faut lui faire comprendre de la lâcher une bonne fois pour toutes en lui brisant un ou deux os, pas de problème, je suis son homme.

— Est-ce qu'il t'a déjà menacée, ou frappée ? demandé-je en essayant de calmer le tremblement de mes mains.

— Non ! Non, il veut juste me parler, me convaincre de le reprendre. En fait il s'était calmé, jusqu'à l'autre jour.

— L'autre jour ?

— Quand je n'ai réussi à joindre ni toi, ni Austin, ni Lily quand je suis tombée en panne. Il a bien fallu que je trouve quelqu'un pour me ramener. En désespoir de cause, j'ai dû faire appel à lui. Malheureusement, il a dû prendre ça pour un encouragement et depuis, il s'est remis à m'appeler. Tout le temps.

Putain, tout ça c'est de ma faute. Si j'avais décroché mon téléphone ce jour-là, jamais elle n'aurait eu besoin de demander de l'aide à ce taré. C'est à moi que je devrais botter les fesses. Je m'en voulais déjà beaucoup, mais alors là, c'est le bouquet.

— Ce n'est pas facile. Je tenais beaucoup à lui, je l'aimais. Il doit sentir à quel point c'est dur pour moi de le repousser, et c'est pour ça qu'il continue d'insister. Peut-être que je manque de conviction.

— Est-ce que tu veux te remettre avec lui ?

Mon corps est ultra tendu alors que j'attends sa réponse. Je ne pensais pas que l'éventualité qu'elle puisse être avec un mec me foutrait autant les boules. Et quand je l'entends me dire qu'elle l'aimait, j'ai carrément envie de péter quelque chose. De préférence la face de rat de Reese. Mais je suis son ami, je dois me comporter comme tel, alors je lui fais un sourire rassurant tout en me mordant l'intérieur de la joue pour ne pas dire de connerie.

— Non, si je l'ai quitté, c'est pour une bonne raison. Ne me demande pas pourquoi, c'est personnel. Mais je ne reviendrai pas sur ma décision.

Suis-je soulagé ? Bordel, oui ! S'en rend-elle compte ? Je n'espère pas.

— Tu vas m'indiquer où le trouver, je vais lui dire de te laisser tranquille.

— Matt, non. C'est gentil mais je vais me débrouiller.

— Apparemment il a du mal à capter le message quand c'est toi qui lui dis, mais si c'est moi qui le lui demande…

— Ah oui, et comment tu vas procéder ?

— Je vais commencer par lui refaire le portrait. Ensuite, si ce n'est pas assez clair pour lui, je mettrai ses couilles dans un étau et je peux te promettre qu'il chantera comme la Castafiore quand j'en aurai fini avec lui.

Maintenant elle me regarde bien dans les yeux et son visage est presque collé au mien alors qu'elle tente – mal – de contenir sa colère. À la place de son ex, j'aurais peur, moi.

— Tu ne vas rien faire du tout. C'est mon problème. Mon histoire. Je vais gérer comme une grande, O.K. ?

— Mais…

— Non, pas de mais. Écoute, je suis contente que tu sois là, que tu retapes ma maison. Je suis heureuse de t'aider mais ça me fait surtout plaisir parce que quand tu es là, je me sens mieux. Je souris, je rigole, je pense à tout sauf à lui. Juste à toi et moi. Mais si tu interviens, je te demanderai de partir et de ne plus revenir. Tu auras franchi une limite et je ne te le pardonnerai pas.

Je déglutis avec difficulté. Elle pense à nous. Je ne sais pas si elle se rend compte de ce qu'elle vient de dire, ou si c'est moi qui interprète mal les choses, mais si j'étais une nana je dirais que j'ai des papillons dans le ventre ou un truc du genre. Je ne suis pas d'accord pour laisser tomber aussi facilement, mais je n'ai pas beaucoup le choix.

— O.K., mais si ça va trop loin, tu me le dis. Si j'apprends qu'il te harcèle encore et que tu ne m'en as pas parlé, alors j'en informerai Austin. Et lui, rien ne pourra l'arrêter, tu le sais.

C'est la menace ultime. Et ça me vaut un regard noir qui me fait froid dans le dos. Nous entendons de nouveau son portable vibrer et elle comme moi savons de qui il s'agit sans même regarder. Je souffle par les narines tel un taureau prêt à charger, et le visage d'Alexia se détend alors. Elle se met sur la pointe des pieds et m'embrasse sur la joue, laissant probablement l'empreinte de son gloss sur ma peau.

— Qu'est-ce qui me vaut ce baiser ? Que je puisse le refaire le plus souvent possible.

Elle rit et pose sa main sur mon avant-bras tout en s'approchant un peu plus de moi.

— C'est pour te remercier. De veiller sur moi.

— Tu pourras toujours compter sur moi, Alex. Quoi qu'il arrive.

Je fais un pas supplémentaire vers elle et nous sommes quasi collés l'un à l'autre. Son souffle s'accélère alors que ses yeux dévient sur ma bouche. Putain, l'effet qu'elle me fait, c'est dingue ! Mes doigts bougent d'eux-mêmes pour venir frôler son cou, et je me penche en avant pour sentir son parfum sucré. Un léger gémissement lui échappe alors que je l'ai à peine touchée. Je suis tenté de poser mes lèvres sur sa nuque, j'ai envie de la goûter, de sucer sa peau et de laisser des marques partout sur son corps. Je veux que la prochaine fois que ce mec la verra, il sache qu'elle est avec quelqu'un. À moi.

Ses mains s'accrochent à mes bras et remontent sur mes biceps alors que mon nez parcourt la veine dans son cou. Je descends jusqu'à sa clavicule où l'envie devient trop forte et je l'embrasse juste à la jonction de l'épaule. Un murmure d'appréciation vient caresser mes oreilles alors que ses ongles s'enfoncent dans ma chair. Je me plaque contre elle et elle ne peut pas ne pas sentir la preuve de mon désir. Quand je l'entends hoqueter, je sais qu'elle l'a bien senti. Ses yeux se plantent dans les miens et elle se pose probablement les mêmes questions que moi. Qu'est-ce qu'on fait ? Est-ce une bonne chose ? Est-ce que je ne vais pas faire une crise cardiaque si je ne la prends pas, là, maintenant ? Bon, O.K., il n'y a peut-être que moi qui me pose cette dernière question. Tout à coup, on toque à la porte, ce qui fait revenir Alexia à la réalité. Malheureusement. Elle se passe une main sur le visage, et m'observe quelques secondes, avant de se précipiter sur la porte. Quand elle ouvre, il n'y a personne, mais je sais que le moment est passé et que nous n'allons pas reprendre là où nous en étions.

— Matt… je… tout ça, ce n'est pas une bonne idée.

Elle semble terriblement mal à l'aise, et moi je n'ai pas envie de l'entendre me déballer des excuses. Je sors mon sourire de façade, parce qu'elle est mon amie, quoi qu'il arrive. Je le lui ai promis. Je me dirige vers elle et passe mes doigts sur sa joue. Elle ferme les yeux et c'est vraiment difficile de ne pas l'embrasser, surtout quand je vois à quel point son corps a envie de céder. Mais son cœur n'est pas prêt.

— Ne dis rien. On se voit demain. Bonne nuit, Alexia.

Je dépose un baiser sur son front et pars presque en courant. Je fais vrombir le moteur de ma Honda et je démarre sur les chapeaux de roue, les nerfs à vif. Et la tête en vrac.

6

Le lendemain est une journée comme les autres. Alexia et moi ne reparlons pas du petit incident dans sa cuisine, nous devenons tous les deux maîtres dans l'art de faire semblant. Semblant que nous sommes juste amis, que nous ne sommes pas attirés l'un par l'autre. À la pause déjeuner, c'est Austin et moi qui, pour une fois, venons jusqu'à la librairie. J'ai proposé ça l'air de rien, juste pour changer. Mais la vérité, c'est que je voulais voir si je n'apercevais pas un mec rôder autour de la boutique. Autour d'Alex. Mais rien, pas une trace d'un quelconque barjot, du moins à première vue. Nous sommes arrivés avec des sachets de nourriture chinoise et Lily se bat avec ses baguettes. Elle n'est tellement pas douée qu'elle finit par envoyer un nem directement sur le chemisier blanc d'Alexia.

— Merde, Lily, prends une fourchette enfin ! T'es un vrai danger public avec ces trucs.

— On ne mange pas de chinois avec une fourchette, ça ne se fait pas. Je vais y arriver.

— Tu vas surtout réussir à me crever un œil !

Alex se décale pour éviter d'être éborgnée par sa collègue, ce qui m'arrange car, de ce fait, elle se rapproche de moi. Nos chaises sont presque collées et personnellement, même taché, je suis fan de ce chemisier qui lui fait un très joli décolleté duquel dépasse un morceau de soutien-gorge beige. Enfin jusqu'à ce qu'Austin me colle un grand coup de pied dans le tibia.

— Mais t'es malade ou quoi ?

— Arrête de loucher sur les nibards de ma sœur ou je t'embroche avec mes baguettes.

Je lève les mains en l'air en prenant un visage angélique alors qu'Alexia se met à se tortiller, mal à l'aise, ce qui fait gigoter un peu plus ses seins. Une merveille. Mieux vaut quand même changer de sujet si je ne veux pas me faire éclater la tête par mon meilleur ami.

— Au fait, je ne vous ai pas dit : j'ai croisé Bonnie l'autre jour. En très bonne compagnie. Enfin très bonne, si on n'est pas exigeant.

La mine de Lily s'assombrit et nous la sentons vraiment peinée. La fin de leur amitié a été un coup dur pour elle, elle a tout tenté pour la préserver malgré son amour pour Austin. Mais la rancœur de Bonnie était bien trop tenace et malgré les multiples tentatives de réconciliation de Lily, ça n'a rien donné. Aujourd'hui, quand elles se croisent, son ex-meilleure copine lui adresse à peine un signe de tête. Même si elle a pris conscience qu'elle ne s'était jamais comportée comme il le fallait avec elle, c'est difficile de faire une croix sur une relation qui durait depuis toujours ou presque. Si demain Austin et moi étions fâchés, j'aurais du mal à l'avaler.

— J'ai parlé avec ses parents l'autre jour. On est restés en contact, ce qui ne plaît pas trop à Bonnie. Apparemment ses notes ont chuté et elle s'est fait une très mauvaise réputation à l'université. Ils sont vraiment inquiets.

— Tu ne peux rien faire pour elle, bébé. Tu as essayé, et elle t'a envoyée paître. C'est une grande fille.

— C'est à cause de moi tout ça. De nous.

Austin se renfrogne, je sais que ça l'emmerde quand Lily dit ça, il a l'impression qu'elle dénigre leur relation. Mais elle éprouve simplement de la culpabilité. Quoi que l'on pense de Bonnie, il me semble qu'elle tenait sincèrement à Austin, et la rupture a été douloureuse. Et qu'il le veuille ou non, Lily et lui l'ont trahie, il est normal qu'elle soit furax. Néanmoins, comme il l'a dit, c'est une grande fille et personne ne peut se reprocher les mauvais choix qu'elle fait.

— J'ai tenté de lui parler moi aussi, intervient Alexia. Mais elle n'a pas voulu de mon aide non plus. Elle a dit que je faisais partie du clan ennemi. Tout ce que j'ai réussi à tirer d'elle, c'est que dorénavant elle ne s'attacherait plus à personne et qu'elle préférait s'amuser avec les hommes. Que de toute façon c'était tous des salauds.

— Tiens, j'ai déjà entendu ça quelque part...

Alex se tourne vers moi et me tire la langue, ce qui m'arrache un sourire. Depuis tout à l'heure, elle agite nerveusement sa jambe et je ne sais pas si elle se rend compte qu'elle frôle ma cuisse à chaque mouvement. Ce qui m'agace et m'excite en même temps. Je pose donc ma main sur son genou pour l'empêcher de bouger, ce qui la fait sursauter et un morceau de nem vient s'écraser sur le pantalon de Lily.

— Eh ! Mais fais attention !

— C'est toi qui dis ça ? s'exclame Alexia en montrant son chemisier barbouillé de sauce soja.

— Eh bien, vous êtes belles toutes les deux ! ricane Austin.

Les filles s'observent un moment avant d'exploser de rire. Tout ça aura au moins eu le mérite de faire retrouver le sourire à Lily. Tandis que celle-ci part se nettoyer dans les toilettes, suivi d'un Austin apparemment un peu trop empressé, je me dirige vers le bureau où Alexia change de T-shirt. Je n'ai pas aimé sa réaction quand je l'ai touchée, c'est pas comme si j'avais plaqué ma main sur sa chatte. Mon geste était tout à fait innocent. Si, si, je vous jure.

Quand j'arrive à l'entrée, j'aperçois son dos nu et la fermeture de son soutien-gorge en dentelle. Elle passe rapidement un haut à manches longues noir puis elle se retourne et je rigole en voyant l'inscription dessus, *Book Nerd*.

— Ça te va bien, lui dis-je en désignant ledit T-shirt.

— Tu n'as pas honte de me mater pendant que je me change ?

— Pas du tout. Je regrette même de ne pas être arrivé quelques secondes plus tôt. Tu ne veux pas recommencer ?

Je lui adresse un sourire et elle me le rend ; cependant je la sens tendue. Je m'approche d'elle et le fait qu'elle ressente le besoin de reculer me fait enrager. Mais je ne me laisse pas abattre et la bloque contre la petite table en Formica.

— C'est quoi le problème ?

— Quoi ? Je n'ai aucun problème. Pourquoi tu dis ça ?

— Tu me fuis. C'est à cause d'hier ?

Sa peau se met à rosir et je comprends que j'ai visé juste. Finalement, Alexia n'est pas si douée que ça pour faire semblant. Et à bien y réfléchir, je n'ai plus trop envie de jouer les indifférents moi non plus. C'est même tout le contraire. J'avance davantage jusqu'à ce que mes Converse touchent ses ballerines jaunes. Elle prend une brusque inspiration tandis que ma main se pose sur la sienne, sur la table, pour y décrire des cercles lents.

— Qu'est-ce qui t'embête, Alex ? Le fait de ne pas réussir à oublier la nuit qu'on a passée ensemble ? Ou le fait d'avoir envie de recommencer ?

Son souffle devient erratique et mon autre main vient se plaquer sur sa hanche. Mon pouce passe sous le tissu de son T-shirt et caresse sa peau nue, lui déclenchant une nuée de frissons. Je sens mon cœur battre plus vite à mesure que ses tétons durcissent sous mes yeux.

— Ça te gêne tant que ça que j'ai sans cesse envie de te toucher ? De t'embrasser ? De te faire jouir encore ?

Je dépose un baiser léger sur sa pommette puis me dirige droit vers son oreille où je donne un coup de langue à son lobe. Elle gémit et j'en profite pour remonter encore un peu mes doigts, qui longent ses côtes pour arriver à la lisière de son sous-vêtement.

— Ou alors c'est ce que je te fais ressentir qui t'effraie ? Ton cœur qui s'emballe, tes mains qui deviennent moites, ta respiration qui s'accélère. Est-ce que tu mouilles aussi ?

Je suis fou de désir. Ce que je fais est dingue, surtout que son frère n'est pas loin, mais j'ai l'impression de refréner mes pulsions depuis un siècle. Notre nuit ensemble remonte à deux semaines pourtant, mais ça me paraît bien plus long. Trop long. À la minute où je me suis réveillé ce matin-là, j'ai eu de nouveau envie de me fondre en elle et je suis prêt à recommencer, maintenant, demain, tous les jours, tant qu'elle le voudra bien. Seulement, encore faut-il qu'elle le veuille vraiment.

— Matt. Arrête.

Elle pose une main sur mon torse et me repousse alors que je suis à deux doigts de sa bouche. Je pense que je n'ai jamais été aussi déçu de toute ma vie. Je cherche dans ses yeux la moindre faille mais elle a l'air sûre d'elle tandis qu'elle me donne le coup de grâce.

— Tu es le meilleur ami d'Austin, et le mien aussi, depuis plus de vingt ans. Je suis plus âgée que toi et je sors d'une relation compliquée.

— Tout ça, ce ne sont que des détails, Alex. C'est soit tu me désires, ou bien non.

Je retiens mon souffle mais il lui faut à peine une seconde pour me répondre.

— C'est non. Je t'aime beaucoup mais…

— Laisse tomber les excuses. C'est inutile.

Elle ouvre la bouche et je ferme les yeux car je n'ai aucune envie de l'entendre. Je n'arrive pas à croire que je me sois planté à ce point. Quel con, mais quel con ! Heureusement, Lily vient me sauver de ce moment d'embarras en entrant en trombe dans le bureau.

— Austin voudrait qu'on aille au *Vibe* ce soir, ça vous tente ?

Elle s'arrête et nous dévisage, sentant sûrement qu'il se passe quelque chose d'étrange. Elle n'imagine pas à quel point c'était merdique avant qu'elle n'arrive. Au point que je n'ai qu'une envie, retourner au garage, m'allonger sous une voiture et la laisser m'écraser comme un moustique.

— Tout va bien ? J'ai raté un épisode ?

— Non, tout va bien, répond Alexia. Le *Vibe*, très bonne idée.

— Et toi, Matt ?

— Je n'en sais rien, j'ai des trucs à faire, je ne sais pas si je pourrai me libérer.

— Ah, O.K. On part vers vingt-deux heures, donc si tu changes d'avis…

Je hoche la tête et quitte le bureau, devant le regard

interrogateur de Lily, pour rejoindre Austin. Il nous reste un peu de temps avant de retourner bosser mais je prétends avoir oublié mon téléphone au garage pour retourner plus tôt là-bas. Mon pote préfère rester encore un peu auprès de sa dulcinée, ce que je comprends, mais moi j'ai besoin d'air. J'ai à peine passé la porte de la librairie Grimm qu'Alexia m'interpelle.

— Matt. Attends !

Si elle se met à s'excuser, je jure que je me mets à hurler. Je n'ai aucune envie de sa pitié, je me sens déjà bien assez merdique comme ça.

— Pour ce soir, tu devrais venir. Ça sera sympa une soirée tous ensemble, entre amis.

« Entre amis. » Le message est on ne peut plus clair. Je ris jaune alors qu'elle baisse les yeux sur ses chaussures, incapable de me regarder en face. Je mentirais si je disais que je ne suis pas un peu en colère. Parce qu'une partie de moi reste persuadée que c'est du pipeau et qu'elle aussi ressent quelque chose. Mais j'ai bien assez de problèmes comme ça ; si elle ne veut pas assumer, tant pis pour elle.

— On verra.

Mon téléphone se met à sonner, preuve que j'ai menti. Alexia me dévisage en haussant ses sourcils bruns, et je décide de regarder de qui il s'agit, puisqu'elle a bien compris que la sonnerie ne venait pas de mon cul. Je sors le smartphone de ma poche arrière et constate que c'est ma cousine Nina qui m'appelle. Nous ne nous sommes pas vus depuis des années mais grâce à Facebook nous avons repris contact il y a peu et nous nous appelons de temps en temps. Alexia connaît une bonne partie de ma famille, mais pas Nina, et je décide d'en jouer. Je brandis mon téléphone devant ses yeux, pour bien lui montrer le prénom de fille qui est indiqué.

— Désolé, mais je crois que ce soir j'aurai mieux à faire.

Son regard se voile et ses lèvres se pincent, la jalousie déformant ses traits. Elle ne ressent rien, mon œil ! Mais puisqu'elle veut que nous ne soyons qu'amis, alors je vais me comporter comme tel. Je crache mon chewing-gum à ses pieds et la laisse en plan sur le trottoir, sans rien rajouter, mais avec une petite idée derrière la tête.

*

Je ne suis pas un grand fan du *Vibe*. L'intérieur est chaleureux, avec son style pub anglais, ses meubles en bois et ses murs en brique. Mais l'ambiance est plus huppée qu'au *Hard One*. Ici la clientèle est plus bourgeoise, un poil snob. Le seul point positif, c'est que la musique est toujours super. Il y en a pour tous les styles et le proprio est vachement exigeant sur les nouveaux groupes qu'il fait passer chez lui. Beaucoup de ceux qui ont démarré au *Vibe* ont fait carrière. Malgré tout, quand j'arrive ici, je ne me sens pas à l'aise, pas à ma place. Je ne sais pas si ça tient au lieu, ou à la jolie rousse accrochée à mon bras.

Alexia m'a vraiment foutu en rogne cet après-midi, et quand j'ai senti qu'elle éprouvait une pointe de jalousie et donc qu'il y avait une faille dans sa cuirasse, je me suis engouffré dans la brèche. J'ai appelé une des filles que je croise régulièrement à la salle de sport, Rebecca. C'est une femme voluptueuse, au corps charnu et aux formes avantageuses. Elle a une poitrine si généreuse que je ne pense même pas que ses seins tiendraient dans mes deux paumes réunies. Elle a de beaux yeux marron très clair, et même si je trouve son nez un peu trop fin, elle a un visage harmonieux. C'est une très jolie fille, et elle me drague depuis un moment. Mais son côté superficiel m'a toujours rebuté. Seulement, pour mon plan de ce soir, elle fera l'affaire.

Est-ce que je me sens comme un salaud de me servir de cette fille pour en rendre jalouse une autre ? Sans conteste, oui. Et c'est encore pire lorsque je croise le regard glacial d'Alexia. Elle est magnifique ce soir. Elle porte une robe nude avec de la dentelle noire sur son buste et sur le bas du vêtement, qui lui arrive au milieu des cuisses. Elle a bouclé ses cheveux bruns et son maquillage sombre fait ressortir ses yeux. Elle porte juste une pointe de gloss et alors que nous sommes encore à quelques mètres d'eux, je sens son parfum de vanille venir me taquiner les narines. Elle est carrément bandante, Rebecca ne fait pas le poids à côté. Pourtant, vu la mine d'Alex, elle la trouve largement à la hauteur pour être une rivale.

— Salut, tout le monde, dis-je en arrivant.

— Salut, mon pote, on pensait que tu ne viendrais pas, me dit Austin.

— J'ai changé d'avis finalement.

Je lance un grand sourire à Alexia qui fronce son petit nez, chose qu'elle fait soit quand elle a envie de rire, soit quand elle se retient de lancer une flopée de jurons. Là je penche plutôt pour la seconde option. Elle tend sa main, ornée d'une bague aussi grosse que mon poing, à Rebecca, comme pour me signifier qu'elle n'a pas l'intention de rentrer dans mon petit jeu.

— Nina, je suppose.

— Euh… non. Moi, c'est Rebecca.

Austin recrache une gorgée de son soda dans son verre tant il glousse, alors que Lily porte une main devant sa bouche, gênée. Elle aussi est très mignonne ce soir dans son short à pois blancs et noirs et son débardeur rouge.

Ma cavalière ne s'offusque pas de cette méprise, ce dont je lui suis reconnaissant. Après tout ce n'est que notre premier rendez-vous, et le dernier aussi, même si elle ne le sait pas encore. Alex, elle, au contraire, a l'air totalement hors d'elle. Et ça ne s'arrange pas au fur et à mesure de la soirée.

Austin et Lily n'y font pas trop attention. Entre deux discussions, ils sont bien trop occupés à se jeter l'un sur l'autre pour remarquer quoi que ce soit. Mais moi je vois bien la tension qui anime ma jolie libraire. Ses lèvres sont pincées, tout son corps est crispé et ses yeux bleus me lancent des éclairs à chaque fois que Rebecca ose poser une main sur mon torse ou mon genou. Quand elle remonte lentement vers ma cuisse, Alex n'y tient plus et nous informe qu'elle va se chercher un verre tout en me marchant volontairement sur le pied. Je crois qu'elle vient de me transpercer le gros orteil avec son talon. Je grimace de douleur, puis fais signe à ma compagne d'un soir que je vais moi aussi me chercher à boire. Arrivé au bar, je me place à côté d'Alexia et je frôle son coude avec le mien. Elle avale d'un coup sec son verre de gin avant d'en commander un autre, et j'en profite pour demander un whisky.

— Tu passes une bonne soirée ? l'interrogé-je.

Elle ouvre la bouche, puis la referme sans rien dire. Elle s'empare de son verre, prête à rejoindre notre table, mais elle fait demi-tour si vivement qu'elle renverse la moitié de l'alcool sur le sol.

— Comment oses-tu venir avec cette cruche ici ?

Je riposte en riant à moitié :

— Ce n'est pas très gentil, ça, Alexia. Ce n'est pas parce que Rebecca est sublime qu'elle est forcément bête.

— Oh, je t'en prie, elle a appelé le « bébé du cheval » le chevalon !

J'explose de rire alors qu'Alexia me fusille toujours du regard. C'est vrai qu'avec Rebecca, on est loin du prix Nobel. On arrive tout juste à l'école maternelle en fait.

— Elle n'a pas inventé l'eau chaude…

— Pas même l'eau froide, si tu veux mon avis.

— … mais elle a des tas d'autres qualités.

— Ah oui, ça je veux bien te croire. Les mêmes que cette Nina, probablement. Depuis quand tu t'envoies tout ce qui bouge, Matt ?

— Et depuis quand ça t'intéresse ? Si je ne suis que ton ami, alors qu'est-ce que ça peut bien te faire qui je me tape ou non ?

Elle baisse le visage un instant, en se tordant les mains, mais quand elle relève les yeux vers moi, une grosse boule vient se loger dans ma gorge. Elle n'est plus seulement en colère, elle est blessée.

— T'as raison, j'en ai rien à foutre.

Et elle me plante comme un idiot, devant le bar, seul avec mon whisky et mes regrets.

7

Quand je retrouve Austin, Lily et Rebecca, Alexia ne se trouve pas avec eux. Elle a dû faire un arrêt aux toilettes. Ou elle a eu besoin de souffler un instant, loin de moi. Au début ça m'a semblé une bonne idée de me pointer ici avec une autre fille, et j'avoue que j'avais une légère envie de me venger. Bon O.K., une grosse envie. Mais quand j'ai vu à quel point Alex se sentait mal à cause de ça, à cause de moi, je me suis rendu compte que mon comportement était vraiment stupide. Depuis quand me conduis-je en véritable imbécile ? Ah oui, je sais, depuis que j'ai passé une nuit mémorable avec elle et qu'elle n'a pas souhaité y donner suite. Je lui ai pourtant promis que nous serions toujours amis, que rien ne pourrait changer ça. Et regardez-moi, avec cette nana aussi bête qu'un bulot accroché à mon bras. Maintenant je suis prêt à me le couper rien que pour qu'elle me lâche la grappe deux secondes.

Ça fait un moment qu'Alexia est partie maintenant et je commence à m'inquiéter, ainsi qu'Austin.

— Son téléphone ne répond pas, râle celui-ci.

— Elle ne doit pas l'entendre à cause de la musique, nous dit Lily. Je vais essayer de la trouver.

— Non, laisse, je vais y aller.

— Si elle est dans les toilettes des femmes, tu ne pourras pas rentrer.

— Alors là, tu me connais mal.

C'est d'ailleurs le premier lieu où je me rends. Je me dis que si elle a besoin de cinq minutes de calme, c'est le meilleur endroit. Quelques filles me lancent des œillades courroucées lorsque je pénètre dans ce lieu anti-mâles, d'autres ont l'air de vouloir me traîner dans la cabine la plus proche pour une petite partie de jambes en l'air. Il faut dire que je voulais tellement impressionner Alexia que je me suis mis sur mon trente-et-un ce soir. Un jean noir près du corps, une chemise cintrée d'un bleu identique à ses beaux yeux et un veston gris qui me donne une carrure impressionnante. Je me suis rasé de près et j'ai repassé un coup de tondeuse sur mes cheveux châtains, même si je crois qu'elle les aime un peu plus long. Moi j'aime ce look, ça me donne un air plus dur, plus mature.

J'ai beau inspecter chaque cabine, Alexia n'est pas là, alors je retourne dans la salle. Je vais voir au bar, près de la scène, je fais le tour des tables au cas où elle aurait croisé quelqu'un. Aucune trace d'elle. Je suis en train de me demander si elle ne serait pas partie sans rien dire quand soudain je la remarque, dans un coin près des toilettes des hommes. C'est bien le dernier endroit où j'aurais pensé la trouver. Elle est dans un renfoncement à peine éclairé, mais elle n'est pas seule. Un type se trouve en face d'elle. Je ne vois pas grand-chose de lui parce qu'il me tourne presque le dos et que l'éclairage est mauvais. J'aperçois seulement que ses cheveux courts sont bruns, qu'il est un peu plus grand que moi mais semble moins costaud de loin.

Je pense d'abord que ce type est en train de la draguer et ça me met dans une colère noire. Elle me reproche d'être venue avec Rebecca alors qu'elle se laisse brancher par le premier connard venu. Ou alors elle cherche à se venger, à me rendre la monnaie de ma pièce. Je dois bien reconnaître que ça serait mérité, et ça me fait encore plus chier de l'admettre. Mais plus je les observe, plus je me rends compte qu'Alexia n'a pas l'air à l'aise. Elle n'ose pas le regarder dans les yeux, elle semble comme prostrée. Je la trouve toute petite face à lui. Elle se dandine d'un pied sur l'autre et elle n'a de cesse de passer sa main dans ses cheveux. Lui n'arrête pas de faire de grands gestes, il la surplombe et carre les épaules. Il tente de l'intimider. Je repense immédiatement à ce type qui la suit partout, Reese. Oserait-il venir jusqu'ici, pour l'embêter, alors qu'elle est avec nous ?

Ni une ni deux, je fonce dans leur direction. Il y a du monde mais je fends la foule à une vitesse impressionnante, jouant des coudes pour pouvoir la rejoindre le plus vite possible. Alexia me repère quand je suis à quelques mètres d'eux et la vague de soulagement que je vois dans son regard me fait presser un peu plus le pas. Il lui fait peur, c'est évident. Quelqu'un vient alors se planter devant moi et je suis prêt à pousser cette personne, quelle qu'elle soit, pour retrouver Alex, quand je constate qu'il s'agit de Rebecca. Elle a les mains sur les hanches, elle penche la tête de côté et me dévisage avec un air mécontent.

— Tu m'invites à boire un verre et tu passes ton temps à vouloir m'échapper. Je m'ennuie, moi, avec tes amis !

— Désolé, Rebecca, mais je dois trouver Alex.

— Oh, laisse-la, c'est une grande fille. Et si on s'en allait plutôt, on pourrait aller chez moi ?

Même si je n'étais pas plongé en pleine crise avec la sœur de mon meilleur pote, la façon qu'a cette fille de se jeter dans mes bras alors que c'est notre premier rendez-vous et que je l'ai ignorée toute la soirée finit de me convaincre que jamais plus je ne la reverrai. Elle n'a aucune dignité et cherche juste à se faire sauter. Je jette un regard au loin et j'aperçois Alexia de plus en plus mal alors que le mec est carrément collé à elle. Elle a une main sur son torse, elle cherche à le repousser, tandis qu'il se rapproche de son cou. Je vais le tuer, cet enfoiré. Elle n'arrête pas de regarder dans ma direction et il suit son regard, ce qui me permet d'en voir un peu plus de lui. Il a l'air pas mal, même si je ne suis pas expert en la matière. Il plisse les yeux en me voyant et se remet à hurler sur Alexia. Mais Rebecca me bouche à nouveau la vue.

— Eh, tu m'écoutes ?

— Je suis désolé, Becca. Vraiment. Mais tu devrais rentrer chez toi. Voilà de quoi payer le taxi, lui dis-je en glissant un billet dans sa paume. J'ai une histoire urgente à régler.

Je l'entends me traiter de salopard alors que je la contourne. Je n'aime pas trop me conduire comme ça, mais là je n'ai pas le temps de faire ça en douceur. Quand j'arrive enfin à hauteur d'Alex, le type a disparu. Elle est appuyée contre un mur, le dos voûté et les larmes aux yeux. Elle paraît perdue, fragile. Elle est tellement chamboulée qu'elle ne se rend pas compte de ma présence. Je pose une main sur son épaule et elle sursaute avant de se jeter à mon cou. J'entends ses sanglots et tandis que je la serre fort contre moi, une brûlante envie de dévisser la tête de ce mec me prend aux tripes.

— C'était lui ?

Elle hoche la tête mais ses pleurs l'empêchent d'aligner deux mots. Ce qui me met encore plus en rage.

— Où il est ?

Je regarde partout autour de moi, à la recherche de ce Reese. Je vais d'abord lui péter les dents, puis lui broyer les couilles. Ensuite je l'amènerai à Austin qui sera lui aussi ravi de venger sa sœur.

— Parti.

— Où ?

— Je ne sais pas. Laisse tomber, Matt.

— Hors de question. Dis-moi où il est. Je vais le défoncer.

— Matt, je t'en prie. Arrête. Laisse-le, ça n'en vaut pas la peine.

Je suis tellement en rage que je la bouscule un peu pour qu'elle me lâche ; je n'ai qu'une idée en tête, réduire ce gars en miettes. Mais Alexia s'accroche fort à mon bras, en y plantant ses ongles. Quand je la regarde de nouveau, elle paraît aussi vulnérable qu'une enfant et ses yeux sont dilatés par la peur. Elle ne veut pas que je la laisse. Je la prends dans mes bras et presse son corps contre le mien. Pour une fois, ma bite reste calme. Même si elle apprécie le contact, elle sait que ce n'est pas le moment. Je dépose un baiser dans les cheveux d'Alex et elle me rend fermement mon étreinte, en se blottissant dans le creux de mon cou. Elle prend de grandes inspirations alors que je dessine des cercles apaisants sur sa chute de reins. Elle reprend peu à peu contenance et s'écarte finalement de moi, me laissant une sensation de vide à l'intérieur si désagréable que je me retiens de la ramener brusquement à moi jusqu'à ce qu'elle comprenne que là est sa place. Dans mes bras.

— Est-ce que tu veux que je te ramène chez toi ?

Son visage se détend tandis qu'elle plonge ses prunelles dans les miennes, puis ses sourcils se froncent et elle se mord la lèvre en regardant vers notre table.

— Je vais prendre un taxi plutôt. Ton rancard t'attend.

— Ce n'était pas un rancard. C'était juste la plus grosse bêtise de ma vie. Et je lui ai déjà payé un taxi, à elle. Alors, mon carrosse et moi sommes tout à toi.

Un léger sourire vient illuminer son visage et elle hoche la tête en mêlant ses doigts aux miens. Une mini-décharge me transperce le corps quand elle se presse contre mon flanc. Nous passons rapidement voir Austin et Lily, et Alexia leur raconte qu'elle était aux toilettes et qu'elle se sent mal, donc que je la ramène. Elle est extrêmement convaincante et aucun d'eux ne doute de la véracité de ses propos. Ce qui me fait m'interroger. Combien de fois nous a-t-elle joué la comédie en prétendant que tout allait bien ? Depuis quand va-t-elle si mal ? Sans que nous nous rendions compte de rien… Malgré sa veste en cuir, elle frissonne dès que nous sortons et je passe mon manteau sur ses épaules. Mais tout le temps du trajet, des frémissements continuent de la faire s'agiter. Elle est glacée de l'intérieur, mais je vais tout faire pour qu'elle n'ait plus jamais froid.

*

Elle ne décroche pas un mot de toute la route. En fait elle semble si renfermée sur elle-même que je n'ose lui adresser la parole moi non plus. Je la sens sur le point de s'effondrer à tout moment. Quand nous arrivons enfin devant sa maison, je ne lui demande pas si elle veut que je la raccompagne. Je la suis à l'intérieur, mais elle ne s'en plaint pas, et elle ferme même à clé derrière moi. Qu'est-ce qu'il a bien pu lui dire pour qu'elle soit si flippée ?

— Alexia, parle-moi, chérie.

— Je… J'ai besoin de me rafraîchir. Sers-toi quelque chose à boire si tu veux. Tu connais la maison, tu sais où ça se trouve.

Elle me laisse dans le salon et court presque jusque dans la salle de bains. J'entends l'eau de la douche couler, elle en a sûrement pour un moment. Il est presque deux heures du matin et je suis claqué mais il est hors de question que je parte avant que nous ayons pu discuter, elle et moi.

Je me dirige vers le placard où M. Grimm planquait ses bonnes bouteilles. Rien n'a changé depuis sa mort, et je trouve un bon whisky pur malt de cinquante ans d'âge planqué derrière quelques cognacs et autres breuvages. Je m'en sers un double et m'assois dans le canapé, la tête penchée sur le dossier. L'alcool est délicieux mais je n'arrive pas à me détendre. Je suis contracté, irrité, fou de rage. J'aurais dû rester, retrouver ce connard. Mais Alexia avait tellement besoin de moi. Du moins, c'est l'impression que j'ai eue. Sa façon de se cramponner à mon bras comme si sa vie en dépendait, ça m'a fait mal au bide. Et bizarrement, ça m'a rendu aussi heureux de voir qu'elle me croyait capable de la protéger.

Finalement elle reste moins longtemps que je ne le pensais dans la salle de bains ; je n'ai même pas eu le temps de finir mon verre. Elle a ôté son maquillage, ses cheveux trempés dégoulinent encore dans son dos et elle porte un épais peignoir blanc en éponge. Pas très glamour, et pourtant je la trouve à couper le souffle. Elle se place à mes côtés sur le sofa et s'empare de mon verre qu'elle termine pour moi.

— Une petite soif ? la taquiné-je pour tenter de la dérider.

— Désolée. Mais j'en avais besoin.

— Tu veux que je te resserve ?

— Non, il ne vaut mieux pas, c'est dangereux de picoler quand tu es dans les parages.

Je suis soulagé qu'elle se remette à plaisanter, mais je veux toutefois m'assurer qu'elle sait qu'elle ne risque rien avec moi. Elle a beau me faire un effet de dingue, jamais je ne profiterais de la situation, même si ma queue doit faire exploser les boutons de mon jean.

— Tu sais que tu es en sécurité avec moi, Alex. Je ne te ferai jamais de mal.

— Matt, en dehors de mon frère, tu es la personne en qui j'ai le plus confiance. Je me sens bien quand tu es là, j'ai moins peur.

— Qu'est-ce qu'il t'a dit pour te terrifier ainsi ?

— Rien. Vraiment, c'est moi qui débloque.

Elle se lève et se rapproche de la cheminée éteinte, comme si même sans les flammes elle pouvait y puiser un peu de chaleur. Et puis je la vois jeter un œil sur le portrait de famille au-dessus de l'âtre et je comprends que ce qu'elle recherche avant tout c'est la sensation de quiétude que seuls des parents peuvent vous donner. Sauf qu'elle n'a plus les siens. Mais, pour ce soir au moins, elle m'a, moi.

— Dis-moi ce que je peux faire pour toi.

— Est-ce que ça te dérangerait de rester dormir ici ?

Elle se mordille la lèvre en regardant partout sauf dans ma direction. Qu'est-ce qu'elle est mignonne ! Qu'est-ce qu'elle est sexy ! Qu'est-ce qu'elle me rend fou ! Je m'approche d'elle et m'empare de son menton pour planter mes yeux chocolat dans les siens.

— Évidemment. Je vais prendre la chambre d'Austin.

— En fait… enfin… si tu veux bien…

— Quoi, Alex ?

— Tu pourrais dormir avec moi ?

Putain, elle veut ma mort. Comment pourrais-je dormir à ses côtés sans la toucher ? Sans l'embrasser ? Déjà que là c'est difficile, mais être dans un lit avec elle sans pouvoir rien faire, ça va me faire devenir chèvre. Seulement, comment résister à sa petite moue triste et à ses grands yeux bleus paniqués ? On dirait un petit chaton abandonné, apeuré, qui vous supplie de l'aider.

Je fais le tour de la maison pour tout fermer puis je la prends par la main et l'emmène dans sa chambre. Après la salle de bains, c'est la prochaine pièce que je rénoverai et j'ai déjà une parfaite idée de ce que je vais faire ici. En commençant par l'obliger à se débarrasser de ce plumard minuscule. Pour un lit deux personnes, je le trouve ridiculement petit et je suis persuadé qu'une fois allongé, mes pieds vont dépasser de vingt bons centimètres.

Cependant, quand Alexia retire son peignoir et se retrouve en short et débardeur, faits dans un tissu aussi fin que du papier à cigarette, j'oublie aussitôt ce fichu lit et toute pensée cohérente m'abandonne. Ça va être encore plus dur que je ne le pensais. Nous n'avons pas allumé mais la lueur des lampadaires à l'extérieur me donne une faible image de son corps musclé et j'arrive même à percevoir la chair de poule qui recouvre son épiderme. Elle se cache vite sous les draps alors je commence à me désaper. Je retire d'abord mon veston et ma chemise, tout en posant ma montre sur la table de chevet. Quand je me retourne, je vois les prunelles d'Alex briller alors qu'elle me contemple ouvertement. Ma poitrine se gonfle et mon souffle se bloque tandis qu'elle me détaille de haut en bas. Je n'ai plus qu'une idée, vite enlever le reste pour que son regard finisse d'incendier tout mon corps. Je retire mes chaussures, chaussettes, puis mon pantalon, et je reste un moment debout à l'observer tandis qu'elle me contemple. A-t-elle aussi chaud que moi tout à coup ? Sent-elle cette électricité entre nous, sans même que nous nous touchions ? Son portable sonne et met fin à son inspection, alors que l'angoisse la submerge. Je le sens à sa respiration qui s'accélère et à sa façon de crisper les poings sur la couverture. Sans lui demander l'autorisation, je m'empare du téléphone et regarde qui lui envoie un SMS.

— C'est Austin, il veut s'assurer que tu te sens mieux.

Je réponds vite fait à sa place alors qu'Alexia expire de soulagement. Ensuite je m'installe dans le lit à côté d'elle, à une distance raisonnable. Il ne manquerait plus qu'elle sente ma bite battre la mesure contre sa cuisse. Nous regardons tous deux le plafond, sans rien dire, quand sa voix cristalline vient percer le silence pesant de la chambre.

— Il m'a dit qu'il m'aimait, et qu'il ne pouvait pas me laisser. Que je lui appartenais et que nous deux, c'était à la vie à la mort. Qu'il ferait n'importe quoi pour que je lui revienne parce qu'il ne peut pas vivre sans moi. Et il a précisé qu'il était hors de question que je vive sans lui.

— Alexia, ça prend des proportions dangereuses cette histoire, il t'a clairement menacée là !

Elle ne dit rien pendant si longtemps que je me demande si elle ne s'est pas endormie. Moi je ne risque pas de fermer l'œil après ce qu'elle vient de me balancer. Ce type est tordu, et malsain. Il va falloir agir. Ses doigts frôlent les miens et son chuchotement me parvient à peine alors qu'elle est à quelques centimètres de moi.

— Il t'a repéré quand tu as essayé de nous rejoindre. Il m'a dit que tu ne pouvais rien contre lui, contre nous.

Et que tu ne pourrais pas l'empêcher de m'aimer pour toujours.

— Trésor.

J'oublie toute prudence et je l'attire contre moi. Elle pose la tête sur mon torse et je passe ma main dans ses cheveux alors que ses ongles se plantent dans mes flancs.

— Écoute-moi. Il ne t'arrivera rien, je suis là, je vais te protéger contre ce malade. Il ne t'approchera plus jamais, je te le promets.

— Ne me laisse pas, Matt, pleure-t-elle.

— Jamais, chérie. Jamais.

8

Lorsque je me réveille, j'ai l'impression d'être encore plus fatigué qu'avant que nous allions nous coucher. Mes paupières sont collées et j'ai le dos en compote. Saleté de lit de merde. Je ne sais pas comment fait Alexia pour dormir dans un truc pareil. Je jette un œil de son côté et je constate qu'elle est déjà réveillée. Elle fixe le plafond tout en jouant nerveusement avec ses mains. Est-ce le fait de se trouver dans un lit avec moi qui la met mal à l'aise ou est-ce à cause de la scène d'hier qu'elle se sent mal ? Ça, je ne sais pas. Sans doute les deux. Je me place sur un coude et elle me fait un léger sourire quand elle voit que je ne dors plus. Ça me rassure un peu, jusqu'à ce que je remarque les profonds cernes sous ses yeux.

— Ça fait longtemps que tu es réveillée ?

— Environ une heure et demie.

Je prends ma montre pour regarder l'heure : 7 h 10. Nous nous sommes couchés à plus de deux heures du matin, autrement dit elle n'a pratiquement pas fermé l'œil.

— Ce n'est pas moi qui t'ai empêchée de dormir, j'espère ? J'ai l'habitude de dormir seul, alors souvent je m'étale dans le lit.

— Non, ne t'en fais pas. Je pensais à hier.

— Ça va aller, Alexia. Il ne t'importunera plus. Je vais m'en charger. Tu me crois ?

Elle souffle et passe une main sur son visage fatigué. Ses traits sont tirés et ses lèvres pincées. Quand je repense à la Alexia souriante et pleine de peps que j'ai toujours connue, ça me donne encore plus envie de réduire ce mec en bouillie.

— Oui, je te crois. Mais je m'en veux de te mêler à ça.

— Tu ne me mêles à rien du tout. C'est moi qui m'immisce dans cette histoire de mon plein gré, et je t'assure que je vais éprouver une joie immense à lui faire sa fête.

— Je n'arrive pas à faire abstraction de tout ce qu'il m'a dit. J'essaye de le chasser de mes pensées, d'oublier les bons moments que j'ai passés avec lui. J'ai l'impression que c'était une personne différente, comme s'il était possédé.

— Je pense surtout qu'il a toujours été malade et qu'il te montre maintenant son vrai visage.

Elle acquiesce puis se tourne vers moi, son nez à quelques millimètres du mien.

— Il était si proche de moi hier. J'ai la sensation de sentir encore sa main sur mon épaule, son souffle sur mon cou, ses lèvres sur ma joue. Et ça me dégoûte maintenant. Je voudrais l'effacer. Tout oublier, juste un instant. Mais je ne sais pas comment.

— Il faut te changer les idées. Focaliser ton esprit sur quelque chose de positif, qui te fait du bien.

— Je pourrais aller courir.

— Je pensais plutôt à un orgasme mais si tu préfères le footing, alors on y va.

Je lui fais un clin d'œil et un grand sourire pour qu'elle sache que je plaisante et un léger rictus fend son visage. C'est une maigre victoire mais je m'en contenterai pour le moment. Je m'apprête à me redresser pour sortir du lit quand elle pose une main sur mon biceps et la fait courir doucement sur tout mon bras jusqu'à s'emparer de mes doigts.

— Comment tu ferais ? demande-t-elle timidement.

— Comment je ferai quoi ?

— Pour me faire jouir.

Je déglutis difficilement alors que mon membre se réveille instantanément. Rien que d'entendre le mot « jouir » dans sa jolie bouche, ma queue est à la fête. Je ne sais pas si c'est prudent de lui dire tout ce que je crève d'envie de lui faire, surtout lorsqu'elle est si vulnérable, mais je me convaincs bêtement qu'il ne s'agit que de paroles et que ça ne peut pas faire de mal.

— J'ai mille idées de ce que je pourrais faire subir à ce corps sublime, lui dis-je en me collant à elle. Je pourrais le couvrir de baisers, titiller ces jolis tétons roses que tu caches sous ton débardeur. Je glisserai mes doigts dans ta chatte humide et je la baiserai comme je l'ai déjà fait avec ma bite.

Son corps se couvre de frissons et comme mu par sa propre volonté, son bassin se met à se mouvoir contre mon pénis. La caresse est délicieuse, et si j'en juge par le gémissement qu'elle laisse échapper, ça lui plaît aussi.

— Mais avant tout, ce que je rêve de faire, c'est plonger ma tête entre tes cuisses et te lécher jusqu'à ce que tu hurles mon nom. Putain, oui, j'adorerais ça.

Elle se jette alors sur ma bouche et m'embrasse à en perdre haleine. Je suis sur le coup un peu surpris, mais bientôt mon instinct reprend le dessus et je glisse mon bras dans son dos pour la serrer plus fort contre moi. Elle laisse ses doigts glisser sur mon torse, puis sur mes abdos, jusqu'à la barrière de mon caleçon. Elle hésite un instant puis plaque sa paume sur mon entrejambe, m'arrachant un gémissement de plaisir.

— Fais-le. Fais-moi du bien, Matt.

— Alex… j'en ai tellement envie. Mais tu es fragile et je ne devrais pas en profiter. Hier encore, tu disais ne pas vouloir de moi et là…

Je la repousse doucement mais elle se cramponne plus fermement à moi et ses grands yeux bleus m'hypnotisent. Elle est belle, si belle. C'en est presque douloureux.

— Je t'en prie. Tu m'as dit que tu m'aiderais, et là j'ai besoin de toi. J'ai besoin de me sentir bien, de me sentir vivre. Touche-moi, Matthew, s'il te plaît.

Difficile de dire non quand la femme de vos rêves vous supplie. Parce que, non, je ne sais pas quand c'est arrivé ni comment, mais Alexia Grimm est définitivement la femme que j'attendais. Je suis conscient que pour l'instant tout ce qu'elle attend de moi c'est un moment de pur plaisir, rien d'autre. Mais je suis prêt à lui donner tout ce qu'elle voudra, et si ce n'est que ça, alors je m'en contenterai.

J'appuie mes lèvres sur les siennes et elle plonge rapidement sa langue dans ma bouche, à la recherche de la mienne. Une danse sensuelle s'installe entre elles alors que je chéris chaque partie de son corps fabuleux avec mes mains. Je caresse la courbe de ses hanches, je griffe la peau douce de son dos, je pince la pointe de ses seins parfaits. Ses vêtements me gênent et en quelques secondes, je les lui ai retirés. Elle se faufile sous mon boxer, qu'elle fait glisser le long de mes jambes. D'un coup de pied, je l'envoie valser sous les draps et nous nous retrouvons peau contre peau. La sensation est exquise, je voudrais me trouver là, contre elle, pour toujours. Comme je le lui ai promis, j'efface toute trace de Reese en posant mes lèvres partout où je le peux. Je suce son cou, lèche son épaule, mordille son nombril. Je l'observe se disloquer sous mes yeux alors que je glisse mon majeur dans sa fente.

— T'es si mouillée. Juste pour moi.

— Oui. Tu es… bordel, Matt.

Je crois que je n'oublierai jamais cette vision d'elle, les paupières closes, la bouche entrouverte, le dos cambré, alors que je plonge deux doigts en elle. Je les fais aller et venir dans son sexe tout doucement mais ce qu'elle veut, c'est une jouissance rapide et je ne suis pas prêt à la lui accorder. Ça sera peut-être la dernière fois qu'elle me laisse la toucher alors je compte bien en profiter. Je retire mes doigts et elle grogne de mécontentement, ce qui me fait rire. Je me dresse sur les genoux, ma queue bandée bien en évidence, et elle se lèche les lèvres en l'observant. Merde, j'ai tellement envie de me glisser entre ses lèvres. Mais c'est elle qui a besoin de moi, c'est pour elle tout ça, moi ça ne compte pas. Et ce n'est pas comme si je ne prenais pas un plaisir absolu à déguster son corps morceau par morceau.

Je pose un premier baiser sur sa cheville droite, et ma bouche remonte doucement son mollet jusqu'au creux de son genou où je donne un coup de langue. Elle plaque une main sur sa bouche en m'observant tandis que je prends l'autre jambe pour mordre la peau tendre de l'intérieur de sa cuisse. Elle pousse un petit cri et j'apaise la douleur en l'embrassant puis je suce fort sa peau pour laisser une trace de mon passage, comme elle l'a fait avec moi lors de notre première nuit. Elle rit légèrement et doit y repenser aussi, mais son gloussement se transforme en halètement alors que je baise délicatement les lèvres de son sexe. Puis, quand je passe ma langue dans ses replis, elle geint si fort que tout le quartier a sans doute dû l'entendre. Je m'active sur son clitoris en donnant des coups rapides et en dessinant des cercles tout autour. Ses ongles griffent mon crâne lorsque deux doigts viennent se joindre à la fête et pénètrent son intimité. Je m'étais juré d'y aller doucement mais les cris qu'elle pousse me rendent fou et je la baise brutalement avec mes doigts, comme j'ai envie de le faire avec ma queue. Mes hanches s'activent sur le matelas, comme si je cherchais à me faire le lit ; je crois que je n'ai jamais été aussi excité de ma vie. Sauf peut-être lors de cette première fois avec elle. Je la sens tout près de l'extase et le fait qu'elle scande mon nom comme si j'étais un superhéros me donne envie de la faire enfin jouir comme elle le mérite. Je suce alors fort son clito tout en enfonçant bien fort mes doigts dans sa chatte et je la sens se resserrer autour de moi alors qu'un hurlement dévastateur résonne dans toute la chambre. Je lape une dernière fois ses replis, pour accompagner son orgasme jusqu'au bout, ce qui lui provoque un soubresaut de plaisir. Ses ongles plantés dans mon cuir chevelu se transforment en de douces caresses et je remonte lentement son corps jusqu'à me tenir juste au-dessus de son visage. C'est elle qui prend l'initiative de m'embrasser. Un baiser tendre, émouvant, plein de gratitude mais aussi passionné. Un baiser qui me retourne les tripes et fait flancher mon cœur.

— Laisse-moi te faire du bien, moi aussi.

Ses doigts s'égarent sur mon membre tendu et je peine à résister à ce léger frôlement. Mais même si je dois crever de frustration je ne me sens pas le droit de faire ça.

— Je mentirais si je disais que je n'en ai pas envie. Ma queue qui s'agite contre toi en est la preuve. Mais c'était pour toi. Pour que tu ailles mieux. Je ne veux pas que tu te sentes obligée de quoi que ce soit.

Je pose doucement mes lèvres contre les siennes puis je quitte le lit avant de changer d'avis. Une douche froide est nécessaire, je crois, heureusement que la salle de bains du haut est encore fonctionnelle. J'espère que l'eau glacée saura calmer mon érection et les battements frénétiques de mon cœur.

*

J'ai bien l'intention de prendre la douche la plus longue de mon existence. Si je retourne là-bas maintenant, il est fort probable que je me jette sur Alexia comme un animal pour la posséder furieusement. Ça n'a jamais été aussi difficile pour moi de repousser une femme, mais je sais au fond de moi que j'ai bien fait. Quand je sortirai d'ici tout à l'heure, je pourrai me regarder dans une glace et je serai fier d'avoir fait passer son bien-être avant l'intérêt de mes couilles. À l'heure qu'il est, elles ne sont plus bleues mais limite noires, et l'eau froide n'y est pour rien. Mais il faut les comprendre, les pauvres, Alexia est si sexy, et la faire jouir, c'était fantastique. J'avais l'impression d'être un dieu alors que j'étais niché entre ses cuisses à la peau laiteuse. Je pourrais peut-être laisser tomber mon appartement et lui demander si je peux élire domicile entre ces deux merveilles jusqu'à la fin de mes jours. Ça serait le pied.

L'eau froide ne m'aide pas, ma queue est toujours aussi raide qu'un bâton. Si jamais mon marteau piqueur me lâche pendant les travaux j'aurais de quoi faire sous la main. Et quand je songe au fait qu'elle est sûrement encore toute nue, à quelques mètres de moi… C'est bon, j'en peux plus. Je saisis mon sexe et commence à faire aller et venir ma main dessus. Vu l'état d'excitation dans lequel elle m'a mis, ça ne devrait pas prendre longtemps. Cependant j'y vais doucement, je veux savourer ce moment, prendre le temps de me remémorer chaque étape de ce qui vient de se passer dans la chambre d'à côté. Je prends appui sur le carrelage et me branle lentement, essayant de me souvenir exactement de chaque souffle qu'elle a expiré, de chaque sanglot qu'elle a retenu, de chaque gémissement que ses lèvres ont laissé échapper.

Mais alors qu'une douce tension vient prendre racine dans mes reins, j'entends le bruit de la porte de la salle de bains. Je n'ai pas fermé à clé, n'ayant pas jugé cela nécessaire. Alexia entre, dans son plus simple appareil, et ses yeux se portent immédiatement sur mes doigts tenant fermement mon membre. Je me fige, aussi immobile qu'une statue, je n'ai aucune idée de la façon dont elle va réagir. Elle avance prudemment vers moi et ne me quitte pas des yeux alors qu'elle glisse un orteil sous l'eau.

— Ouh, c'est gelé ! crie-t-elle.

Je pourrais rire, si je n'étais pas paralysé par sa beauté. Elle est stupéfiante. Ma queue approuve en pulsant un peu plus dans ma main alors que je n'effectue plus aucun geste. Elle se révolte, elle veut jouir pour cette déesse. Alexia règle l'eau à une température plus agréable et mes muscles se relâchent un peu. Mais ils se tendent de nouveau quand elle me prend par surprise en s'agenouillant devant moi.

— Continue, murmure-t-elle à deux centimètres de mon pénis.

— Alex, je ne crois pas…

— Chuuut, j'en ai envie. Continue, Matt.

Elle pose ses fins doigts sur les miens et m'invite à reprendre là où je m'étais arrêté. J'observe ses yeux plissés, sa lèvre qu'elle mordille, son petit nez retroussé. Bordel, je suis dingue de cette fille. Son visage est résolu, elle a l'air sûr d'elle. Mon cerveau bugue complètement quand elle pose un tendre baiser sur le bout de mon gland. Mes neurones sont déconnectés ; tout ce dont ils sont maintenant capables, c'est de faire s'agiter mon poignet pour enfin prendre ce que l'on désire depuis trop longtemps.

Cette fois-ci mes va-et-vient sont rapides, presque brutaux. La voir là, à ma merci, devant moi, me fait disjoncter. Il faut que je lâche la pression avant d'exploser. Elle m'admire me branler, pousse de petits gémissements tout en passant ses mains sur son corps. Elle malaxe sa poitrine et joue avec ses tétons tandis que je m'approche encore un peu plus d'elle, mon sexe touchant maintenant sa bouche. Je glisse le bout de ma queue sur ses lèvres et elle geint, ce qui l'oblige à les entrouvrir. Je pourrais me glisser à l'intérieur, j'en ai envie. Mais quelque chose me retient. Je pense que c'est la peur. La peur que rien ne soit plus jamais comme avant, la peur que tout ceci prenne trop d'importance, pas pour elle mais pour moi. Mais n'est-ce déjà pas le cas ? Quand sa langue sort timidement pour venir taquiner mon gland, je pousse un rugissement bestial. Alexia a l'air d'aimer et elle s'enhardit en me prenant carrément dans sa bouche. C'est délicieux, la manière qu'elle a de faire tourner sa langue autour, de la sucer comme un bonbon, de passer parfois ses dents dessus. Ça fait mal tellement c'est bon. Je suis à un cheveu de jouir mais j'en veux encore, je veux faire durer ce plaisir le plus longtemps possible.

Alex prend le relais de mes doigts et elle se met alors à me branler vite alors que sa bouche s'active sur mon membre. Quand elle va si loin que je touche le fond de sa gorge, mes reins sont en feu et ma vision se trouble. Je ne sais pas si elle aime ça, alors je sors vite d'entre ses lèvres et je me répands sur ses seins en de longs jets brûlants. Le cri que je pousse est proche de l'agonie et je tombe à genoux face à elle. Elle me sourit d'une manière presque candide et passe ses doigts sur ma joue. Je trouve ce geste tellement intime et précieux qu'il me serre la gorge. Nous reprenons tous deux notre souffle, puis Alex se lève et s'empare d'un gant de toilette. Elle réfléchit quelques secondes en inspectant les mille bouteilles de gel douche qu'elle possède puis opte pour celui à la menthe.

— Ça sera plus viril que la cerise, fait-elle en souriant.

Elle passe le gant partout sur mon corps, même dans les recoins les plus intimes. Puis elle me le tend pour que j'en fasse de même avec elle. Et j'en profite largement, en m'attardant sur les zones que je préfère, en laissant échapper un doigt qui vient s'égarer sur son clitoris, en la torturant lentement jusqu'à ce qu'elle hurle de nouveau mon nom. Je dois la retenir pour qu'elle ne s'écroule pas, je voudrais l'avoir toujours dans mes bras. Nous finissons par sortir et nous nous séchons mutuellement sans prononcer un mot. Ensuite nous allons dans sa chambre et Alexia passe un short en jean et un débardeur noir, sans soutien-gorge. Moi je remets mes vêtements d'hier, sans le veston, en essayant d'en chasser les plis. Nous descendons et préparons le petit déjeuner ensemble, de façon naturelle. Je connais tellement bien cette maison, Alexia et moi sommes amis depuis si longtemps que nous évoluons tous les deux dans cette cuisine comme si tout était normal et que nous avions déjà fait ça des milliers de fois.

Mais quand nous nous installons à la table de salle à manger pour déguster nos cafés, le silence qui nous suit depuis tout à l'heure devient gênant et j'ai la sensation que je vais étouffer si l'un de nous ne parle pas rapidement. Alors, je fais le premier pas.

— Qu'est-ce qu'on fait maintenant ?

— Eh bien, il faut que je passe voir Lily, on doit voir quelques CV qu'on a reçus pour embaucher quelqu'un de plus à la boutique, et j'aimerais aussi jeter un œil sur Internet, je recherche un bureau pour…

— Non, Alexia, je ne te demande pas ce que tu vas faire de ta journée. Je veux savoir ce qu'on va faire nous, tous les deux. Ce qui s'est passé entre nous, encore, tu ne peux pas l'ignorer.

Elle repose sa tasse et s'empare d'un morceau de brioche qu'elle recouvre de confiture d'abricot. Elle en mange un bout, comme si je ne venais pas de lui poser une question. J'attends, patiemment, je peux même rester là des heures jusqu'à ce qu'elle me réponde s'il le faut. Mais ses yeux bleu marine viennent trouver les miens et elle me parle avec assurance.

— Je ne veux pas y réfléchir, mettre des mots sur ce qui se passe, nous coller une étiquette. C'était merveilleux ce matin, et la dernière fois aussi. Est-ce que ça va se reproduire ? Je n'en sais rien, je ne sais pas si je le veux. Objectivement, on sait, toi et moi, qu'il ne vaudrait mieux pas. Mais tu as raison, je ne peux pas ignorer cette… attirance. Alors on ne pourrait pas juste ne rien dire, prendre les choses comme elles viennent, un jour après l'autre ?

— Donc tu veux faire comme s'il ne s'était rien passé ? Encore une fois ? demandé-je, dépité.

— Oui. Non, pas vraiment. Je n'ai pas l'intention de nier cette alchimie, mais je ne suis pas prête à y donner suite. Après ce qui s'est passé avec Reese, je n'ai pas envie de me réinvestir. Et toi et moi, on est amis depuis toujours, tu n'es pas un vulgaire plan cul. Ce genre de chose, ce n'est ni ton style ni le mien. Je ne suis juste pas capable pour le moment de prendre la moindre décision nous concernant. Tout ce que je peux te dire, c'est que j'ai besoin de toi plus que jamais.

J'ai envie de lui demander si elle a besoin de moi parce qu'elle a peur, ou parce qu'elle éprouve quelque chose. Mais la réponse qu'elle pourrait me donner me fiche la frousse. Alors je prends un bout de brioche moi aussi et je l'enfourne pour éviter de poser d'autres questions.

9

Alex et moi finissons de prendre notre petit déjeuner en parlant de tout et de rien, comme d'habitude. Je lui donne mes idées pour sa chambre à coucher et elle semble emballée par le projet. Une peinture jaune sur le haut et un gris très foncé en bas, le tout séparé par une moulure en bois rappelant son magnifique plancher. Des meubles blancs pour éclairer la pièce et je pense lui confectionner moi-même des étagères dans un renfoncement de la chambre qui aujourd'hui ne sert pas à grand-chose sauf à gâcher de l'espace.

Elle m'emmène ensuite dans la buanderie et me fais remarquer que la plomberie n'est plus de première jeunesse et qu'elle craint d'avoir rapidement des problèmes. La pièce comporte sa machine à laver, son sèche-linge, tout le nécessaire pour le repassage mais aussi un évier et une douche que sa mère utilisait après ses travaux de jardinage. Je constate en effet qu'il y a déjà une légère fuite sous l'évier et que la douche fait vraiment peine à voir. Il y a déjà deux salles de bain dans cette maison donc je ne vois pas l'intérêt de s'encombrer avec une douche supplémentaire qu'apparemment Alexia n'utilise jamais. Nous nous mettons donc d'accord pour que je la retire mais elle souhaite garder l'évier. Je remarque également que le carrelage est fissuré à un endroit et quand je retire quelques vieilles tommettes cassées, un morceau du sol s'écroule carrément et forme un trou dans lequel Alexia pourrait facilement rentrer.

— Mais c'est quoi ce bordel ?

— Euh... oups !

— Oups ?! Tu viens de faire un trou dans mon sol ! crie-t-elle.

— Eh, je n'ai rien fait ! Les tommettes sont posées directement sur le sable et il doit y avoir une galerie là-dessous. Mon père m'a dit une fois qu'il y en avait beaucoup dans notre quartier. D'où cet affaissement.

— Et on fait quoi alors ?

— Le mieux serait de tout enlever, de combler le trou avec du ciment, de faire une dalle et de placer un carrelage neuf. Il faudra que je demande de l'aide à un ami pour ça.

— Génial...

Elle est contrariée et je le comprends, ce n'était pas prévu dans le budget. Il faudra faire des économies sur un autre espace de la maison, mais on sait que quand on retape une vieille bâtisse comme celle-ci, il y a toujours de mauvaises surprises.

— Ne t'inquiète pas, Alexia, ce n'est qu'un contretemps mais je te promets de...

Un bruit sourd m'interrompt et Alex et moi échangeons un regard interrogateur. Cela paraissait venir de l'extérieur. Je lui fais signe de ne pas bouger et me dirige vers la porte. Je regarde d'abord par le judas, mais il n'y a personne apparemment. Quand j'ouvre, je trouve sur le pas de sa porte un bouquet de fleurs. Ma jolie libraire se penche sur mon épaule pour voir ce que je tiens dans mes mains.

— Qu’est-ce que c’est ?

Elle aperçoit les fleurs et ses yeux trahissent tout de suite une pointe de panique. Je me doute de l’identité de la personne qui lui a déposé ça et j’ouvre en grand la porte au cas où ce salaud serait encore dans le coin. Je regarde partout, je fais même le tour de la maison, mais rien. Pourtant je suis persuadé que ce connard est quelque part, pas loin, à nous observer. Je rentre et retrouve Alexia assise dans son canapé, les yeux toujours fixés sur ce maudit bouquet. Je me place à côté d’elle et me saisis des doigts de sa main droite. Ils sont gelés et je les serre un peu plus fort pour lui apporter chaleur et réconfort.

Sa voix est à peine plus forte qu’un murmure alors qu’elle semble perdue dans la contemplation des fleurs orange et jaunes. Personnellement, je les trouve affreuses.

— Ce sont des chrysanthèmes.

— Des quoi ?

— Des chrysanthèmes. On les utilise pour fleurir les tombes, ce sont un peu les fleurs des morts.

Elle est blanche comme un linge, et je dois aussi avoir des airs de Casper. Ce type lui a offert des fleurs pour macchabées ! Il est complètement barjot. Lorsque ses yeux se remplissent de larmes, la colère l’emporte et je fonce dans la cuisine pour jeter la gerbe à la poubelle. Alexia se lève et ramasse une enveloppe qui était dans le bouquet et que nous n’avions pas remarquée. Non sans me lancer un regard égaré et apeuré, elle l’ouvre et ses doigts fins s’emparent de ce qui ressemble à un morceau de papier épais blanc. Ses yeux s’écarquillent et elle le laisse tomber tandis que sa main vient écraser ses lèvres pour étouffer un sanglot. Je ramasse l’objet qui est en fait une photo. Une photo d’elle dans sa chambre, en sous-vêtements, alors qu'elle est en train d'enfiler une robe. Celle qu'elle portait hier.

*

Je roule à toute allure dans ma vieille Honda, bien que ce soit imprudent. Je suis fou de rage. Pire que ça encore, j'ai des envies de meurtre. Cette fille est totalement inconsciente, et c'est une vraie tête de mule par-dessus le marché !

Quand nous avons trouvé la photo d'Alexia, je me suis emparé de mon téléphone dans le but d'appeler la police. Mais elle a refusé catégoriquement. Elle m'a dit que rien ne prouvait que c'était Reese, et qu'il n'était pas entré chez elle vu que la photo avait été prise de son jardin. Il n'avait fait que lui offrir des fleurs, ce qui pour elle ne valait pas grand-chose pour des agents de police. Nous ne voyons vraiment pas les choses de la même façon. Pour moi, ce taré s'est introduit dans sa propriété, il a pris des photos d'elle dévêtue à son insu, et ce bouquet n'est qu'une manière de l'effrayer un peu plus pour la garder sous son contrôle.

Au final, j'ai eu beau lui hurler dessus et piétiner ces putains de fleurs, elle n'a pas changé d'avis et m'a juste foutu à la porte. Et malheureusement, je ne peux pas aller au commissariat à sa place. Ce qui ne veut pas dire pour autant que je ne peux rien faire.

Mes pneus crissent alors que je me gare de travers devant chez Austin. Pas le temps de faire un créneau, chaque seconde qui passe sans que je puisse démolir ce cinglé me fait bouillir de l'intérieur. Je tambourine à la porte et c'est Lily qui m'ouvre, le visage couvert de chocolat.

— Ah, Matt, salut, dit-elle en me faisant entrer comme si tout était normal.

— Salut. Austin est là ?

— Ouaip ! répond celui-ci en nous rejoignant dans le salon.

Son visage est également recouvert de nappage marron et il se marre en apercevant sa petite amie qui a une mine tout aussi hilarante que la sienne. Je ne veux même pas savoir ce qu'ils étaient en train de faire mais apparemment ils rigolent bien tous les deux. Néanmoins, le temps n'est pas à la plaisanterie.

— Désolé de venir plomber l'ambiance mais il faut que je te parle.

Le visage de mon meilleur pote devient grave et nous nous installons sur les canapés pendant que Lily apporte des serviettes pour qu'ils puissent se nettoyer. Une fois propres, mes deux amis m'interrogent sur le pourquoi de ma visite.

— On a un problème. Avec Alexia.

— De quel genre ?

— Du genre psychopathe. Il s'appelle Reese. Un ex à elle d'après ce qu'elle m'a dit. Ça fait un moment maintenant qu'il la harcèle et refuse de lâcher l'affaire.

— Quoi ? C'est une blague ? s'énerve Austin.

— Malheureusement non.

Lily se dandine dans le fauteuil en se rongeant l'ongle du pouce et me jette des regards nerveux. Austin, lui, ressemble à une Cocotte-Minute sous pression. Je m'attends presque à lui voir sortir de la vapeur des oreilles. Ses mains tremblent et un nerf sous son œil tressaute tandis que la même rage qui me parcourt s'empare de lui. Et c'est encore pire lorsque je lui raconte l'épisode du *Vibe* et à quel point elle était mal après ça, même ce matin.

— Tu es resté chez elle toute la nuit ? demande Lily.

Mal à l'aise, je passe une main sur mon cuir chevelu et évite de regarder mon meilleur pote dans les yeux alors que je lui mens comme un arracheur de dents.

— Après ce qu'il s'est passé, je voulais être sûr qu'elle allait bien. Et puis on devait parler un peu du chantier ce matin alors autant squatter la chambre d'amis.

— On s'en fout de ça, s'énerve Austin. Moi je voudrais savoir pourquoi elle ne m'en a pas parlé. Et toi, pourquoi tu ne m'as rien dit ?

— Je voulais le faire mais Alexia n'était pas d'accord, elle savait très bien comment tu allais réagir. Déjà qu'elle a eu du mal à m'empêcher de le mettre six pieds sous terre... Je me suis dit que tant que ça n'allait pas trop loin il valait mieux que je ne dise rien et qu'elle continue de se confier à moi, qu'au moins l'un de nous deux puisse veiller au grain.

Austin se tend immédiatement et ses poings se serrent sur ses genoux tandis qu'il s'avance sur le bord du canapé pour me fixer de près. Je comprends la fureur qui l'anime. Je ne suis pas quelqu'un de violent, mais lui comme moi avons un instinct très protecteur avec les gens que nous aimons. Et ce Reese a été beaucoup trop loin.

— Je suppose que si tu es là c'est que les choses se sont aggravées.

— Ce matin il a déposé un bouquet devant chez elle. Des chrysanthèmes.

Lily pousse un hoquet entre stupeur et frayeur, ce qui fait hausser les sourcils de son petit ami. Je vois qu'il est aussi calé en fleurs que moi.

— Ce sont les fleurs qu'on met dans les cimetières. Et il y avait aussi une enveloppe. Ce fêlé l'a prise en photo à travers sa fenêtre de chambre, pendant qu'elle se changeait hier soir pour nous rejoindre au *Vibe*. Elle était en sous-vêtements.

— O.K., ce type est mort, assène Austin d'une voix glaciale.

Je hoche la tête pour lui montrer que nous sommes sur la même longueur d'onde et il me tend son poing pour que je tape dedans. Ça peut paraître stupide, mais ce geste est synonyme de beaucoup de choses. Ça veut dire qu'il me remercie d'avoir pris soin de sa sœur, qu'il est heureux que je le soutienne, et qu'il s'excuse de s'être énervé contre moi. Et accessoirement, qu'il est ravi que nous fassions sa fête à l'autre enfoiré.

— Est-ce que tu sais où il habite ? me demande-t-il.

— Aucune idée, et Alexia ne voudra rien dire.

On se creuse les méninges pour trouver une idée et Austin s'emporte déjà en disant qu'il va aller trouver sa sœur et l'obliger à parler. À croire qu'il ne la connaît pas du tout. Lily pose une main apaisante sur son torse et le force à se rasseoir alors qu'il tourne en rond autour du salon.

— Je peux peut-être vous aider pour ça, nous dit-elle.

— Quoi ? Tu vas me dire que tu étais au courant pour tout ça, toi aussi ?

Austin est furieux, alors que moi je comprends mieux pourquoi elle semblait si nerveuse quand j'ai prononcé le nom de Reese. Évidemment qu'Alexia s'est confiée à Lily, c'est sa meilleure amie, elles travaillent ensemble… J'aurais dû y penser plus tôt.

— Ne t'énerve pas, je ne savais pas qu'il la harcelait, sinon je t'en aurais parlé.

— Alors, tu sais quoi au juste ? gronde-t-il.

— Elle m'a parlé de lui il y a des mois de ça. Ils sortaient ensemble et leur relation était… compliquée. Ta sœur le vivait mal.

— Compliqué pourquoi ? l'interrogé-je.

— Il est marié.

— De mieux en mieux…, râle Austin alors qu'il se remet à marcher comme un lion en cage.

Je suis surpris qu'Alexia se soit lancée dans une relation avec un homme qui n'est pas disponible. Je sais qu'en plus elle croit fortement au mariage. Mais l'amour est une chose que l'on ne contrôle pas. Il faut croire que, parfois, Cupidon vise comme un pied. Ou alors il doit avoir un sérieux penchant pour la bouteille.

— Je lui ai conseillé de le quitter, ce qu'elle a fini par faire. Ça n'a pas été facile pour elle, d'autant qu'elle m'a avoué au début qu'il digérait mal la rupture. Mais les choses se sont vite apaisées et elle m'a paru plus épanouie. Libérée. J'ai cru qu'il avait retrouvé sa femme et qu'il s'était fait une raison, jamais je n'ai pensé qu'il l'ennuyait à nouveau, et à ce point !

Elle s'excuse presque alors qu'elle n'y est strictement pour rien. Elle a soutenu Alex quand celle-ci en a eu besoin, mais elle ne pouvait pas deviner que rien n'était arrangé. Austin baragouine des propos inintelligibles et sa colère plonge Lily un peu plus dans la culpabilité. Si elle n'arrête pas de se ronger les ongles, bientôt elle n'aura même plus de main. Je pose mes doigts sur son poignet afin qu'elle se calme et je lance un regard sévère à mon ami, qui se radoucit en voyant que sa copine se sent si mal.

— Tu as dit que tu pouvais nous aider à le trouver. Tu sais où il habite ? lui demandé-je.

— Non, mais je sais où il bosse. Il travaille à la FDNY Engine 205 de Brooklyn.

Génial, un pompier…

10

Je me gare juste devant la caserne et je n'ai même pas le temps de couper le moteur qu'Austin est déjà sorti du véhicule. Je lui ai fait une brève description de Reese mais je ne l'ai pas bien vu alors je ne suis pas sûr de pouvoir le reconnaître tout de suite. Il nous faudra sûrement demander à l'un de ses collègues et je doute que ses potes nous laissent le passer à tabac sans réagir. À tous les coups, ça va nous valoir un petit séjour au poste, voire une plainte, mais franchement nous nous en fichons totalement. Rien ne compte plus qu'Alexia.

Tout a l'air calme et nous longeons un grand garage ouvert où se trouvent plusieurs véhicules rouge et blanc. Un mec est en train de nettoyer l'un des camions. Il pourrait correspondre à ce que j'ai vu hier soir. Grand, brun, costaud… mais comme des millions d'autres mecs sur terre et sans doute une bonne dizaine dans cette caserne. Seulement, quand il nous aperçoit, sa façon de me regarder ne me laisse plus aucun doute. C'est lui. Il a des yeux gris très clair, presque flippants, et un nez un peu tordu mais je suppose que c'est le genre de type dont les nanas raffolent. Un beau gosse baraqué. Mais moins que moi. Il est plus taillé comme Austin, très grand mais assez fin, élancé. Moi je suis beaucoup plus trapu grâce à toutes mes heures en salle de sport et je suis certain de pouvoir le mettre au tapis rapidement. Il nous sourit à tous les deux, comme s'il s'attendait à notre venue. Il a l'air décontracté et je n'ai qu'une envie, effacer ce sourire narquois de son visage. Je tape Austin sur l'épaule et lui indique Reese du menton.

— C'est lui ?

J'acquiesce et il n'en faut pas plus à mon pote pour partir comme une flèche. Le pompier n'a même pas le temps de réagir qu'Austin lui balance une droite, puis une autre, tout en lui crachant au visage.

— Ça t'amuse de terroriser ma sœur, connard ? Tu prends ton pied à lui faire peur ?

Il lui assène un autre coup de poing puis un coup de pompe dans les côtes et Reese expire douloureusement. Il a la respiration coupée et sa lèvre dégouline d'hémoglobine. Je profite joyeusement du spectacle, Austin se démène sur ce taré sans que celui-ci cherche à se défendre. Trop facile. Je tire un peu mon ami en arrière et il est tellement pris dans sa frénésie qu'il est à deux doigts de m'en mettre une à moi aussi, mais il s'arrête juste à temps. Il comprend sans que j'aie besoin de rien dire que moi aussi j'ai quelques comptes à régler avec cette enflure. Il me laisse la place et quand je saisis Reese par le col de son T-shirt, il n'a pas perdu son sourire, bien qu'il soit teinté de rouge à présent. Ça me met davantage les nerfs et à mon tour je lui mets quelques coups bien placés qui lui arrachent des plaintes de douleur.

On entend alors du bruit un peu plus loin puis un mec qui arrive vers nous en courant et en gueulant. Un pompier tente de nous arrêter mais Austin fait barrage en essayant cependant de ne pas cogner le gars. Reese profite de qu'Austin est occupé pour me narguer. Quand il s'adresse à moi, sa respiration est hachée à cause de la douleur et sa lèvre fendue pisse le sang. J'espère qu'on lui a cassé quelques côtes. Le ton de sa voix est moqueur mais empli de rage :

— Tu sais que je l'ai baisée ici ? Juste là, dans ce camion, puis sur le capot. Elle adore quand je la prends par-derrière, et quand je lui tire les cheveux. Et alors sa bouche, une vraie merveille. J'ai hâte de pouvoir m'y glisser de nouveau.

Je vois rouge alors que les images s'insinuent contre ma volonté dans mon esprit.

— La ferme, connard ! hurlé-je en lui mettant un crochet du gauche.

Il se met à rire alors que derrière moi ça vire au grabuge. Il glousse sans s'arrêter, me donnant envie de le frapper encore plus. Ses collègues peuvent venir à dix, vingt, cent même, je m'en tape. Je vais tuer cette ordure. Mes coups pleuvent sur son visage et son corps alors que je crie encore plus fort.

— Tu ne l'approches plus jamais ! Plus de SMS, plus d'appels, plus de cadeaux. Si je te revois dans les parages, je te bute, tu m'as compris ? lui dis-je, mon visage collé au sien.

— Elle a aimé mon bouquet ? Et toi, tu as aimé la photo ? C'était pour toi, tu sais.

— Quoi ?

— Les fleurs, c'était pour mon Alexia. Pour qu'elle sache que je l'aimerai jusqu'à la mort. La mienne ou la sienne, ça je ne sais pas encore, me fait-il avec un sourire pervers. Mais la photo, c'était pour toi. Pour que tu saches que je veillerai toujours sur elle. Tu l'as peut-être sautée hier, mais elle est à moi. Son corps, son cœur, son âme. Elle m'appartient. Rien ne pourra m'empêcher de l'aimer.

Ce type est vraiment barge. Il lui manque une case, c'est clair. Et comment sait-il que nous avons couché ensemble ? Je suis tellement choqué par son discours et par l'expression tordue de son visage ensanglanté que je ne remarque pas que cinq autres mecs sont arrivés et que deux d'entre eux tiennent fermement Austin. Un autre me tire en arrière et je me débats pour qu'il me lâche, ce qui me vaut un coup de poing en plein dans l'œil. Ça fait un mal de chien mais je suis déjà prêt à me lancer à nouveau sur Reese. Un autre pompier vient prêter main-forte à son collègue et ils tirent comme des forcenés sur mes bras pour m'obliger à lâcher la gorge du psychopathe qui se marre encore alors qu'il est dans une mare de sang, au sol.

— Appel les flics, Clint, crie un des mecs habillés en jaune et noir.

— Non, murmure à peine Reese tant on l'a amoché.

— Reese, on doit…

— J'ai dit non !

Tout le monde se fige au son de son hurlement et le pompier tente de se relever péniblement alors qu'il crache un mélange de salive et de sang juste à mes pieds. Je grogne et son sourire a enfin disparu. C'est de la haine pure et dure qui brûle dans son regard et je me dis que personne ne peut arrêter l'incendie qui fait rage en lui quand nos yeux se croisent. Mais s'il croit me faire peur, il se trompe, parce que moi aussi je rêve d'achever le travail que nous avons à peine commencé.

— Laissez-les partir.

Les types nous lâchent, à regret, et Austin me prend le bras et me fait signe de le suivre. Il est clair qu'ils sont trop nombreux pour nous mais mes pieds ont du mal à bouger alors que je fixe encore cet enfoiré, qui ne me quitte pas du regard lui non plus.

— Viens, mec, il a eu son compte.

Je finis par rebrousser chemin jusqu'à la voiture et Austin et moi montons dans la Honda, les nerfs toujours à vif. Mon pote a pris la place du conducteur ; je suis tellement énervé que je ne suis pas en état de prendre le volant. Et je me suis explosé les phalanges en pétant le nez à cet abruti. Mais ça valait le coup. Le véhicule démarre alors que tout le monde nous observe encore à l'extérieur. Je jette un dernier regard à mon rival, et son rictus mauvais me poursuit jusqu'à ce que la route le fasse disparaître.

*

— Un homme marié ! Non mais, sérieux, Alexia !

Nous sommes venus directement chez elle après la bagarre. Lily était déjà là, elle avait dû la prévenir de nos projets. Celle-ci s'est jetée dans les bras de son petit ami, rassurée de voir qu'il allait bien. Moi je me suis écroulé contre un mur sans oser affronter le regard d'Alex, je savais déjà ce que j'allais y trouver. De la colère et de la déception. Depuis que nous sommes arrivés, Austin ne s'est pas arrêté de hurler, et Alexia le lui rend bien.

— Oh, c'est bon, c'est pas toi qui vas me faire la morale ! Dois-je te rappeler que ta copine était la meilleure amie de ton ex, et que tu n'as même pas attendu d'avoir rompu pour te la faire ?

Un petit cri indigné s'échappe des lèvres de Lily, ce qui fait grimacer Alexia.

— Désolée, Lily.

— Ça n'a rien à voir, continue de crier Austin. Non seulement il a une femme, mais en plus, il a une araignée au plafond. T'aurais pas pu choisir pire !

— Tu crois que je ne le sais pas ? J'ai fait une erreur.

Je n'ai jamais voulu détruire une famille, je l'ai quitté. Ce n'est quand même pas de ma faute si…

— Attends, quoi ?

J'ai enfin ouvert la bouche, même si je n'en avais pas l'intention. J'avais plutôt décidé de me faire tout petit, mais sa réflexion m'a interloquée. Ma jolie brune se tourne vers moi, le bleu profond de ses yeux me foudroyant sur place. Mais je ne me laisse pas démonter.

— Tu as parlé d'une famille ?

Son expression change alors et je comprends de suite à son air penaud qu'il nous manque encore quelques détails dans son histoire. Et vu sa tête, ça ne va pas nous plaire.

— Il a deux fils, chuchote-t-elle.

— Non mais, tu te fous de ma gueule ! Il a une femme, des gosses, et toi tu t'envoies en l'air avec lui ! C'est n'importe quoi, Alexia. Vraiment n'importe quoi ! gueule Austin de plus en plus fort.

— Calme-toi, chéri, essaye de tempérer Lily.

— Non, June, j'ai aucune envie de me calmer. T'as aucune morale ou quoi ? dit-il à sa sœur.

Je vois bien qu'Alexia lutte contre ses larmes alors que son frère est aussi déçu que furieux de son comportement. J'avoue que je suis scotché moi aussi. J'étais déjà surpris qu'elle tombe amoureuse d'un mec marié, mais en plus père de famille… Malgré ça, au contraire d'Austin, je me sens surtout désolé pour elle. Je sais que c'est quelqu'un de bien et ça n'a pas dû être facile pour elle de gérer ça. D'être l'autre femme.

— Tu vas un peu loin là, mec.

— Non, il a raison. J'ai mal agi. J'ai fait preuve d'égoïsme, de malhonnêteté. Vis-à-vis de son épouse, de ses enfants. Et aujourd'hui ça se retourne contre moi. Je suis vraiment désolée, Austin. Vraiment.

— Papa et maman auraient eu honte de toi.

Il quitte la maison sans un regard en arrière et entraîne Lily dans son sillage. Il claque violemment la porte d'entrée et Alexia se met à sangloter. Une main sur sa poitrine, elle laisse sa peine se déverser et les larmes coulent sur ses joues à une vitesse vertigineuse. Je sors un chewing-gum à la cerise de ma poche et le jette dans ma bouche. Ça me détend toujours. Puis je pose une main sur son épaule. Pas pour m'excuser, car je ne regrette absolument pas d'être intervenu. Mais pour la douleur que tout cela lui inflige. Elle repousse vivement mon geste et me lance un regard courroucé.

— Je ne te le pardonnerai jamais.

Elle file alors dans l'escalier en me laissant planté au milieu du salon. Une partie de moi a envie de la suivre, mais à quoi bon ? Elle est trop en colère, trop triste. Elle a besoin de temps, et moi aussi je dois digérer tout ça.

Je quitte la demeure des Grimm avec mon cœur pris dans un étau. Je me sens oppressé, je déteste être fâché avec elle, je m'en veux de l'avoir blessée, même si c'était nécessaire. Je songe un instant à passer chez mes parents mais ma mère s'inquiétera en voyant l'état de ma main et je n'ai pas envie de subir un interrogatoire par mon père.

Je rentre directement à mon immeuble, le cœur lourd. Quand je monte les marches, je tombe sur Bonnie. Elle porte un jean bien trop serré et un haut qui laisse apparaître son ventre plat. Son décolleté est tout bonnement indécent, encore un peu et ses nichons vont se faire la malle. Elle est bien foutue, c'est clair, son corps donnerait envie à n'importe quel homme. Mais je ne peux pas m'empêcher de la trouver trop vulgaire, encore plus dans cette tenue. Je l'ignore en continuant à gravir les marches jusqu'à ce que je l'entende bougonner.

— Bonjour quand même, peste-t-elle.

— Bonjour, dis-je dans un grognement.

Elle s'assoit sur les marches et sort un paquet de cigarettes. Elle m'en propose une, que je décline.

— Depuis quand tu fumes ?

Elle hausse une épaule. Je suppose que beaucoup de choses ont changé depuis sa séparation avec Austin. Mais je ne sais pas si c'est la perte de son petit ami qui lui pèse le plus ou celle de sa meilleure copine.

— Tu fais peur à voir, me dit-elle.

— Et toi t'es habillée comme une traînée.

Je m'attends à recevoir une flopée d'insultes mais au lieu de ça elle se met à rigoler. Décidément, les gens aiment se foutre de moi aujourd'hui. Elle me fait signe de m'asseoir à côté d'elle et sans réfléchir je le fais. Peut-être parce que je me sens mal, et seul, et elle aussi.

— J'ai toujours senti que tu faisais semblant avec moi, mais qu'en fait tu ne m'aimais pas beaucoup. Je n'ai jamais compris pourquoi.

— Je n'ai rien contre toi, mais je ne te voyais pas avec mon meilleur pote, c'est tout.

— Austin et moi aurions été heureux s'il n'y avait pas eu Lily, lâche-t-elle amèrement.

— Je ne crois pas, non. Il aurait fini par te quitter, avec ou sans elle.

— Je suis quelqu'un de bien, mieux qu'elle.

— Ça non plus, je ne crois pas.

Elle prend une longue taffe et me crache la fumée au visage, ce qui me fait fermer les yeux. Je fronce le nez de dégoût et elle ricane en posant une main sur ma joue. Je hausse les sourcils de surprise et elle me prend au dépourvu en plaquant sa bouche pleine de gloss sur mes lèvres et en insérant sa langue entre les miennes.

Heureusement elle s'écarte rapidement et tapote trois fois mon visage avant de se relever.

— Si t'as envie de passer un bon moment un de ces jours, tu sais où j'habite. Je suis certaine de pouvoir te faire changer d'avis à mon sujet.

Elle descend les quelques marches qu'il reste et file à l'extérieur. J'essuie ma bouche pour retirer la substance collante et rose qui doit la recouvrir. Et je secoue la tête en partant vers mon appartement. Cette fille est jolie, mais navrante. J'ouvre mon frigo et en sors une bière que je décapsule avant de m'avachir dans mon lit. Je regarde par la fenêtre tout en me demandant ce que fait Alexia à cet instant, si elle va bien. Si elle pense à moi. Ou si elle confectionne une poupée vaudou à mon effigie. Mais même si elle ne doit plus jamais m'adresser la parole, je sais que j'ai fait ce qu'il fallait. Sa sécurité est ma priorité et après la raclée qu'il s'est pris, ce Reese sait qu'Alexia a des gens autour d'elle prêts à tout pour la protéger. Oui, j'ai fait ce qu'il fallait. Mais je voudrais quand même qu'elle me le pardonne, et vite.

11

Deux semaines. Deux putains de semaines qu'elle ne me parle plus. Ni à Austin d'ailleurs. Seule Lily semble avoir trouvé grâce à ses yeux. Elle ne vient plus manger avec nous, et quand c'est nous qui venons, elle s'enferme dans son bureau. Même à la maison elle ne décroche pas un foutu mot. Je continue les travaux pour elle et le chantier avance bien. La salle de bains du bas est terminée et aujourd'hui je démarre la buanderie. Étant donné le trou géant qui se trouve dans la pièce, ça m'a paru plus urgent que sa chambre à coucher. J'ai demandé à l'un des ouvriers de mon père, et à un ami, Eddy, de venir me filer un coup de main pour la dalle. Nous avons presque terminé, il ne nous reste plus qu'à lisser la surface et nous nous activons pour ne pas que ça sèche trop vite. Il est plus de vingt et une heures et Eddy ne s'est pas plaint une seule fois alors qu'il vient m'aider après sa journée de boulot, ce type est génial.

— Merci du coup de main, Ed. Je te le revaudrai.

— Oh, mais j'espère bien ! Je suis déjà en train de dresser une liste mentale de tous les services que tu devras me rendre après ça.

— Tu peux compter sur moi, je serai ton homme.

— Allons, monsieur Adams, ne me faites pas

d'avances, je ne suis pas un garçon facile, dit-il en me faisant un clin d'œil.

C'est très drôle d'entendre un grand gaillard comme Eddy prononcer ce genre de chose avec une voix fluette et en battant des cils. Ce mec est une vraie armoire à glace. Deux mètres dix, une musculature à la Dwayne Johnson, des cheveux roux aussi courts que les miens et des tatouages sur tout le corps au point que l'on ne voit plus la blancheur de la peau de ses bras. C'est un ancien militaire et après son second séjour en Irak, il est revenu ici sans diplôme, sans famille ni amis, et avec une étrange lueur dans le regard qui me fait parfois froid dans le dos. Il a tapé un jour à la porte de la boîte où mon père travaille et celui-ci s'est engagé à le prendre sous son aile et à le former. Du coup, le *big boss* l'a embauché, et je pense qu'il ne l'a jamais regretté depuis. C'est un excellent employé et il est aussi sérieux que dévoué, loyal et courageux. Et c'est un ami en or.

Alexia frappe légèrement à la porte de la buanderie, un plateau dans les mains. Dessus j'aperçois des sandwichs et deux bières, ainsi que deux parts de clafoutis. Depuis que l'on a refait le portrait à son ex, elle ne m'a plus préparé un seul repas, et ça m'a presque autant blessé que son silence. Ses petits plats me manquent, son sourire me manque, tout me manque en fait chez elle. Et qu'elle m'évite me fait plus de mal que je veux bien l'admettre. Mais si elle attend de moi que je m'excuse, alors elle risque de patienter fort longtemps. Je ne regrette absolument pas ce que j'ai fait, surtout que, d'après Lily, ça a l'air d'avoir eu l'effet escompté. Depuis, Alex n'a reçu ni message, ni appel, ni fleurs… Rien. Et elle ne l'a pas revu non plus, ce qui pour moi est bien la preuve que ce taré avait besoin d'une bonne leçon.

Elle porte encore un de ces leggings ultra sexy et un débardeur marron avec des petits chats dessus. C'est adorable, comme elle. Enfin, sauf quand elle me lance son regard de tueuse.

— Je vous ai apporté de quoi grignoter. Eddy, j'espère que tu aimes la cerise ?

— J'adore ça. J'aime tout en fait. Une fois que tu as goûté à la nourriture merdique de l'armée, je peux te dire que tu ne fais plus le difficile.

Alexia lui sourit puis quand ses yeux se relèvent vers moi, elle fronce de nouveau les sourcils et pince ses belles lèvres. Elle reporte son attention sur mon pote, comme si je n'existais pas.

— Vous en avez encore pour longtemps ? Il est déjà tard et tu dois avoir plein de choses à faire, en plus tu as travaillé aujourd'hui, tu dois être crevé.

Moi aussi j'ai travaillé, mais il faut croire qu'elle s'en fiche. Moi, je ne suis que le connard qui a risqué de se faire arrêter par les flics pour ses beaux yeux.

— Oh, ne t'en fais pas, ça ne sera plus très long. Et puis ce n'est pas comme si quelqu'un m'attendait à la maison ; j'ai le temps, ne t'en fais pas.

— C'est très gentil en tout cas d'aider. Tu me diras si pour le paiement tu préfères des espèces ou un chèque.

— Euh…, répond Eddy, gêné. En fait, Matt s'est déjà occupé de ça.

À la base, Eddy ne voulait même pas que je le paie mais j'ai insisté. Il a pris une partie de son après-midi pour venir me donner un coup de main et ce n'est pas un travail de tout repos. Ça m'embêtait un peu de piocher dans mes économies, étant donné que je donne chaque centime que je possède à mes parents en plus du règlement de mes propres factures, mais Ed avait le droit de toucher un petit quelque chose. Du coup, j'ai revendu une figurine collector *Star Wars* que je possédais depuis des années. Ce genre de trucs de *geek* rapporte un max quand c'est en très bon état et, même si ça m'a foutu les boules de m'en séparer, au moins j'ai pu rémunérer mon pote et j'ai donné le reste du fric à mes parents. Tout le monde est content et Yoda va vivre une vie heureuse chez un gros binoclard qui m'a presque roulé une pelle tant il était ravi.

— C'est gentil de la part de Matt mais c'est à moi de…

— C'est réglé, laisse tomber, rétorqué-je, amer.

Alexia serre la mâchoire à s'en faire péter les dents mais elle n'ajoute rien et quitte la pièce en tapant des pieds. Moi je continue à lisser le béton en pressant si fort le manche de la taloche que mes jointures blanchissent.

— Vous êtes fâchés tous les deux ?

— Non.

— Elle ne te parle jamais directement, elle te fusille du regard et toi t'as l'air tout aussi énervé qu'elle. Je ne suis pas idiot.

— J'ai cassé la gueule de son ex parce qu'il l'emmerdait. Elle n'a pas apprécié, dis-je d'un ton sec.

— Elle ne devrait pas plutôt te remercier ?

— Si. Elle devrait.

Une heure et demie plus tard, Eddy est parti et moi je termine de ranger le matériel. Alexia erre dans le salon, un chiffon à la main. Elle astique des taches imaginaires et si elle continue ainsi c'est carrément le vernis des meubles qu'elle va retirer. Je range le dernier outil dans ma caisse tout en la regardant récurer la table basse.

— Il n'est pas un peu tard pour faire du ménage ?

— Qu'est-ce que ça peut te faire ?

La colère commence à monter. Non, en fait, elle a déjà atteint un tel sommet que l'Himalaya paraîtrait minuscule à côté. J'ai refoulé mon ressentiment jusqu'à présent mais là j'en ai ma claque. Eddy a raison, Alexia devrait m'être reconnaissante, et pas me traiter comme un chien.

— Tu sais quoi ? Va te faire foutre, Alex. J'en ai ras le bol de ta façon de te conduire avec moi. Tout ce que j'ai fait, c'est te protéger et toi tu me fais la gueule ? Ça ne t'est jamais venu à l'esprit de me dire merci plutôt ?

— Merci ?! s'indigne-t-elle. À cause de toi, mon frère est furieux et…

— Non. S'il est furieux, c'est à cause de toi. C'est parce que tu t'es mise dans une situation pourrie et que quand ça a tourné au vinaigre, tu n'es pas venu nous en parler. Tu ne t'es pas confiée jusqu'à ce que tu n'aies plus le choix et même encore là il a fallu t'arracher les vers du nez. Tu as laissé ce type prendre de l'ampleur dans ta vie, de l'emprise sur toi, t'as agi comme une idiote. Et quand on t'en débarrasse, tu te permets de te mettre en colère et de nous le reprocher ? Merde, Alexia ! Merde, merde et merde ! Dorénavant, je ne lèverai plus le petit doigt pour toi. Et si ce connard revient, ne compte pas sur moi.

Je la laisse bouche bée devant son canapé et j'embarque ma veste en claquant la porte de toutes mes forces. J'ai vidé mon sac, mais plus tard quand je me retrouve seul dans mon lit, je ne me sens pas mieux pour autant.

*

Le lendemain, je ne vais pas travailler chez Alexia le soir. Je suis encore trop énervé contre elle et j'ai peur de lui dire des choses que je ne pense pas sous le coup de la colère. En fait, si je n'avais pas besoin de ce job, je supplierais Eddy de prendre le relais pour ne plus avoir à la croiser chaque jour. C'est trop difficile d'être fâché avec elle, c'est trop difficile de ne plus pouvoir la toucher après tout ce que nous avons déjà vécu, elle et moi. Et je ne parle pas seulement des deux nuits fabuleuses que nous avons partagées. Je pense aussi à tous nos souvenirs d'enfance, à tous ces moments de complicité, à cette relation affectueuse qui nous lie depuis toujours.

Le jeudi, c'est elle qui vient au garage. Quand elle arrive, la situation est un peu tendue. Elle dévisage Austin, mal à l'aise, se demandant comment il va réagir. Lui et moi sommes en train de discuter à propos d'une vieille Dodge qui nous pose quelques soucis. Il pose la clé à molette qu'il a à la main et s'approche de sa sœur, un air sévère toujours plaqué sur son visage. Alexia est une vraie boule de nerfs et je la sens prête à déguerpir à tout moment. Puis Austin lâche un long soupir avant de la serrer dans ses bras, si fort qu'il est à un cheveu de l'étouffer.

— Espèce de cruche, lui dit-il en ricanant.

— Je te demande pardon, Austin.

— On n'en parle plus, O.K. ? Mais si ce mec revient t'embêter, lui ou un autre d'ailleurs, je veux que tu viennes nous en parler tout de suite à Matt et moi.

Nos regards se croisent brièvement jusqu'à ce que Lily vienne l'étreindre également.

— Tu veux une part de pizza ? lui propose son frangin.

— Oui, avec plaisir, j'ai une faim de loup.

Alex vient s'asseoir auprès de son frère tandis que sa collègue rapporte sur la table les cartons à pizza qu'elle vient d'aller chercher chez *Bruno*, la pizzeria juste en face de chez *AG Motors*. Je sens qu'Alexia me jette plusieurs coups d'œil tandis que je termine de changer les bougies de la voiture.

— Laisse tomber ça, Matt, on finira plus tard. Viens manger plutôt.

Je regarde Austin, qui a l'air soulagé d'être enfin réconcilié avec sa sœur, Lily à ses côtés, qui a le menton couvert de sauce et de fromage. Puis mes yeux dévient sur elle. Putain, ce qu'elle est belle ! C'est une torture de lui résister, surtout quand elle porte cette robe rouge à pois blancs. Surtout quand elle m'adresse un sourire doux et sincère comme celui qui se peint sur son visage en ce moment. Mais ma colère et ma rancune ne m'ont pas quitté, j'ai encore du mal à avaler son comportement. J'ai besoin de temps.

— C'est gentil, mais je n'ai pas faim. Je vais aller faire un tour.

Quand je reviens une heure plus tard, elle est partie et je me rends compte que mon énervement n'a fait que redoubler. Contre elle. Contre moi.

Le soir après le boulot, je viens sonner à sa porte avec un sachet rempli de matériel pour refaire la plomberie de la buanderie. Quand elle m'ouvre, elle écarquille les yeux, la bouche entrouverte comme si elle s'apprêtait à me dire quelque chose. Mais elle la referme sans avoir laissé échapper ne serait-ce qu'un son et elle s'efface pour me laisser entrer. Je pars directement bricoler, ravi de pouvoir passer mes nerfs sur la tuyauterie. Alors que je fixe le dernier morceau de PER pour raccorder l'évier à l'installation, je sens une présence derrière moi. Alexia porte toujours sa robe et je ne peux pas m'empêcher de reluquer ses jambes. Fines, galbées, tellement longues qu'elles me semblent interminables. Ça me donne une furieuse envie de me glisser entre elles. Ma bouche, ma queue, probablement les deux. Je rêve de lui faire tellement de choses qu'elle et moi devrions sûrement arrêter de bosser définitivement pour réaliser l'étendue de mes fantasmes.

— J'ai préparé à manger. Du rôti de bœuf et un gratin dauphinois. Et en dessert, j'ai fait une glace au caramel maison, je sais que tu adores ça.

Elle m'a fait à dîner, et l'un de mes desserts préférés. Je suppose que cela s'apparente à une main tendue, elle veut que nous nous réconciliions nous aussi. Et j'en ai envie, vraiment. Mais mon ego me retient. J'ai besoin qu'elle comprenne à quel point elle a déconné. Je veux qu'elle se rende compte comme ses décisions l'ont poussée à se mettre en danger. Au-delà de la rage qu'il a engendrée en moi, ce type m'a surtout foutu les jetons. C'est un malade mental, je l'ai vu dans ses yeux. Et quand je pense à ce qu'il aurait pu lui faire, ce soir-là au *Vibe*, ou plus tard si je ne l'avais pas raccompagné, ou n'importe quand avant ça... Oui, j'ai eu peur pour elle et c'est ça qui m'agace le plus.

— Je voudrais finir ce que j'ai commencé. Et puis je n'ai pas faim pour l'instant.

— Ah, O.K., dit-elle visiblement déçue. Tu n'es pas... enfin... rien ne t'oblige à manger avec moi. Je te laisse tout dans la cuisine. Tu n'auras qu'à... enfin, fais comme tu veux.

Je ne pense pas l'avoir déjà autant entendue bégayer ni être aussi mal. Elle a à peine passé la porte que je me sens déjà comme le dernier des salauds. Je grogne quelques insultes à mon encontre tout en m'acharnant sur ce fichu tuyau qui ne veut pas se fixer correctement. Une demi-heure plus tard, j'ai terminé et je me dirige dans la cuisine. Alexia n'y est pas mais j'entends l'eau de la douche à l'étage. Son assiette se trouve dans l'évier, elle a mangé seule. Je me sens coupable, bordel. Alors que j'ai toutes les raisons du monde d'être en colère.

Je fais réchauffer rapidement mon assiette et m'installe dans le canapé pour faire honneur à son repas. Je n'en laisse pas une miette, c'est délicieux. Le gratin est fondant et le fromage au-dessus croustillant, la viande tendre et savoureuse. Et la glace… Une tuerie, je pourrais vendre ma couille gauche rien que pour en avoir une cuillère de plus.

Je ne sais pas à quel moment j'ai sombré. Je ne sais pas si c'est à cause de toute cette fatigue accumulée, du canapé bien trop confortable, du repas succulent que j'ai dégusté ou de l'odeur d'Alexia qui flotte partout dans cette maison et qui m'apaise autant qu'elle m'excite. Mais je me rends compte que je suis tombé comme une masse quand j'ouvre les yeux d'un coup et que je la trouve penchée sur moi. Elle sursaute, elle semble troublée. Elle s'est changée et elle porte un short de sport et un vieux sweat trop grand pour elle. Je le reconnais, c'était à son père. Elle porte aussi des chaussettes multicolores qui lui montent jusqu'aux genoux. Certains diraient que c'est une sacrée dégaine et qu'elle ne ressemble à rien. Moi je la trouve sexy en diable et mon érection, délaissée depuis quelques jours, se réveille elle aussi subitement.

— Je suis désolée. Je voulais juste poser ça sur toi, je ne voulais pas te réveiller.

Elle tient dans sa main une couverture en patchwork que sa grand-mère lui avait offerte pour ses dix ans. Elle est un peu abîmée par endroits, mais elle est incroyablement douce et elle sent son odeur. L'hiver elle s'emmitoufle toujours dedans pour regarder des films à l'eau de rose dans le salon, en buvant un chocolat chaud. Je sais tellement de choses sur elle, nous nous connaissons si bien. Pourtant j'ai du mal à déterminer ce que je vois dans ses yeux, là, maintenant.

— C'est gentil mais je pense que je ferais mieux de rentrer.

— O.K. Si tu es trop fatigué, tu sais qu'il y a des chambres libres ici.

— Merci. Mais je préfère rentrer.

— D'accord.

Elle reprend la couverture qu'elle serre contre sa poitrine comme pour se protéger de la douleur que mon refus lui provoque. Elle me raccompagne à la porte, en me faisant un sourire aussi faux que les seins de Pamela Anderson. J'essaye de le lui rendre cette fois-ci et c'est peut-être ce qui la pousse à attraper mon poignet alors que je m'apprête à sortir.

— Attends. Écoute, Matt, je te demande pardon. Tu as raison, j'ai agi comme une idiote. J'ai été stupide, et méchante, et pas reconnaissante alors que tu fais tellement pour moi depuis que tu es au courant. Non, en fait, tu fais beaucoup pour moi depuis toujours, rien que par ta présence, et je ne te mérite pas. Je suis désolée.

Une larme coule sur sa joue et toute ma hargne s'envole aussitôt. C'est tout ce que j'avais besoin d'entendre, plus encore. Je referme la porte et prends son visage entre mes mains en effaçant ses larmes avec mes pouces.

— Moi aussi, je suis désolé. Je sais que ça a été dur pour toi de te libérer de lui. Peut-être que tu l'aimes encore, je n'en sais rien, mais il fallait qu'on intervienne.

— Non. Non, je ne l'aime plus. C'est juste que j'avais tellement honte. Il est marié, il a des enfants… Qu'est-ce que vous alliez penser de moi ? Qu'est-ce que tu dois penser de moi…

— Je pense que tu as fait une erreur. Je pense que parfois les sentiments obscurcissent notre jugement. Je pense qu'il a profité de toi et que j'aurais dû le cogner bien plus fort.

Son visage devient grave alors que je le tiens toujours entre le creux de mes paumes. Je n'ai pas envie de la lâcher. Je voudrais la tenir tout contre moi et me fondre en elle.

— Quand Lily m'a dit que vous étiez parti le trouver, je me suis d'abord sentie soulagée. Je voulais tant qu'il me laisse tranquille, je voulais que tu me protèges. Mais j'ai pensé aux ennuis que vous pourriez avoir, si vous étiez blessés, si les flics venaient vous arrêter… J'étais tellement furieuse, mais contre moi. Seulement c'était plus simple de m'en prendre à toi.

Ses yeux se posent partout sauf dans les miens. Mais comme je la tiens, son champ de vision est restreint et ses prunelles bleu marine viennent se poser sur ma bouche, mon menton, ma pommette droite, puis ma bouche, le mur derrière moi, encore ma bouche… *Merde, si elle n'arrête pas de fixer mes lèvres, je vais avoir du mal à me retenir.* Je rapproche son corps du mien et la serre fortement contre mon torse, mes bras faisant le tour de sa taille menue. Elle expire longuement dans mon cou et la chaleur de son souffle sur ma peau me provoque des frissons. Je relève son menton et plonge enfin mes yeux noirs dans les siens.

— Jamais je ne te jugerai. Et je serai toujours là pour veiller sur toi, même si je t'ai assuré le contraire l'autre jour. C'était sous le coup de la colère mais… Je suis là, je serai toujours là. Qu'importe les conséquences, je te protégerai toujours.

Elle se blottit davantage contre moi et se laisse aller à quelques larmes de plus. Je ne sais pas combien de temps nous restons ainsi, mais je la sens bâiller contre mon T-shirt. Non seulement je suis sale, mais en plus je dois sentir le fauve. Je me recule et passe ma main dans ses cheveux pour remettre une mèche derrière son oreille. Je frôle son lobe et sa bouche s'entrouvre, comme une invitation à y glisser ma langue. Ou autre chose.

— Je ferais mieux d'y aller. Tu dois te reposer et moi aussi.

— Mais on se verra demain au garage. Hein ?

Je lui souris pour la rassurer et dépose un baiser sur son front tandis que ses doigts s'accrochent à mon T-shirt pendant une seconde.

— Oui, on se voit demain.

Je referme la porte derrière moi et j'attends d'entendre le loquet du verrou avant de partir. Je fais quand même le tour de chez elle, au cas où, puis je monte dans ma voiture. Je repense à son expression avant que je ne parte. Elle paraissait apaisée. Et comme si mon cœur et elle ne faisaient plus qu'un, je constate que mon palpitant aussi va mieux. Il a retrouvé son Alexia.

12

Les jours passent et tout le monde retrouve ses bonnes vieilles habitudes. Alexia et Lily viennent manger avec nous chaque midi, elles vont à la piscine tous les jeudis après le boulot alors que nous restons au garage jusqu'à dix-neuf heures. Et puis je file chez Alex pour continuer les travaux. Ça avance vraiment bien, et Eddy est revenu me donner un coup de main plusieurs fois, gratuitement. Je crois qu'il apprécie Alexia et il m'a dit que ça lui faisait du bien de se sentir utile. Austin aussi vient aider de temps en temps, mais il consacre la majorité de son temps libre à Lily, ce que je peux comprendre. Les filles ont embauché une jeune femme pour les aider, Magdalena. Cette meuf est juste trop bizarre ! Elle a une longue tignasse châtain foncé qu'elle laisse pendre sans même se donner la peine de la brosser. Elle a des lunettes avec une vieille monture en écaille marron, un nez qui selon moi ressemble plus à un bec d'oiseau et un look à mi-chemin entre la tenue de religieuse et la baba cool accro aux fleurs et aux gilets faits main avec de la laine de mouton qui doit gratter à mort. Quant à son odeur… Je suis désolé, mais cette fille sent le bouc. Mais vraiment. Chaque fois que j'approche d'elle, j'ai l'impression d'arriver dans une étable et que tout un troupeau va surgir devant mon nez.

J'arrive chez *Grimm Librairie* un samedi après-midi vers seize heures, après m'être arrangé avec Austin pour finir plus tôt. Lily est en train de discuter avec un client, Magdalena à ses côtés. Le monsieur n'a pas l'air ravi, il fait de grands gestes et pointe la petite nouvelle avec son index. Celle-ci pince les lèvres en croisant les bras sur sa poitrine, alors que Lily tente visiblement d'apaiser la situation. Je n'entends pas trop ce qu'ils se disent mais je crois qu'elle est en train de se confondre en excuses, ce qui n'a pas l'air de beaucoup calmer le vieux sexagénaire qui n'arrête pas de taper avec son poing dans son chapeau à la Indiana Jones. Je repère Alexia à l'étage, qui observe la scène, un air contrarié sur le visage. Je fais un petit signe à Lily, qui me voit à peine tant elle semble prise dans sa confrontation, puis grimpe l'escalier pour rejoindre ma belle libraire.

Elle a beau avoir la mine renfrognée, je la trouve resplendissante. Depuis quelque temps, elle rayonne, comme autrefois. Je sais que c'est parce qu'elle n'a plus ce taré de Reese sur le dos. Elle a eu beau râler quand nous sommes intervenus, son soulagement est perceptible, elle revit. Et ses yeux brillent d'un éclat ravageur alors que je viens me poster à côté d'elle. Je l'embrasse rapidement sur le front et elle pose sa tête sur mon épaule. Depuis que nous sommes réconciliés, nous sommes très proches l'un de l'autre, plus que de simples amis, mais moins que des amants. Nos gestes sont tendres, nos regards ardents, mais il y a une limite entre nous que nous n'arrivons pas à franchir, même si je pense qu'elle en crève d'envie autant que moi. Ça fait plusieurs fois qu'elle m'envoie bouler et je n'ai pas envie de me prendre une énième veste. Quant à elle, vu sa dernière relation et notre longue amitié, je comprends ses réticences.

Je ne me gêne cependant pas pour l'admirer. Elle porte un jean gris qui lui moule les fesses et un T-shirt à manches trois quarts blanc avec des ailes brillantes dans le dos. Un ange, magnifique et éblouissant, surtout avec ses cheveux relevés en chignon qui laisse apparaître la peau pâle de sa nuque que je rêve de lécher. Sans nous être concertés, nous portons à peu près la même tenue, en un peu moins féminin pour moi, sauf qu'au lieu des sandales compensées j'ai une bonne vieille paire de baskets. Les chaussures des filles ont toujours l'air d'être de véritables engins de torture, parfois je me demande comment elles arrivent à marcher.

En bas, la situation à l'air de s'envenimer alors que Magdalena sort de son mutisme et se met à gueuler sur le vieillard. Lily ne sait plus où se mettre, et elle ressemble davantage à un arbitre de boxe qu'à une toute jeune commerçante alors que la nouvelle recrue brandit un livre ouvert avec les larmes aux yeux. Je n'y comprends rien.

— Qu'est-ce qui se passe au juste ?

— Ce client est venu demander des informations sur un livre de cuisine. Magdalena a commencé à lui prendre la tête avec ses idées véganes, et à ce que j'ai compris, ce type est boucher. Ils sont rentrés dans un débat, qui s'est transformé en vraie bataille. Magda lui a balancé un bouquin en le traitant d'assassin, lui a menacé de porter plainte contre « cette hippie cinglée et violente », dit-elle en mimant des guillemets avec ses mains.

— Et tu n'interviens pas ?

— Je me retiens depuis ce matin de tuer cette nana, alors Lily m'a dit qu'il valait mieux éviter et qu'elle allait gérer.

— Elle n'a pas l'air de s'en sortir.

— Non, tu crois ? me fait-elle en m'indiquant le *show*

digne de Benny Hill qui se déroule sous nos pieds, les cris perçants en plus.

Alexia souffle un grand coup puis descend les marches quatre à quatre. Je la suis sans dire un mot mais je reste à ses côtés parce que le vieux a l'air d'être prêt à tuer quelqu'un.

— Bon, ça suffit. Magdalena, prends tes affaires, tu es virée.

— Quoi ?! s'offusque miss crotte de bique alors que le vieillard arbore un large sourire.

— Tu m'as bien entendue. Je t'enverrai ton chèque mais je ne veux plus te voir ici.

La jeune femme lâche le livre qu'elle tenait en plein sur mon pied, et je jure que ce truc doit être aussi lourd qu'une encyclopédie. Je grimace en me tenant les orteils, ce qui fait rire Lily, qui semble soulagée maintenant qu'Alexia a repris les rênes. Ma belle brune présente une fois de plus ses excuses au client, qui n'a pas l'air de lui en tenir rigueur.

— Je viens chez vous depuis plusieurs mois et j'ai toujours été bien reçu, mais cette folle… Vous avez bien fait de vous en débarrasser. Regardez dans quel état elle a mis votre bibliothèque !

En effet, des dizaines de livres jonchent le sol, tous portant apparemment sur la cuisson de la viande, ou les meilleurs plats à base de veau, ou encore celui qui, à mon avis, a dû lui faire perdre la tête : *Comment cuisiner les abats*, avec une grosse tête de porc mort sur la couverture. J'avoue que même moi qui adore un bon rôti, je ne trouve pas l'image très ragoûtante. J'aide Lily à ramasser les bouquins pendant qu'Alexia conduit le monsieur jusqu'à la porte. Elle lui fait cadeau du livre qu'il souhaitait acheter et il promet d'oublier cet incident et de revenir très vite. Magdalena quitte la boutique juste derrière, en bousculant au passage Alex et en baragouinant un truc comme quoi elle ne peut pas travailler avec des tueurs d'animaux innocents. Bon débarras !

Heureusement la librairie est à présent vide et les filles en profitent pour souffler après ce carnage. Elles s'assoient sur deux fauteuils en rotin disposés autour d'une table basse où sont exposés différents ouvrages. La pièce regorge de coins lecture de ce genre, ce qui donne un climat chaleureux et cosy. Je comprends pourquoi les gens aiment venir ici, on s'y sent bien. J'apporte à chacune une tasse de café et Lily se jette dessus comme une *junkie* en manque alors qu'Alexia me remercie.

— Et voilà, il va falloir recommencer à faire passer des entretiens, dit-elle en avalant sa gorgée de caféine.

— Oh la poisse ! On a vu des tonnes de filles avant de trouver Magdalena, et c'était la moins flippante de toutes, c'est pour dire !

— Oui, j'ai du mal à comprendre. On n'est pourtant pas exigeantes, juste une personne normale qui sait lire, compter et sourire.

— Et qui mange de la viande, rajouté-je en ricanant.

Les deux me jettent un regard noir avant de finir par rire aussi.

— Je mettrai une annonce sur la vitrine dès demain. Peut-être qu'on aura plus de chance cette fois-ci, déclare Alexia.

— En fait, si vous êtes prêtes à attendre une semaine, ma cousine Nina arrive le week-end prochain, elle vient s'installer ici pendant quelques mois, ça pourra au moins vous dépanner.

— Nina, hein ?

Alex me regarde en haussant un sourcil, alors qu'elle comprend enfin que la fille qui m'appelait l'autre jour n'était pas un plan cul. Je lui fais un grand sourire tandis que ses prunelles me transpercent comme des lames bien affûtées.

— Oui, elle est très gentille, souriante, et aux dernières nouvelles elle savait lire et compter au moins jusqu'à dix. Mais j'avoue que je ne l'ai pas vue depuis quatre ans alors je ne peux pas garantir qu'elle ne pue pas la mort comme Magdalena.

Lily éclate de rire et se met deux doigts dans la bouche comme si elle voulait vomir. Finalement, je leur promets de contacter ma cousine dès demain pour lui faire part de l'offre mais je suis déjà persuadée qu'elle acceptera avec plaisir. Elle devait au départ simplement venir me rendre visite mais elle m'a appelé il y a deux jours pour me demander s'il serait possible que je l'héberge plus longtemps que prévu. De deux semaines, son séjour allait apparemment se transformer en quelques mois, mais ça ne me dérange pas et je sais qu'elle participera aux frais. En temps normal, je ne lui aurais rien réclamé mais là, avec les soucis d'argent de mes parents, je ne peux pas me montrer trop généreux.

Deux clients entrent dans la boutique et commencent à faire le tour après que nous les avons salués. Je finis le café d'Alexia alors que Lily se sert sa deuxième tasse.

— Au fait, qu'est-ce que tu fais là si tôt ? me demande cette dernière.

— En fait, j'espérais pouvoir embarquer Alexia.

— Où ça ? me demande la concernée.

— Ça, c'est une surprise. Mais comme Magdalena n'est plus là, je suppose que ce n'est pas possible.

— Effectivement. Je ne vais pas laisser Lily et…

Celle-ci pose son mug un peu fort en levant les yeux au ciel.

— Dis pas de bêtises. Je suis capable de gérer le magasin seule, depuis le temps que je travaille ici. Ça ne serait pas la première fois.

— Je sais bien mais on est samedi, il peut y avoir foule d'un instant à l'autre.

— Tout ira bien, la journée est presque finie. Allez-y, je m'occupe de la librairie.

— Mais…

Alexia ne termine pas sa phrase quand elle remarque que Lily perd patience. C'est un tout petit bout de femme, toute menue, qui semble inoffensive au premier abord, mais elle a un caractère bien trempé elle aussi, et mieux vaut ne pas la contrarier.

Je tiens déjà la veste et le sac à main d'Alexia dans une main et l'observe avec un sourire plein d'espoir accroché à la face. Elle fait semblant de grogner en expirant exagérément mais le coin de ses lèvres tressaute légèrement, signe qu'elle est en fait plus que ravie. Je lui prends la main et la traîne hors de la librairie avant qu'elle ne change d'avis.

— Alors, où on va ?

— Je te l'ai dit : surprise !

*

Je me gare devant un grand bâtiment blanc, à la périphérie de la ville. Tout autour, il n'y a que des chemins de terre et des arbres verdoyants à perte de vue. On n'entendrait probablement que les mouches voler s'il n'y avait pas tous ses aboiements.

— Un refuge ? C'est là que tu m'emmènes ?

Je la sens hésiter entre stupéfaction et joie enfantine. Alexia a toujours aimé les animaux. Petite, son plus grand plaisir était de s'installer dans un parc, et elle passait son temps entre regarder les chiens courir après leurs jouets, les lapins sauter partout, et bien sûr se plonger dans un bon livre en se laissant bercer par le sifflement des oiseaux. Mais après le décès de leur labrador, Rex, sa mère, anéantie, n'avait plus souhaité reprendre une quelconque bête au sein de leur foyer. Elle trouvait leur perte trop difficile à surmonter. Ça avait beaucoup embêté Alexia à l'époque, et pourtant, depuis la mort de ses parents, elle n'a pas comblé ce vide en adoptant un petit animal de compagnie. Je trouve qu'il est temps de remédier à cela, surtout que j'y vois plus qu'un simple intérêt affectif.

— J'ai pas mal réfléchi depuis ce qui s'est passé avec ton ex. Même si on a réglé ce problème, tu restes une jeune femme seule, dans une grande maison. Tous les gens du quartier se saluent mais personne ne se soucie réellement d'autrui, et je ne pense pas que quiconque surveille les alentours de ta maison pour s'assurer que tu n'as pas d'ennuis. Par contre, un chien de garde…

— Tu veux que j'adopte un énorme molosse qui croquera le premier passant qui osera traîner devant chez moi ?

— Je veux que tu passes un marché avec un des résidents de ce refuge : toi tu lui offriras une seconde chance et de l'amour à revendre, ça, j'en suis certain, et lui t'avertira en cas de bruit suspect et il dissuadera n'importe quel tocard de venir t'importuner.

Elle prend le temps de la réflexion, en affichant une moue boudeuse à croquer. Puis elle remarque un couple de personnes âgées sortir avec dans les bras une boule de poils type bichon qui fait piailler Alex comme une gamine. Ni une ni deux, elle sort de ma Honda à toute vitesse et je dois presque courir pour la rejoindre à l'entrée de l'établissement. Nous nous présentons à l'accueil et j'explique à l'homme qui nous reçoit que nous cherchons un chien gentil mais qui saura impressionner et défendre sa maîtresse en cas de besoin. L'employé, qui ressemble à s'y méprendre à Howard Wolowitz dans *The Big Bang Theory*, nous assure qu'il a ce qu'il faut et nous empruntons une porte menant à l'extérieur pour rejoindre les box des chiens.

Nous passons d'abord devant les cages où se trouvent les petits chiens et ceux de taille moyenne. Je ne prends pas la peine de jeter un œil car ce n'est pas ce que nous recherchons et ça me fait déjà mal au bide d'entendre toutes ces pauvres bêtes enfermées qui réclament de l'attention. Mais Alexia observe chaque animal, caresse leur museau, leur parle comme à des enfants... Je la trouve si attendrissante que mon cœur ridicule se met à battre un peu plus vite. Mais si ça continue, nous allons y passer le reste de la journée alors je la presse un peu, sous les ricanements du maigrichon à la coupe au bol qui nous accompagne. Cependant, alors que je commence à lui poser des questions plutôt que de le laisser continuer à se moquer gentiment de nous, je remarque que ma brunette ne nous suit plus. Elle s'est arrêtée devant une cage, assise directement sur le béton, la main entre les barreaux. Je souffle d'agacement et me dirige vers elle, prête à l'engueuler encore une fois, quand je vois enfin apparaître la boule de poils hirsutes qu'elle câline. Je crois avoir rarement vu un chien aussi moche !

— Qu'est-ce que c'est que ce truc ? demandé-je en fronçant les sourcils de dégoût.

— Ça, c'est Juliet, me répond Wolowitz. On ne sait pas vraiment de quelle race elle est, c'est une sorte de croisement entre un teckel, un caniche et Dieu sait quoi encore.

Effectivement, le cabot ne ressemble strictement à rien. Il est court sur pattes, aussi dodu qu'un petit boudin, et ses poils frisés couleur caramel partent dans tous les sens. Elle remue sa longue queue en couvrant la main d'Alexia de léchouilles bien baveuses.

— Vous pouvez ouvrir ? demande-t-elle.

— Quoi ? Mais on n'est pas venus pour ça ! rétorqué-je en pointant la chose du doigt.

— Bien sûr, répond l'homme sans même me regarder, sûrement trop heureux d'avoir devant lui deux pigeons capables d'acheter cette mocheté.

Il ouvre le box et la chienne se jette immédiatement sur Alexia, tourne autour de ses jambes si vite qu'elle arrive à peine à la caresser. Finalement, elle parvient à l'attraper et la petite bestiole se colle contre elle en jetant des coups de sa langue aussi longue que celle d'un fourmilier. Alex rigole devant tant d'enthousiasme et alors qu'elle me met Juliet sous le nez, je me laisse aller à lui faire une gratouille sur la tête. Son poil ressemble à du crin mais il est vrai que sa gentillesse me pousse à la caresser longuement alors que j'observe Alexia qui plonge son nez dans son pelage.

— Elle a à peine un an, elle est arrivée alors que c'était encore un chiot. Mais personne n'a voulu d'elle jusqu'à présent, à cause de son physique particulier.

— Parce qu'elle est laide, vous voulez dire.

Alexia me lance un regard furibond et me donne un coup de coude dans les côtes tout en maintenant la chienne contre son cœur.

— Je la prends, dit-elle.

— Mais enfin ! On est ici pour un chien de garde, pas

pour un bâtard minuscule. Tu crois que c'est elle qui va te défendre si quelqu'un entre chez toi par effraction ?

— Combien pour l'adopter ?

Howard lui explique les modalités alors que je peste dans mon coin. Sérieusement, j'aime les animaux, mais qu'est-ce qu'elle n'a pas compris dans « chien de garde » ? À part faire fuir un éventuel agresseur grâce à sa tête en vrac et son poil d'Ewok, elle ne va pas être d'une grande efficacité.

— Arrête de bouder, me fait Alexia, le chien toujours dans ses bras. On va voir les gros toutous.

— Pour quoi faire ? T'as déjà trouvé ton molosse.

— Ha, ha, ha ! Allez, viens, grincheux.

L'homme nous emmène vers des cages plus spacieuses et les aboiements se font plus graves et plus impressionnants. C'est triste de voir autant d'animaux abandonnés, qui ne demandent qu'un peu d'amour. Des bergers allemands, des dogues, des boxers… Il y en a des tas, et je vois aux yeux d'Alexia qu'elle aimerait tous les adopter. Je la comprends, et j'en viens même à m'en vouloir un peu pour mon comportement avec Juliet. Certes, elle est horrible, mais elle a aussi droit à un peu de bonheur, comme tous ceux-là.

Wolowitz nous explique le parcours de chacun. Certains ont été lâchement laissés sur le parking du refuge, d'autres ont été abandonnés à la suite d'un divorce, et beaucoup ont été retirés à leurs propriétaires qui faisaient preuve de négligence, voire de maltraitance. C'est à vous fendre le cœur, et ça donne un petit aperçu des plus bas instincts de l'espèce humaine. Alexia se renseigne sur un jeune malinois alors que je continue à faire le tour des cages. L'une d'elles me semble vide, je me penche pour voir si un chien ne serait pas caché dans la niche mais rien, pas une patte ni une oreille qui dépasse. Alors que je tourne le dos aux barreaux, j'entends alors un grognement sourd suivi d'un bruit de chaîne qui racle le sol. Un énorme rottweiler se jette alors devant moi, son museau venant percuter les barres d'acier de sa cage. Un léger gémissement lui échappe avant que ses aboiements ne reprennent de plus belle. Alexia me rejoint et observe le bétail qui fait les cent pas devant la cage en bavant sur le bitume.

— Pas la peine de vous attarder sur celui-ci, il s'en va ce soir.

— Il a trouvé une famille ? demandé-je.

— Euh… non. Pas vraiment.

Il me jette un regard coupable alors que l'incompréhension se lit sur le visage d'Alex. Quand enfin elle saisit la situation, c'est la colère qui s'empare de ses traits.

— Il va être euthanasié ? Mais pourquoi ?

— Tout le monde a peur des rottweilers de nos jours. Et celui-ci n'est pas vraiment ce qu'on appelle un chien gentil, ça n'aide pas beaucoup à lui trouver des adoptants.

— Il a déjà été agressif ? demandé-je.

— Jamais. Mais il aboie beaucoup et il ne se laisse pas approcher facilement. On n'arrive même pas à aller le promener. En plus de ça, il est aveugle. Il a trois ans, et il est ici depuis quasiment sa naissance. On a déjà peu de place, il faut qu'il laisse son box à un chien qui aura une vraie chance d'être adopté.

Même si je comprends son discours, tout ça me laisse un goût amer dans la bouche. Le chien a enfin arrêté ses allers-retours et il s'est assis face à nous. S'il est aveugle, alors il est clair qu'il ne peut pas nous voir. Et pourtant, j'ai la sensation que ses deux billes marron me transpercent jusqu'à l'os. Mais ce n'est pas de la méchanceté que je perçois au fond de ses yeux, c'est de la peur.

— Ouvrez, tonne Alexia.

L'employé s'exécute mais cette fois-ci c'est moi qui entre en premier, au cas où l'animal aurait un comportement dangereux. Il grogne un peu, puis recule, se prenant les pattes dans un jouet qui traîne au sol. Il se met alors à aboyer et à tourner de nouveau dans la cage, autour de nous. Je sens le gars qui nous accompagne se tendre. *Si l'on a peur des chiens, on ne travaille pas dans un refuge, Ducon !* Je ne lâche pas des yeux le molosse, qui jette des regards affolés partout autour de lui, mais qui se trouve dans un noir profond perpétuel. Alexia donne la chienne, qui s'était endormie, à Howard, et se penche vers le chien, une main en avant. Il grogne un peu et fait un pas en arrière. Je m'accroupis à mon tour, mes doigts frôlant ceux d'Alexia. Elle m'observe une seconde et j'ai juste le temps de percevoir les larmes dans ses yeux avant qu'elle ne se détourne.

— C'est un cas désespéré, nous dit l'employé. C'est triste, mais ça arrive.

La main d'Alexia vient rejoindre la mienne et nos doigts s'enlacent, à la recherche d'un peu de chaleur après cette douche froide que nous venons de prendre sur la tête. Je crois avoir eu rarement autant les boules. Son épaule frôle la mienne et de ma main libre je caresse ses cheveux alors que je l'entends renifler, la tristesse s'emparant d'elle. Voilà une des raisons qui font qu'elle me plaît autant. Elle a un cœur en or. Soudain, un bruit me fait lever les yeux et j'aperçois le rottweiler s'approcher doucement, la truffe en avant. Sa démarche est timide, son faciès peu rassuré, mais il arrive tout de même jusqu'à nous et sent quelques instants nos doigts entrelacés avant de pousser un gémissement plaintif à vous tordre les boyaux. Puis, sans crier gare, il vient se placer à nos pieds et se couche, la tête sur ma chaussure.

Il ne nous faut pas plus d'une seconde pour nous décider. Juste un regard, un léger sourire, et nous nous tournons tous deux vers Wolowitz pour déclarer d'une seule voix :

— On le prend !

13

Sur le chemin du retour du refuge, Alexia m'a demandé de m'arrêter devant une animalerie pour acheter tout ce qu'il faut pour ses deux nouveaux pensionnaires. Nous avons convenu que je resterais dans la voiture pendant qu'elle irait chercher le nécessaire. Seulement, ça fait plus d'une demi-heure qu'elle est partie et je commence à trouver le temps long. J'en suis à mon troisième chewing-gum déjà, et je commence à avoir mal à la mâchoire, et à être à bout de patience. Les deux chiens sont allongés sur la banquette arrière que j'ai couverte d'un vieux plaid qui traînait dans mon coffre. Juliet dort comme une bienheureuse mais son compagnon ne me quitte pas des yeux, comme s'il me voyait, en laissant échapper de temps à autre un grognement rauque. Finalement, après quinze minutes supplémentaires, Alexia sort, les bras chargés, suivie de deux personnes du magasin qui sont aussi encombrées qu'elle. Je vais pour ouvrir le coffre, ce qui fait bondir les deux chiens à l'arrière.

— Je suppose que vous devez fermer pour le restant de la journée étant donné qu'elle a dévalisé votre stock, dis-je à l'un des gars du magasin.

Celui-ci se marre alors que ma Brigitte Bardot me regarde comme si j'étais un véritable demeuré.

— Je n'ai pas pris grand-chose. Juste de quoi les nourrir et les promener. Et puis il faut bien qu'ils s'amusent aussi. Et crache-moi ce chewing-gum, tu empestes la cerise !

Elle brandit un cochon rose en plastique devant mon nez et appuie dessus, déclenchant un couinement on ne peut plus agaçant. Juliet se met alors à sauter partout à l'arrière en bondissant comme un cabri. Je sais qu'il ne sert à rien de discuter, et puis tout ça a l'air de lui faire extrêmement plaisir. Je charge tant bien que mal le coffre et nous nous remettons en route, direction la maison des Grimm. Sur le trajet, nous ne faisons que nous disputer à propos du nom du rottweiler, et quand nous arrivons enfin nous crions tellement que ma gorge me pique.

— On doit absolument changer son nom. C'est ridicule pour un molosse pareil.

— Moi je trouve ça mignon Polochon.

— Non mais, tu n'es pas sérieuse ? C'est un nom pour un caniche, ou un chihuahua, pas pour une bête comme lui.

— Et tu proposes quoi, alors ?

— Je n'en sais rien, quelque chose de plus masculin. Zeus. Attila. Ou Satan. Un nom qui en jette, qui fait peur.

— Il est hors de question que j'appelle mon chien Satan. De toute façon, ce n'est pas moi qui ai choisi, il s'appelle comme ça depuis toujours, on ne va pas changer au bout de trois ans, il va être perturbé, le pauvre.

Je regarde ce gros pépère qui nous suit en râlant au bout de la longe que nous a donnée le refuge. Il traîne les pattes et ses griffes raclent le sol. Je me dis que si je dois le tracter comme ça à chaque fois qu'il faut le sortir, je n'aurais peut-être pas dû arrêter la musculation. Et Alexia ne sera sans doute même pas capable de le tenir au bout d'une laisse. Heureusement qu'elle a un grand jardin.

— De toute façon, peu importe son nom, je ne suis pas sûr qu'il nous réponde un jour.

— Mais si, tu verras, avec de la patience et beaucoup d'amour, il finira par se laisser faire. C'est décidé, son nom restera Polochon. Fin de la discussion.

Je regarde d'un air désolé le pauvre bougre trop occupé à grogner après Juliet qui lui mordille la queue pour se soucier de son nom.

— Pardon, mon pote, mais cette fille est trop têtue. Avec un prénom pareil, ta virilité va en prendre un coup.

Je jette un œil sous son ventre, entre ses pattes, pour constater que ce gros toutou n'est plus si viril que ça à présent.

— Et en plus de te donner un nom de chochotte, ils t'ont coupé les couilles. Je comprends mieux pourquoi tu râles tout le temps.

Comme pour confirmer, il se met à ronchonner en laissant un filet de bave partout sur son passage jusqu'à l'entrée. Nous rentrons dans la maison et les chiens se mettent à renifler partout autour d'eux. Juliet court dans tous les sens et jappe de contentement. Elle nous gratifie d'un coup de langue à chaque fois qu'elle passe à côté de nous puis repart sur les chapeaux de roue pour découvrir sa nouvelle demeure. C'est plus compliqué pour Polochon, qui se montre craintif et hésitant. Sa cécité ne lui facilite pas la tâche et il se cogne régulièrement contre des meubles, ce qui le fait aboyer, ou grogner, voire les deux. Finalement, même si Alexia tente de le diriger vers le panier qu'elle a installé pour lui près de la cheminée, il va se coller dans un coin, près de l'entrée, comme prêt à s'échapper dès que possible.

Je suis convié par ma jolie brune à manger avec elle donc pendant qu'elle nous mijote un bon repas, je file vers sa chambre que j'ai commencé à rénover. En attendant, elle dort dans ce qui était la chambre de son frère, mais je fais au plus vite pour qu'elle retrouve son espace. Quand cela sera terminé, il ne restera plus qu'à s'occuper de la chambre de ses parents. Nous n'en avons pas encore discuté, je ne sais pas ce qu'elle souhaite faire de cette pièce, mais je suppose que ça ne sera pas facile pour elle de la transformer. Elle a déjà éprouvé beaucoup de difficulté à retirer le tableau de famille qui trônait au-dessus de l'insert. Elle m'appelle une heure plus tard pour me signaler que le repas est prêt.

Je me régale de son poulet aux épices accompagné de riz basmati et de ratatouille et à la fin il n'en reste pas une miette. Je me retiens de lécher les plats, tant c'était bon, et je remarque à mes pieds que Juliet me regarde avec pitié, espérant sûrement avoir le droit à quelque chose, elle aussi. Même Polochon semble enfin montrer un certain intérêt. Pas de bol pour eux, le ventre sur pattes que je suis ne leur a rien laissé. J'ouvre leur paquet de croquettes pendant qu'Alex s'empare des gamelles et nous leur donnons enfin leur repas. Juliet a la curieuse manie de prendre une poignée de croquettes pour les manger plus loin, ce qui fait qu'elle met des miettes partout mais ça fait rire Alexia. Quant à Polochon, il lui faut à peine deux secondes pour terminer sa gamelle. Ce chien est un véritable aspirateur, il a tout gobé à la vitesse de l'éclair.

— Quel gourmand, celui-là ! me dit Alexia en me rejoignant sur le canapé avec deux bols de salade de fruits.

— C'est le moins qu'on puisse dire. Je ne sais même pas s'il a senti le goût de ce qu'il a mangé. C'est un ogre !

— C'est vrai. On dirait un peu toi mais en plus poilu.

J'ouvre la bouche et je prends un air indigné alors qu'elle éclate de rire. Le pire, c'est qu'elle n'a pas tort. Nous mangeons notre dessert en les observant et en riant de leurs bêtises ou leurs mimiques. Au bout d'un moment, la chienne va se poser dans l'énorme panier et elle tourne une bonne dizaine de fois sur elle-même en grattant le plaid avant de se coucher sur le dos, les mamelles à l'air. Polochon voyage un peu dans la maison, puis il passe devant Alexia et moi et s'arrête en nous regardant sans nous voir. Nous retenons notre souffle alors qu'il s'avance vers nous, puis il sent nos jambes et donne un coup de museau dans ma main avant de se poser à nouveau la tête sur ma chaussure.

— Je crois qu'il t'aime bien, me dit-elle.

— Normal, tout le monde m'aime, moi.

Elle se met à rire avant de me couler un regard attendrissant.

— C'est vrai. Je ne sais pas si je te l'ai déjà dit, mais tu es un mec génial, Matt Adams.

— Ah oui ? Tu trouves ?

— Oui. Et je te remercie pour cet après-midi. C'était une très bonne idée.

— À vrai dire, mon idée de départ était d'adopter un chien de garde. Et on est revenus avec une saucisse sur pattes et un molosse aveugle et grognon, alors…

— C'est pas faux, rit-elle. Mais regarde-les. On leur a offert une seconde chance et je trouve ça beau.

Je jette un œil aux deux laissés-pour-compte que nous avons ramenés et une chaleur intense se propage dans ma poitrine. J'avoue que je suis fier du geste que nous avons accompli aujourd'hui. Je les observe, endormis et paisibles, et je pense qu'en fin de compte nous n'aurions pas pu faire de meilleur choix.

— Ouais, tout le monde devrait avoir droit à une seconde chance.

— Tu le penses vraiment ?

— Bien sûr.

— Même moi ?

Je la regarde avec étonnement, ses billes bleues brillant d'une étrange lueur alors qu'elle mordille sa lèvre inférieure. Je la vois frissonner et je remonte délicatement le plaid qu'elle avait posé sur ses genoux pour qu'il couvre une partie de son buste et de ses épaules. Son corps tressaille alors clairement et elle se passe la main dans les cheveux, les mains tremblant de nervosité.

— Une seconde chance pour quoi ?

— Avec toi.

J'avale ma salive avec difficulté alors qu'elle n'ose plus soutenir mon regard. J'ai peur d'avoir mal entendu, d'avoir mal interprété. J'ai peur de me jeter encore une fois à corps perdu dans cette histoire à laquelle je suis le seul à croire. J'ai peur qu'elle finisse par regretter, et j'ai peur de m'en mordre les doigts pourtant si je ne tente rien. Je passe deux doigts sous son menton afin qu'elle relève la tête et lui fais un sourire qu'elle me rend timidement. Elle vient frôler ma bouche du bout des ongles et les laisse glisser sur ma joue, puis mon cou. Quand ils descendent sur mon torse, je les saisis et les pose directement sur mon cœur pour qu'elle sente à quel point il bat vite et fort, pour elle. Elle prend alors ma main pour la poser exactement au même endroit sur sa poitrine, et je sens son organe répondre au mien avec frénésie. Il m'appelle.

Tout comme son corps qui se penche vers moi, comme aimanté. Tout comme ses lèvres qui s'entrouvrent sous la chaleur de mon souffle. Et quand enfin j'écrase ma bouche contre la sienne, j'ai la réponse aux mille questions qui m'assaillent. Peu importe ma peur, même si je dois encore me planter mille fois avec elle, chacune de ces fois en vaudra la peine. Parce qu'il s'agit d'Alexia Grimm, et qu'elle est faite pour moi.

*

Ce qui avait démarré comme un baiser lent et timide devient rapidement passionnel et incontrôlable. Alexia dévore mes lèvres alors que je glisse mes mains sous son T-shirt pour atteindre la peau nue de son dos. Elle rit un peu lorsque je m'égare sur ses flancs, sensible à mes chatouilles involontaires. Mais son rire s'arrête subitement tandis que ma paume remonte de son ventre plat à la dentelle de son soutien-gorge. Elle se déplace pour venir me chevaucher et Polochon se met à grogner avant de partir vers son panier, gêné par notre étreinte. Nous nous mettons à rire de ce gros râleur, mais ça ne coupe en rien la magie du moment. Au contraire, à cet instant précis, alors que je plonge mes yeux dans les siens, je me sens plus proche d'elle que jamais.

Sa bouche revient à l'assaut de la mienne et je laisse sa langue prendre le contrôle de ce baiser enfiévré. Mon corps bouillonne sous la griffure de ses ongles qui s'affairent sur mes abdominaux. Moi je plonge la main dans sa longue chevelure brune pour appuyer son visage davantage contre le mien, dans l'espoir que nos lèvres fusionnent encore plus, si c'est possible. Alexia se cambre et écrase sa poitrine contre mon torse. J'aime la sentir tout contre moi, et j'adore le balancement de ses hanches sur mon entrejambe qui menace de faire sauter les boutons de mon jean.

— J'ai tellement envie de toi. Ça fait si longtemps que je me retiens que j'ai l'impression que je vais exploser, me murmure-t-elle à l'oreille.

— Tu n'avais qu'un mot à dire, je n'attendais que ça moi aussi. Ça a été une torture de ne pas t'embrasser, te toucher…

— Il faut rattraper le temps perdu alors.

Là-dessus, elle retire son T-shirt blanc, exposant son sous-vêtement couleur lilas qui retient à peine sa poitrine. Ses seins sont tellement gonflés qu'ils ont l'air de vouloir jaillir de leur prison de dentelle pour arriver directement dans ma bouche. Je ne veux pas faire attendre ces merveilles davantage, je plaque mes lèvres sur son téton qui pointe à travers l'étoffe et le mordille délicatement avant de le sucer, trempant le tissu au passage. Alexia gémit et chuchote mon nom encore et encore, ce qui me pousse dans un état d'excitation tel que mon sexe en est douloureux. Je malaxe sa poitrine de mes grandes mains tout en cajolant ses seins avec ma bouche, et je donne de grands coups de bassin contre son sexe tant j'ai envie de la prendre. Quand je mords la pointe de son sein un peu trop fort, Alex pousse un petit cri et je m'attends à me faire engueuler, mais au contraire elle abaisse les bonnets de son soutif en me suppliant d'y aller plus fort encore. Il ne faut pas me le dire deux fois. Je les pétris, les suce, les croque au point de lui laisser des traces. Alexia aime quand ça fait un peu mal, elle aime quand sa peau porte mon empreinte et elle aime aussi apposer sa marque sur moi.

Elle me retire à mon tour mon T-shirt et ses mains dévalent sur tout mon corps, me provoquant des frissons de plaisir. Elle suçote mon lobe d'oreille, puis sa langue glisse dans mon cou avant que ses dents ne se plantent dans la peau tendre entre la nuque et l'épaule. Je grogne comme un fou quand ses doigts délicats ouvrent le bouton de mon jean et descendent lentement sous l'élastique de mon boxer, frôlant le haut de ma queue.

— Matt, dis-moi que tu as envie de moi.

— Putain, oui.

Elle se relève rapidement et nous nous sourions tous les deux tandis que je baisse mon pantalon sur mes chevilles et qu'elle glisse le sien le long de ses longues jambes musclées. Une fois nos sous-vêtements retirés, elle se plante devant moi, une main sur son sein droit et l'autre sur son ventre.

— Comment tu me veux ? me demande-t-elle de son regard faussement innocent.

Je la tire vivement vers moi et elle tombe sur mes genoux, sa chatte venant se coller sur ma bite dressée et dure comme le bois.

— Comme ça. Je veux que tu me chevauches. Je veux voir tes yeux pendant que je m'enfoncerai en toi. Je veux voir tes lèvres roses s'entrouvrir pour souffler leur plaisir. Je veux sentir ta langue dans ma bouche quand tu jouiras sur ma queue.

Alexia porte la main à ses lèvres puis ses doigts glissent doucement jusqu'à l'endroit où nos deux corps se rejoignent. Je pense qu'elle va saisir ma queue et ma bouche s'entrouvre déjà d'impatience. Mais elle me prend par surprise quand je la vois passer son majeur et son index dans sa fente humide. Elle se caresse devant moi, sur moi, sans pudeur ni honte. Et c'est la chose la plus bandante que j'aie jamais vue de ma vie. Elle geint en titillant son clitoris, sa tête partant en arrière sous le coup du plaisir, alors que mon pénis tente de passer le barrage de ses doigts pour prendre le relais.

— Ça te plaît ?

— Je crois que je vais mourir.

Elle rit de ma réponse mais c'est pourtant la vérité, elle va me faire crever d'envie. Elle retire sa main pour prendre enfin ma queue dans sa paume et c'est délicieux de bouger entre ses doigts, trempés par son nectar. Elle soulève son bassin et continue à me branler, juste en dessous de son orifice. Mon gland touche le bord de ses parois sans jamais vraiment l'atteindre et c'est en train de me rendre fou. Et elle jubile, un petit sourire au coin des lèvres. Il est temps que je la punisse de se jouer ainsi de moi. Brusquement, sans qu'elle s'y attende, j'entoure sa taille de mes bras et la plaque contre moi, de sorte qu'elle ne puisse pas bouger. Et je lève les hanches pour la pénétrer d'une seule poussée, nous arrachant à tous deux un hurlement entre plaisir et douleur. Ma belle libraire ferme les yeux alors que je commence à aller et venir au plus profond d'elle. C'est si bon qu'il faut que je me morde la joue pour ne pas céder tout de suite à l'excitation. Alexia ne peut toujours pas bouger, elle est serrée contre moi, mais ça n'a pas l'air de la déranger. Elle accueille mes coups de boutoir avec des gémissements étouffés et je sens sa chatte se resserrer avidement autour de moi. Elle n'est pas loin, et je désire la sentir exploser autour de moi, mais pas tout de suite. Je ralentis la cadence avant de quasiment sortir d'elle, ne laissant plus que le bout de mon sexe titiller son clitoris.

— Qu'est-ce que tu fais ? se plaint-elle.

— Quoi ? C'est pas toi qui voulais t'amuser tout à l'heure ?

Je sors encore un peu et sa frustration la fait gronder de rage. Je vois dans ses yeux plissés qu'elle hésite entre rire, pleurer, ou me tuer. Si elle savait que je me torture au moins autant qu'elle ! Mais je veux qu'elle me supplie de la prendre. Pas pour satisfaire un besoin stupide et macho, pas pour la dominer et la rabaisser, mais parce que j'ai besoin d'être rassuré. Je veux l'entendre me dire qu'elle a autant envie de moi que moi d'elle, je veux qu'elle me montre que tout ça est plus qu'un jeu, qu'un moment d'égarement. C'est un besoin viscéral qui nous dévore de l'intérieur.

— Qu'est-ce que tu veux de moi, Alexia ?

Elle comprend immédiatement que ma question a un sens bien plus profond que le sexe. Il s'agit de nous deux, de demain. Il s'agit de savoir si nous avons un véritable avenir. Parce que je suis raide dingue d'elle et je ne me contenterai pas que de simples moments de plaisir de temps en temps. Elle passe alors sa main sur ma joue, pose l'autre sur mon cœur, puis ses lèvres viennent caresser doucement les miennes et elles ne bougent plus alors que son souffle se mêle au mien.

— Je veux tout, Matt. Tout de toi.

Je ne sais pas si ce sont mes neurones qui ont grillé, ou mon cœur qui s'est échappé de ma poitrine, mais j'en reste un instant abasourdi et ma respiration se bloque au point que j'ai la sensation de suffoquer. Alex perçoit mon malaise mais elle ne s'offusque pas pour autant. Elle sait que c'est exactement ce que je voulais entendre, mais que j'ai simplement besoin d'un instant pour me reprendre. J'ai besoin… J'ai besoin d'elle, en fait. Maintenant.

Je la fais retomber lourdement sur ma queue et son exclamation de plaisir me ramène à la vie. Je saisis ses hanches et l'oblige à monter et à descendre rapidement, à me chevaucher comme si nos vies en dépendaient. Un voile de sueur recouvre son corps et ses ongles se plantent dans ma chair alors qu'elle lèche un de mes tétons avant de le pincer durement entre ses dents. Je gronde, de souffrance, de désir, d'amour. Pour cette fille, pour tout ce qu'elle me fait ressentir. J'accélère encore la cadence et je sens ses parois se resserrer de plus en plus autour de moi alors que je suis moi-même au bord de la jouissance. Des étoiles commencent à danser devant mes yeux alors que je suis si fiché au plus profond d'elle que je doute de pouvoir en sortir.

— Matt, s'il te plaît. Encore, vas-y plus fort.

Si j'y vais plus fort, je vais la casser en deux. Mais si c'est ce qu'elle veut, alors soit. Je frappe le fond de son sexe violemment et je tire sur ses cheveux pour plonger ses prunelles dans les miennes.

— Regarde-moi, trésor. Montre-moi que tu aimes ça.

Elle se met alors à trembler entre mes bras et je pose mon pouce sur son clitoris tandis que je la pilonne comme un fou furieux. Sa bouche s'entrouvre, un cri étranglé me parvient dans le lointain alors que mon sang bat à tout rompre dans mes oreilles. Elle presse ses doigts sur les miens, sur son clitoris gonflé et gorgé de désir, et je sens son corps sur le point de se rompre. Je fonce alors sur sa bouche et plonge ma langue en elle alors qu'elle est dévastée par l'orgasme. C'est magique, le paradis. Ma bite est au nirvana d'être enserrée dans ce fourreau chaud et humide, et après deux coups de reins supplémentaires, je rejoins Alexia et jouis comme je n'ai jamais joui de ma vie. Elle se laisse retomber sur moi et niche son visage dans mon cou avant d’y apposer un baiser léger. Sa voix est à peine un chuchotement tant elle est épuisée et je dois tendre l’oreille pour bien l’entendre.

— Et toi, qu’est-ce que tu veux de moi, Matt ?

— Je veux ton corps, dis-je en frôlant son sexe encore chaud sur moi. Ton cœur, et je pose ma paume sur son sein gauche. Et ton âme.

Je dépose un baiser brûlant sur sa tempe et elle me regarde un long moment, les yeux brillants et un sourire aux lèvres. Puis elle se blottit contre moi et me serre fort contre elle.

— Je te veux tout entière, trésor. Et je serai tout à toi.

14

Cela fait un petit moment que je suis réveillé et je dévisage Alexia alors qu'elle est encore plongée dans un profond sommeil. Un demi-sourire repose sur ses lèvres et je me demande à quoi elle peut bien rêver. J'aimerais être aussi serein qu'elle l'est en ce moment, mais je ne peux empêcher mon esprit de vagabonder en tous sens. Hier soir c'était fantastique, et bien plus encore. J'ai adoré chaque minute passée avec elle, alors qu'elle était juchée sur mon sexe dans le salon. J'ai chéri toutes les secondes qui ont suivi alors que je la portais pour l'emmener au lit et que je la serrais fort contre moi. Et je bénis toutes les heures qu'elle vient de passer à mes côtés, endormie sur mon torse, ses doigts plantés dans mon biceps. Mais alors que les premières lueurs du jour traversent les rideaux, la nervosité me gagne.

En général, c'est maintenant que tout dégénère. Quand la brume du désir et les effets de l'orgasme se sont dissipés. Quand une nouvelle journée commence et qu'elle se met à tout remettre en question. J'ai déjà peur de voir le regret se peindre sur son visage alors qu'elle ouvrira les yeux et qu'elle me verra tout près d'elle. Je souhaite vraiment que nous donnions une chance à notre relation, je sais que ça peut marcher. Mais Alexia en a-t-elle véritablement envie, elle ? Ça, c'est une autre histoire. La dernière fois, elle m'a dit ne pas vouloir mettre d'étiquette sur ce qui se passait entre nous. Je ne lui demande pas de m'épouser demain, mais je refuse d'être un secret honteux que l'on cache farouchement en attendant de décider si tout ça est l'aube d'un futur radieux ou une incommensurable erreur.

Tandis que je ne quitte pas son visage angélique du regard, ses paupières se mettent à papillonner avant de se fixer sur moi. Une immense vague de soulagement me submerge alors qu'elle me sourit. Je ne suis pas encore tout à fait tranquille, mais déjà elle ne saute pas du lit pour s'enfuir en courant.

— Tu es déjà réveillé ? Quelle heure est-il ?

Je jette un œil à ma montre sur mon chevet : 5 h 25. Waouh, je n'ai vraiment pas beaucoup dormi !

— Il est très tôt encore, tu peux te rendormir.

— Et toi, tu n'es pas fatigué ?

— Non, pas trop.

Elle me jauge longuement avant de se relever sur un coude et de se pencher vers moi.

— Qu'est-ce qu'il y a, Matt ?

— Rien, tout va bien.

— Je te connais depuis que tu portes des couches-culottes, pas la peine de me mentir.

— Et toi pas la peine de me rappeler que tu m'as vu en couche, ce n'est pas très sexy.

Elle se met à rire et me donne un léger coup sur le bras. Puis d'un mouvement du menton, elle m'invite à me confier alors que ses doigts tracent des cercles invisibles sur mon torse.

— Je me demandais juste à quel moment tu allais prendre tes jambes à ton cou.

Sa main cesse brusquement ses caresses et elle plaque

le drap sur sa poitrine. Je la sens gênée, et un poil en colère. Quand elle se relève en emportant la couverture, je me dis que j'ai dû l'énerver plus que je ne croyais. Elle quitte la chambre d'amis et je l'entends longer le couloir pour se rendre dans sa chambre. Elle ne va quand même pas me planter là ? Elle ne peut pas dormir là-bas, tous ses meubles sont entassés dans un coin, son lit démonté le temps des travaux et ça sent la peinture fraîche. Finalement, je la vois revenir, et elle me fixe de son regard impassible.

— Ferme les yeux.

— Pour quoi faire ?

— Parce que je te le demande. S'il te plaît.

Je clos les paupières et tandis que le noir me submerge, je la sens s'avancer vers moi. J'entends un cliquetis, puis elle saisit mon poignet et je ressens quelque chose de froid le frôler puis l'enserrer avant que le clic ne retentisse de nouveau. Quand elle me murmure d'ouvrir les yeux, je découvre avec stupéfaction qu'elle m'a menotté. À elle.

— Je ne comprends pas, lui dis-je en la dévisageant.

— C'est pour que tu saches que je n'irai nulle part.

Un grand sourire me mange le visage alors que mes prunelles oscillent entre elle et les menottes. Elle ne part pas. Elle est vraiment à moi. Toute ma bonne humeur revient au galop et je tire sur son bras afin qu'elle tombe sur moi. Je me jette sur sa bouche comme un affamé et la couvre de baisers tandis qu'elle rit aux éclats. Plus je descends le long de son corps et plus ses gloussements se transforment en gémissements. Quand je donne un petit coup de langue sur son sexe, elle se cambre et j'en profite pour glisser ma main libre sur ses fesses que je pince et malaxe. Je lui donne du plaisir avec ma bouche, avec douceur et sans pression. Rien n'est précipité, nous avons tout le temps.

Toute la vie. Quand elle se met à convulser sur ma langue, je suis inondé du fruit de son désir et pourtant j'ai envie de la dévorer encore, je ne serai jamais rassasié d'elle. Elle passe sa main dans mes cheveux, entraînant la mienne au passage, ce qui nous fait rire.

— Pas très pratique, ce truc, quand même, ricané-je.

— Mais si, tu vas voir.

Elle se redresse et nous inversons les rôles, moi en dessous et elle sur mon corps. Ses cuisses placées sur les miennes, elle se met à longer mon torse avec nos mains liées, s'arrêtant sur mon corps, griffant mes abdos. Elle suce la peau de mon cou puis mordille ma clavicule et je souris en retrouvant ma petite vampire, adepte des traces de morsure. Sa main descend toujours plus bas et j'attends impatiemment qu'elle saisisse mon sexe douloureux pour le soulager mais elle n'en fait rien.

— Caresse-toi, me demande-t-elle. Branle-toi pour moi, Matt.

Certains hommes pourraient être refroidis par le tempérament d'Alexia. Pas moi. J'aime la savoir sûre d'elle, j'aime qu'elle prenne les commandes, qu'elle se sache suffisamment en confiance avec moi pour réaliser tous ses fantasmes. Je n'hésite pas même une seconde avant d'empoigner mon membre pour entamer de longs va-et-vient. Sa main toujours reliée à la mienne, elle se met à caresser mes testicules alors que j'accélère le rythme. C'est bon, et terriblement érotique de faire ça attaché à elle. Je sens le plaisir remonter de mes couilles jusque dans mes reins, comme un fil traversé par un courant électrique. Je ne suis pas loin de jouir et elle balance les hanches sur moi, à la recherche de la friction parfaite qui l'emmènera à nouveau au septième ciel. Mais j'ai besoin de la sentir, d'être en elle. Et tout de suite.

— Trésor, arrête. Je ne veux pas jouir comme ça. Je veux être en toi.

Elle fait mine de guider mon sexe vers le sien mais je la relève et la place à genoux, face au mur, ses mains plaquées sur le haut de la tête de lit. Bien droit sur mes jambes moi aussi, je me fléchis un peu et viens titiller son entrée du bout de la queue. Elle se trémousse, impatiente de me sentir la combler. Je suis content qu'elle prenne la pilule, pas besoin de s'encombrer de préservatif, nous nous connaissons suffisamment bien pour savoir que nous n'avons rien à craindre. Je plonge en elle d'une seule poussée et me loge directement au fond de son sexe. Elle est trempée et je suis heureux de la savoir aussi excitée que moi car je ne vais pas tenir longtemps. Dans la chambre, le bruit de nos gémissements se mêle à celui de nos peaux qui claquent l'une contre l'autre et à celui du métal des menottes qui cogne contre le bois du lit. Nos mains jointes, nos doigts entrelacés, je la pilonne de toutes mes forces, de tout mon cœur, jusqu'à ce qu'elle crie mon nom en se contractant autour de ma bite. Fou de désir de l'entendre hurler son plaisir, j'explose en elle, la tête nichée dans son cou, mes dents plantées dans sa nuque, ce qui lui arrache un soubresaut supplémentaire. Quand je sors ma queue, comblé et repu, j'étale encore un peu de sperme sur ses fesses blanches.

— T'es dégueulasse ! râle-t-elle.

Pourtant elle sourit et son joli fessier se tend un peu plus vers moi. Je l'embrasse sauvagement tout en passant mon pénis encore et encore entre ses replis soyeux. Nous finissons par retomber sur le matelas, épuisés par nos ébats, et Alexia vient coller sa tête sur mon torse. Nous sommes tout poisseux, de sueur et d'autres liquides bien plus gluants, mais pour rien au monde je ne bougerais, la douche devra attendre. Alors que ma belle dépose un baiser sur mon cœur, je plonge ma main dans ses cheveux et la serre contre moi en baisant sa tempe. Le sommeil me rattrape et je retombe dans les bras de Morphée, cette fois sans crainte et heureux comme jamais.

*

Après avoir pris un bon petit déjeuner et nous être câlinés à nouveau sous la douche, Alex et moi décidons d'aller promener les chiens dans le quartier. Mettre le collier et la laisse à Polochon n'est pas un problème. Il reste vautré sur le sol, se laisse retourner quand c'est nécessaire, tout en grognant bien évidemment. Mais il ne bouge pas, contrairement à Juliet. Vous connaissez le dessin animé *Bip Bip et Coyote* ? Eh bien, c'est à peu près à ça que nous ressemblons, alors qu'Alexia et moi cherchons par tous les moyens à stopper cette petite fusée qui court partout autour de nous en nous narguant.

Une bonne demi-heure plus tard, nous y sommes arrivés, mais nous sommes beaucoup moins motivés à l'idée d'aller marcher. Cette boule de poils immonde nous a épuisés ! Nous avançons tranquillement tous les quatre, sous les rayons du soleil de Brooklyn. Alexia porte un minuscule short et je la laisse marcher un peu devant moi afin de pouvoir admirer le balancement de son fessier. Et aussi parce que Polochon se laisse traîner plutôt que marcher et qu'il est aussi lourd qu'un bœuf. Ma sublime brune me jette des coups d'œil en riant alors qu'elle trottine avec Juliet, qui maintenant qu'elle est attachée est parfaitement docile.

Mon téléphone se met à sonner et Alexia s'arrête alors que je décroche. C'est ma mère.

— Salut, m'man. Quoi de neuf ?

— Matt, il faut que tu viennes tout de suite, c'est ton père.

Le smartphone me tombe des mains et Alexia se précipite vers moi, le ramasse, puis pose une main sur mon épaule en me demandant ce qui m'arrive. Polochon, lui, se met à pleurer à mes pieds et il gratte furieusement ma jambe. Allez savoir si c'est son sixième sens ou un simple hasard, mais quand je me mets à courir comme un dératé, il me suit sans protester et aligne sa cadence sur la mienne. J'entends la foulée d'Alex qui martèle le sol derrière moi ainsi que les aboiements de Juliet qui galope, elle aussi. Heureusement que la maison des Grimm est très proche de celle de mes parents, en deux minutes nous sommes arrivés. J'entre sans frapper, faisant claquer la porte contre le mur, et me précipite dans le salon, Alexia toujours sur mes talons. Je découvre mon père assis sur son fauteuil, une main sur sa poitrine, le teint blafard. Ma mère est postée à ses côtés, le téléphone dans une main et un verre d'eau à moitié vide dans l'autre. Je me précipite à leurs côtés et passe une main sur le visage de mon père.

— Papa, ça ne va pas ?

— Il était parti chercher le courrier et je l'ai vu tomber comme une masse dans l'entrée. J'ai réussi à le ramener jusqu'ici mais… Il refuse que j'appelle une ambulance, Matt.

— Je n'en ai pas besoin, ronchonne mon père.

Alexia, qui se tient en arrière, ne peut s'empêcher d'intervenir en voyant la pâle figure de mon paternel. Elle le connaît depuis sa naissance, elle est donc presque aussi inquiète que moi.

— Si je peux me permettre, Adrian, vous avez une sale tête. Il ne faut pas prendre de risque avec votre cœur malade.

— Ce n'est pas mon cœur, ma belle, juste une simple crise d'angoisse, ne t'en fais pas.

Son ton s'est radouci face à Alexia. Je sais que lui aussi l'adore, tout comme ma mère. S'il savait ce qui se passe entre nous, ils feraient sans doute une danse de la joie autour de nous en psalmodiant et en remerciant le ciel. Néanmoins ce n'est pas le moment d'aborder ce sujet, ni même d'y penser. Mon papa a besoin de moi.

— Je préférerais quand même que tu ailles consulter, on ne sait jamais. Je t'emmène chez le médecin.

— Non, ce serait des frais supplémentaires. On ne peut pas se le permettre.

Sa voix est hachée, il paraît essoufflé et n'arrête pas de nous jeter des regards affolés.

Ma mère me tend alors une feuille qui se trouvait sur la table basse, que mon père tente d'intercepter en hurlant un grand « NON ! ». Mais je suis plus rapide et je prends le papier, désireux de voir ce qui le met dans cet état. Et je comprends soudain mieux sa panique.

— Tu m'avais dit que ça s'arrangeait. Avec l'argent que je te donne. Pourquoi tu m'as menti ?

— Je n'ai pas menti. Ça nous a beaucoup aidés, j'ai pu rembourser certaines dettes mais…

— Tu as hypothéqué ta maison, papa ! Et tu n'as pas payé, il menace de vous saisir, tu comprends ce que ça veut dire ? Tu crois que c'est le moment de taire des informations ? Tu crois que je ne méritais pas d'avoir toutes les cartes en main ?

— Matt !

Alexia pose une main sur mon avant-bras en secouant

la tête de gauche à droite. Je regarde alors ma mère, en larmes, et mon père, à deux doigts de la syncope. L'heure n'est pas aux remontrances, ça ne fera qu'empirer la situation. Je prends une grande inspiration, ferme les yeux, puis expire par le nez tout en me remémorant la formidable matinée que j'avais passée jusqu'à maintenant. J'aimerais pouvoir revenir à ce matin. Quand je rouvre les paupières, je plonge directement dans les prunelles bleu marine d'Alexia, qui me fait un léger sourire, et ça m'apaise immédiatement. Je sais ce qu'il me reste à faire.

— Maman, je veux que tu me sortes tous vos papiers. Je vais tout examiner dans les moindres détails et on va voir ce qu'on peut faire. Papa, toi, tu te reposes.

On se lève tous les trois et mon père me saisit par le bras, sans toutefois affronter mon regard.

— Je suis désolé, fils.

— Ne t'en fais pas, je vais tout arranger.

Nous le laissons dans le salon et nous installons dans la cuisine avec tous leurs documents. Je suis pris de colère quand je vois toutes les dettes dont mon père ne m'a pas parlé, et ma mère tente de me raisonner, mais j'ai du mal à me calmer. Comment a-t-il pu attendre que la situation dégénère à ce point avant de m'en informer ? Je vais devoir passer des dizaines de coups de fil demain pour voir si je peux faire patienter certains créanciers, la priorité restant que mes parents ne perdent pas leur maison. Mais, honnêtement, quand je vois le montant final de ce qu'ils doivent, je sais que je n'aurai pas assez d'une vie pour tout rembourser. Ma mère nous abandonne un instant pour prendre des nouvelles de mon père et je reste seul avec Alexia, et la montagne d'ennuis qui m'attend.

— C'est pour ça que tu voulais travailler chez moi, tu donnes l'argent à tes parents ?

— Oui. Tout ce qu'il me reste après le paiement de mes propres factures, je le leur donne. Mais ça n'est apparemment pas suffisant.

— Pourquoi tu ne m'as rien dit, Matt ? Tu sais qu'Austin et moi…

— Je ne veux pas entendre ça. C'est notre problème, Alexia, ça ne concerne que ma famille.

Je vois à son air que je l'ai peinée et je m'en veux immédiatement mais je refuse qu'elle sacrifie le moindre centime pour régler les dettes de mon géniteur. C'est à moi de m'en charger. Seulement, comment ? Je me lève et pousse un peu Polochon qui s'était assoupi sur ma chaussure. Il se lève en grognant, comme à son habitude, et me suit dans le salon ainsi qu'Alexia. Nous retrouvons mon père endormi sur le canapé et Juliet ronfle sur son ventre comme une bienheureuse. Ma mère sourit devant cette scène attendrissante et je ne peux m'empêcher de sourire moi aussi. Mon père n'est pas un mauvais bougre, il a juste commis des erreurs. Je sens les doigts d'Alex se cramponner aux miens et elle dépose un baiser sur ma joue avant de murmurer :

— On trouvera une solution. Je te le promets.

Je caresse son visage et m'attarde un instant sur ses lèvres. J'ai oublié un instant où nous sommes, mais quand je me tourne à nouveau vers mes parents, je vois ma mère nous observer, des larmes plein les yeux et un air joyeux sur le visage. Elle sait, et elle approuve. Plus que ça, elle est heureuse. Et malgré la tempête dans ma vie en ce moment, moi aussi.

15

Toute la semaine qui suit, je partage mon temps entre le boulot, les travaux dans la maison d'Alexia et des allers-retours chez mes parents. Ce qui fait que je suis totalement épuisé. J'ai réussi à convaincre certains créanciers de mes parents de patienter encore un peu pour le paiement de leurs dettes mais je n'arriverai pas à les retenir indéfiniment. Il va falloir que je trouve de l'argent, et vite. Même si Alexia et moi nous voyons chez elle lorsque je viens y bricoler, nous n'avons pas vraiment eu le temps de profiter de ce début de vie de couple. Nous n'en avons même pas discuté en fait. Je ne sais pas où nous allons, ni ce que nous sommes l'un pour l'autre. Dois-je la considérer comme ma petite amie ? Je le souhaite sincèrement. Mais ces derniers jours, nous avons tout juste eu la possibilité de nous accorder quelques baisers volés et de tirer un coup vite fait sur le plan de travail de sa cuisine. Il va pourtant falloir que nous en parlions.

Mais pas aujourd'hui. Nina est arrivée ce matin avec juste un sac et une petite valise comme bagages. Je suis très heureux de la retrouver et en même temps triste de voir que l'on a perdu tant d'années sans nous parler. Mais nos mères s'entendent très mal pour deux sœurs, ce qui fait que nous avons perdu le contact pendant longtemps. Grâce aux réseaux sociaux, heureusement, on peut renouer des liens plus facilement à présent. Quand je suis allé la chercher à l'aéroport, je l'ai trouvée extrêmement changée. Facebook m'avait pourtant préparé à son changement de look. Autrefois c'était une petite bombe avec des cheveux qui changeaient de couleur chaque semaine, des piercings sur le visage et sur le corps, et un nouveau tatouage apparaissait presque chaque mois, ce qui faisait hurler sa mère. Elle arborait des tenues excentriques et respirait la joie de vivre. Mais maintenant, elle a des cheveux blonds coupés en un carré strict, elle a retiré tous ses piercings et même avec cette chaleur, elle porte des vêtements qui couvrent entièrement sa peau, ce qui fait que l'on n'aperçoit aucune trace d'encre. Seule la rose qu'elle s'était fait faire sur la main vient illuminer sa peau pâle. Mais au-delà de ça, je la trouve surtout éteinte, sans entrain. Alors même que je voyais qu'elle était contente de me retrouver, j'ai perçu chez elle une certaine retenue, un désir de passer inaperçue. C'est sans doute dû à ce qui lui est arrivé et je peux difficilement me mettre à sa place, personne ne peut la juger. Cependant, alors qu'elle était enfin en face de moi, et durant tout ce dimanche que nous avons passé ensemble à installer ses affaires et à lui faire faire le tour du quartier, je me suis rendu compte que ma cousine n'était pas tout à fait revenue et qu'elle me manquait toujours.

Le lundi, je l'amène chez *Grimm Librairie* pour son premier jour. Elle n'a pas encore rencontré les filles et j'ai hâte qu'elle fasse leur connaissance. Je compte sur elles pour la mettre à l'aise et l'aider à replonger un peu dans la vie. Quand nous arrivons, Lily s'empresse de la saluer. Elle lui tend une main timide, un sourire bienveillant accroché au visage. Alexia arrive derrière, dans une tenue qui me coupe le souffle. Une salopette short en jean et un T-shirt rouge où il est écrit : *Je suis méchante et parfois je mords...* Si elle savait à quel point j'aime qu'elle me morde ! Ses longues jambes sont mises en valeur par des sandales dont les lanières remontent en se croisant sur ses mollets. Elle est très sexy. Elle me lance un sourire coquin, qui prouve qu'elle sait parfaitement l'effet qu'elle me fait, avant de serrer à son tour la main de Nina.

— Enchantée de te rencontrer, Nina. Et ravie que tu rejoignes l'équipe.

— Moi aussi, ça me fait plaisir. J'espère que je serai à la hauteur.

— Tu as déjà travaillé dans ce genre d'établissement ?

— Non, jamais, mais j'apprends vite, je ne suis pas végétarienne et je ne crois pas sentir le bouc, dit-elle en reniflant son chemisier.

Mes deux amies et moi explosons de rire. J'ai raconté à Nina comment était celle qui l'avait précédée, elle me semblait stressée et je voulais qu'elle sache qu'après une nana comme Magdalena, les filles ne pourraient qu'être très indulgentes. Elle a encore du mal à s'acclimater à son handicap, ce qui est compréhensible, mais je pense que ce job lui permettra de se rendre compte que sa vie ne s'est pas arrêté ce funeste jour et qu'elle a encore plein de moments de bonheur à vivre. Lily propose de lui faire faire le tour du propriétaire et je reste seule avec Alexia à l'entrée de la boutique.

— Qu'est-ce qui lui est arrivé à la jambe ? demande-t-elle.

Difficile de ne pas remarquer que Nina boîte. Je ne l'avais pas précisé avant car je savais que ça ne changerait rien à leur décision de l'embaucher. Et puis je sais que ma cousine déteste évoquer ce qui lui est arrivé.

— Un accident. Elle a perdu sa jambe, on a dû

l'amputer. Elle porte une prothèse, ça ne devrait pas la gêner pour travailler, même pour monter les marches.

— Je n'ai aucune inquiétude avec ça, Matt. Je suis certaine qu'elle sera efficace et surtout qu'on va bien s'entendre. C'est le plus important.

À aucun moment elle ne propose de lui faciliter le travail, de ménager ses efforts. Non, Alexia va considérer Nina comme n'importe quel employé qui a ses deux jambes, et c'est exactement de ça qu'elle a besoin. Je profite de ce que Lily et elle sont justement à l'étage pour déposer un bisou rapide dans le cou d'Alex et je passe un bras autour de son ventre, mon torse plaqué contre son dos, tout en humant le parfum de ses longs cheveux bruns.

— Tu sens bon, dis-je en murmurant, proche de l'extase.

— Toi aussi. Pas de cerise aujourd'hui ? rit-elle en inspectant ma bouche.

— Non, j'ai décidé de ralentir, j'ai peur que tu ne veuilles plus m'embrasser après.

— Jamais, j'aime trop ça ! On ne passe pas assez de temps ensemble en ce moment, tu me manques.

Elle semble tout intimidée de m'avouer ça et je sens une chaleur intense s'emparer de ma poitrine. C'est fou ce que j'adore cette fille. Je la retourne face à moi et passe une de ses mèches derrière son oreille.

— Tu me manques aussi. Mais j'ai le temps de rien à part bosser en ce moment, et je vais aussi pas mal chez mes parents pour m'assurer que tout va bien et que d'autres lettres d'impayés n'ont pas fait leur apparition.

— Comment vont-ils ?

— Ils sont stressés, ils se sentent coupables de me mêler à tout ça, mais j'essaye de les rassurer comme je peux.

Elle passe ses doigts sur ma joue puis glisse sur mes lèvres avant de me sourire tendrement.

— Tu sais quoi ? On va faire une fête ce week-end.

— Une fête ?

— Oui. Une grande fête avec tous nos amis. La maison est presque finie, ça sera l'occasion de montrer ton chef-d'œuvre à tout le monde.

— J'en sais rien, Alex, je suis crevé ; en plus, Nina vient d'arriver et je ne veux pas la laisser…

Elle me met une grande tape derrière la tête et je grimace car elle porte encore une bague de dix kilos qui m'a sûrement défoncé le crâne sur quelques centimètres.

— Tu ne vas pas la laisser chez toi toute seule évidemment, imbécile. Elle vient. Ça sera l'occasion de la présenter aux gens.

— Pas sûr que ça lui plaise, elle n'est pas fan de la foule en ce moment, je pense.

— Et moi, je crois que ça ne pourra lui faire que du bien. Et à toi aussi. Tu as besoin de te changer les idées.

Je la regarde un instant, passant ma main sur mon menton alors que je réfléchis. Elle a sans doute raison, j'ai un besoin urgent de décompresser et je pense que faire sortir Nina de sa coquille est également une absolue nécessité.

— O.K., va pour une fête alors !

*

Il m'a fallu un temps fou pour convaincre Nina d'aller à la fête chez Alexia, et il lui faut deux fois plus de temps encore pour s'habiller. Je lui laisse ma chambre le temps qu'elle sera à la maison et moi je squatte le canapé, quand je ne dors pas chez Alex. En passant devant la porte de mon antre, j'ai vu qu'il y avait une tonne de vêtements en boule sur le lit, et j'entendais pester ma cousine alors que du linge volait dans les airs. Je frappe quelques coups avant de pénétrer dans la pièce et je la vois assise contre le mur, la tête entre ses mains. Je m'assieds à ses côtés et pose une main sur son épaule.

— Hey ! Quel est le problème ?

— Je ne sais pas quoi me mettre, avoue-t-elle avec un demi-sourire et les yeux brillants.

— Comme toutes les filles avant une soirée, je suppose.

— Les autres filles n'ont pas à cacher ça.

Elle m'indique sa jambe droite et son expression troublée me serre le cœur.

— Tu n'as pas à le cacher non plus, Nina. Ça fait partie de toi maintenant, il faut que tu l'acceptes.

— Je n'ai pas le choix, je dois vivre avec. Mais ça ne veut pas dire que je dois m'exposer et infliger cette horreur aux yeux de tout le monde.

— C'est une prothèse, Nina, ça n'a rien d'horrible. Et crois-moi, là où on va, personne ne te jugera, ou ne te regardera de travers. Je pense que mes amis ont été plutôt corrects avec toi jusqu'à présent ?

Les filles m'ont dit qu'elles étaient plus que ravies du travail accompli par ma cousine, et qu'en plus de ça elles la trouvaient drôle et charmante. Elle a aussi fait la connaissance d'Austin durant cette semaine, et lui non plus n'a fait aucune remarque sur sa jambe. Il s'est montré sympa, agaçant et blagueur. Du Austin tout craché quoi !

— Non, ils sont vraiment très gentils. D'ailleurs, ça fait combien de temps que tu sors avec Alexia ?

Je dois avoir l'air d'un pauvre idiot à la regarder comme deux ronds de flan tout en ouvrant la bouche à intervalles réguliers, en cherchant bien ce que je vais pouvoir dire.

Elle me lance un petit sourire et un regard qui veut dire « joue pas à ça avec moi, je sais tout ». Autant balancer la vérité, de toute façon je suis démasqué.

— C'est elle qui te l'a dit ?

— Non, vous êtes juste très mauvais comédiens tous les deux. Et puis les murs ne sont pas très épais ici, j'entends tout de vos conversations téléphoniques le soir. D'ailleurs, c'est dégueu.

Elle grimace et moi aussi un peu, quand je pense à toutes les cochonneries que je peux dire à Alexia quand je n'ai pas la chance de dormir avec elle et que je me sens frustré. Les pauvres oreilles de ma cousine ont dû en entendre des vertes et des pas mûres.

— Désolé, j'essayerai d'être plus discret.

— T'inquiète pas, rit-elle. Mais pourquoi personne n'est au courant ? Bien que je doute que Lily soit dupe, si tu veux mon avis.

Je l'ai moi aussi vue nous jeter des œillades bizarres mais je me demandais si je n'étais pas en train de devenir parano. Apparemment non.

— On est ensemble depuis peu de temps, on ne sait pas trop où on va, alors pour l'instant on garde ça pour nous. Et puis je ne sais pas du tout comment Austin va prendre la nouvelle, mais je doute qu'il apprécie.

— Pourtant, c'est plutôt cool d'avoir son meilleur pote qui sort avec sa sœur.

— Sauf si l'histoire capote, là en l'occurrence ça risque de créer beaucoup de problèmes et de malaises.

À son tour, elle pose sa main sur mon épaule et ses yeux brillent de sincérité et d'un je-ne-sais-quoi d'un peu étrange. Du regret ? De l'envie ?

— Franchement, Matt, quand je vois la façon dont elle te regarde, et la façon dont toi tu la regardes, je ne crois pas que ça puisse mal se terminer entre vous. Ne perdez pas de temps à craindre ce que les gens pourraient en penser, profitez-en. Vous avez de la chance, tout le monde n'a pas le droit à son *happy end*.

Elle touche alors sa jambe encore valide, puis jette un œil à l'autre, avant de se lever difficilement pour retourner faire le tri dans ses affaires.

Plus tard, alors que nous arrivons à la fête, je vois qu'il y a déjà pas mal de monde. Lily et Austin bien sûr, quelques amies d'Alexia, des potes d'enfance, et Eddy aussi. D'ailleurs celui-ci semble particulièrement intéressé par la jolie blonde qui m'accompagne, et je me trompe peut-être, mais alors que je fais les présentations avec Nina, je suis presque certain qu'elle s'est mise à rosir. Je n'ai cependant pas trop le temps de m'attarder là-dessus car ma belle brune et ses jambes interminables viennent de faire leur entrée dans le salon. Elle porte un combishort fluide du même bleu marine que ses magnifiques yeux, rehaussé par une fine ceinture rouge. Ses chaussures, couleur sang elles aussi, sont si hautes que quand elle se retrouve face à moi, elle fait presque ma taille. Tandis qu'elle nous salue, sa main glisse discrètement sur mon pantalon cargo noir et elle a bien du mal à ne pas regarder mon torse savamment moulé dans un polo blanc.

— Mademoiselle Grimm, c'est une bien belle fête que vous avez organisée là.

— Merci bien, monsieur Adams. Tout le monde a grandement apprécié votre travail et a complimenté ma très belle maison.

— Ça me fait bien plaisir.

Je lui fais un clin d'œil charmeur et j'entends Eddy se racler la gorge tout en souriant comme un abruti. Je ferais mieux de me reprendre car quelque chose me dit que nous manquons de discrétion. Alexia doit en arriver à la même conclusion car elle se détourne de moi un peu vite, oscillant sur ses échasses au passage, avant de faire face à ma cousine.

— Tu veux que je te fasse visiter, Nina ?

Celle-ci regarde l'escalier, puis baisse les yeux sur ses jambes joliment camouflées par un pantalon noir ample, et esquive l'invitation en disant qu'elle a soif et qu'elle fera le tour un peu plus tard. Alexia comprend bien la situation et ne s'offusque pas, et Nina se dirige droit vers le bar, la mine lasse, suivie par Eddy qui termine son verre d'une traite afin d'avoir une excuse pour aller s'en chercher un autre. Je reste seule avec ma douce petite amie et je m'apprête à lui chuchoter à l'oreille tout ce que je compte bien lui faire ce soir, quand Austin nous rejoint. Il nous fait signe de l'accompagner dans le jardin et j'apprécie ce calme soudain alors que tout le monde est à l'intérieur et que le bruit de la musique est estompé par le double vitrage. Nous nous installons sur les chaises de jardin et je sursaute en croyant apercevoir un flash lumineux. Le frère et la sœur m'observent alors que je fais le tour du jardin, sans rien voir de suspect.

— Alors, on a encore peur du noir ? se moque Alexia alors que je me rassieds près d'elle.

— Ha, ha, ha ! Non, plus depuis mes huit ans. J'ai cru voir quelque chose, mais ça devait être un phare de voiture dans la rue.

— O.K., monsieur le trouillard, intervient Austin. Donne-moi ta main.

— Mon pote, je t'aime beaucoup mais pas au point de t'épouser.

— Arrête tes conneries et donne ta foutue main, abruti.

Je rigole et Alexia secoue la tête de droite à gauche en

riant elle aussi à moitié. Austin dépose au creux de ma paume une enveloppe où il est inscrit : *Tu prends et la ferme*. Je l'ouvre et découvre à l'intérieur un chèque. Je me retourne immédiatement devant ma copine, qui fronce le nez comme une gamine prise en faute mais ne baisse pas les yeux pour autant. Je m'apprête à ouvrir la bouche mais Austin me montre à nouveau le mot écrit sur l'enveloppe : *La ferme*.

— Hors de question que je me taise. Et hors de question que j'accepte ça également. Vous êtes malades tous les deux.

— Non, on n'est pas malades. On est tes amis, me répond Alexia.

— C'est une somme énorme, vous n'avez pas à faire ça pour moi.

— Ça tombe bien parce que je ne le fais pas pour toi, me dit Austin. Ne te méprends pas, si demain tu as besoin de quoi que ce soit, même d'un rein, je te le donnerai, tu le sais. Mais là, il ne s'agit pas de toi. Il s'agit de tes parents. De ton père qui m'a appris à pêcher. De ta mère qui nous gavait de beignets aux pommes quand on revenait d'avoir joué dehors. Il s'agit de ta famille, qui est un peu la nôtre aussi. On veut faire ça pour eux.

— Mais…

— Matt, tu reproches à ton père d'avoir été trop fier pour t'en parler, pour accepter ton aide. Ne fais pas la même erreur. Pense à sa santé, ajoute Alexia.

Je me lève et fais les cent pas, une main sur mon crâne rasé et l'autre qui malmène mon menton. Si j'accepte, leurs ennuis sont terminés, et les miens aussi. Mais il s'agit de l'argent de leur héritage. Je ne peux pas faire ça.

J'argumente :

— Mes parents n'accepteront jamais.

— Alors, ne leur dit pas que ça vient de nous. Trouve une excuse, fais ce que tu veux, mais prends ce fric, me dit Austin. T'en fais pas, on n'est pas sans un sou, Alex et moi. Il nous en reste encore un peu après ça. Et puis le garage et la librairie fonctionnent bien, on a chacun notre maison, une voiture. On n'a pas besoin de ce pognon.

— Vos parents, qu'est-ce qu'ils diraient...

— S'ils étaient encore vivants, ils auraient fait ce chèque eux-mêmes.

Alexia me supplie du regard d'accepter, alors que mon meilleur ami affiche son air déterminé. Je fixe encore une fois le chèque, qui semble peser une tonne dans ma main. Puis je relève les yeux vers mes amis d'enfance, ces deux personnes qui ont toujours été là pour moi, et qui me prouvent encore aujourd'hui à quel point notre amitié est précieuse. Ma gorge est nouée par l'émotion et ma voix trop rauque leur arrache un sourire.

— Merci, je ne sais pas comment vous remercier. Je vous rembourserai jusqu'au dernier centime.

— Même pas en rêve, dit Austin en riant.

Et il nous abandonne dans le jardin comme si l'affaire était conclue et qu'il n'y avait plus rien à ajouter. Alexia s'approche de moi et passe ses doigts sur mon bras nu en m'observant à travers ses cils.

— Je sais que tu ne voulais pas que je lui dise, ni qu'on t'aide. Mais je le devais, tu comprends. Tu m'en veux ?

— Comment je pourrais t'en vouloir alors que tu es prête à sacrifier ton héritage pour ma famille et moi ?

— Pas seulement mon héritage. Je te donnerai tout, Matt, tout ce que j'ai. Je te l'ai dit.

Je regarde autour de moi et constatant que nous sommes encore seuls, je prends le risque de l'attirer vers moi et je pose ma bouche sur son menton, puis sur sa joue, pour échouer sur ses lèvres pleines.

— Je suis fou de toi, Alexia Grimm, tu le sais ?

— Embrasse-moi.

Je ne me fais pas prier et me rue sur ses lèvres comme un type en plein désert devant une oasis. Je lèche sa lèvre inférieure avant d'introduire ma langue, ce qui la fait gémir. Elle se colle contre moi et plaque ses seins contre mon torse alors que ma main s'égare sous le voile de sa combinaison. Je touche un morceau de fesse nue, puis sens la dentelle sous mes doigts et Alex se tortille pour m'encourager à la toucher un peu plus. Pris dans la frénésie de notre baiser, nous n'entendons pas la baie vitrée s'ouvrir. Ni le bruit des pas qui se rapproche. Mais je sens bien par contre la poigne d'Austin qui me saisit le bras et me pousse loin de sa sœur en hurlant :

— Mais c'est quoi ce bordel ?!

16

Heureusement que je suis plus costaud qu'Austin, car avec la force qu'il vient de mettre pour m'éloigner de sa sœur, mon cul aurait très bien pu atterrir à l'autre bout de Brooklyn. Alors qu'il nous regarde chacun notre tour, Alex et moi, comme s'il suivait un match de tennis, je vois plusieurs invités sortir, alertés par les cris de mon futur ex-meilleur pote.

— Qu'est-ce que ça veut dire ? Je reviens vous voir pour vous dire que tout le monde vous attend à l'intérieur et je te retrouve avec ta langue dans la bouche de ma sœur ?!

J'observe toutes les personnes qui se trouvent autour de moi. Austin, dont je m'attends à voir sortir des flammes de sa bouche d'un moment à l'autre et de la fumée par ses oreilles ; Lily qui a une main sur les lèvres mais qui ne semble pas vraiment surprise ; Nina, qui me fait un sourire compatissant montrant bien qu'elle me soutient ; Eddy, qui lui ricane dans son coin car il savait sûrement que ça se passerait de cette manière. Et elle. Alexia. Elle paraît totalement paniquée, presque honteuse face au regard courroucé de son frère. Je ne le prends pas mal, je sais qu'elle aime Austin plus que tout, qu'il est sa seule famille, et qu'elle ne veut en aucun cas se fâcher avec lui.

Et là, il a l'air furax. J'essaye de retrouver mon calme, car m'énerver ne servirait à rien. Pas plus que mentir.

— Alexia et moi, on sort ensemble.

Pendant un instant, je me demande si je n'ai pas parlé russe, ou japonais, car Austin me regarde comme s'il n'avait pas compris un traître mot de ce que je viens de dire. Pourtant, tout est limpide, on ne peut plus clair. Mais je reprends mes explications pour éclairer sa lanterne.

— Ça fait déjà un petit moment qu'il se passe quelque chose entre nous. Mais on a décidé récemment de se donner une vraie chance. On est un couple maintenant.

— C'est une blague ? dit-il en riant et en fixant furieusement sa sœur.

— Non, tout ça n'a rien d'une plaisanterie. Je suis tout ce qu'il y a de plus sérieux.

Il me tourne le dos, les deux mains derrière la tête, et je vois Lily lui demander silencieusement de se calmer mais quand il se tourne vers Alexia, il semble encore plus furieux qu'il y a une minute.

— Mais t'es vieille, putain !

— Quoi ?! s'énerve-t-elle tout à coup.

— T'es plus vieille que lui !

— De seulement quelques années, ce n'est pas grand-chose.

— Tu le connais depuis sa naissance ! C'est censé être comme un frère pour toi. Et voilà que vous vous mettez à vous rouler des pelles dans le jardin !

Je vois les joues d'Alexia rougir alors qu'Austin nous lance une œillade dégoûtée. Comme si ce que nous faisions était mal. Il est hors de question que je le laisse dénigrer la meilleure chose qui me soit arrivée depuis une éternité, ni qu'il sème le doute dans l'esprit déjà bien fragile de sa sœur. Cette fois-ci, c'est moi qui le pousse au niveau du torse pour attirer son attention alors que sa hargne reste focalisée sur sa frangine.

— Hey, tu arrêtes maintenant. Ne t'en prends pas à elle. C'est vrai qu'on se connaît depuis toujours, et c'est ce qui fait qu'on est si proches aujourd'hui. Mais elle n'est pas ma sœur, et je ne suis pas son frère. Aucun lien du sang. Alors que tout ça te semble étrange, je le comprends, mais il va falloir que tu t'y fasses.

— Et si je refuse de m'y faire ? T'es prêt à sacrifier notre amitié pour ça ?

J'entends le hoquet de stupeur et de douleur de ma petite amie, mais je ne la regarde pas. Car à présent, c'est entre Austin et moi. Peut-être que dans quelques secondes je n'aurai plus de meilleur ami, peut-être que je vais tout gâcher. Mais Alexia en vaut la peine, ce que je ressens pour elle vaut toutes les peines du monde.

Je le regarde bien dans les yeux et lui assène :

— Oui. Parce que je suis amoureux d'elle. Je l'aime plus que tout, et même si ça m'arracherait les tripes de perdre ton amitié, si on doit en arriver là, alors soit. Ce n'est pas à toi que je vais expliquer que parfois, pour vivre la plus belle histoire de notre vie, il faut savoir dire merde aux autres, et même à son meilleur pote.

Austin m'observe longuement, puis il jette un œil vers Lily qui s'est placée vers lui et a posé une main sur son dos. Si elle ne parle plus à Bonnie aujourd'hui, c'est parce qu'elle a fait passer leur amour en premier, j'espère qu'il va comprendre que je dois faire la même chose à mon tour. Il déclame qu'il a besoin d'air et quitte la fête sans se retourner ; le bruit assourdissant de la porte qui claque derrière lui venant briser le silence qui s'est installé. Je me sens un peu anesthésié par tout ça, à tel point que je ne me rends pas compte qu'Alexia est partie elle aussi. J'entends

Eddy demander à tous les invités de rentrer chez eux alors que Nina commence à débarrasser la maison. Moi, je reste planté au milieu du jardin, sonné, un peu triste aussi. Je n'arrive même plus à penser, j'ai peur de rejoindre Alexia et de me rendre compte que j'ai tout perdu. Même elle. Une fois la maison vide, ma cousine m'embrasse sur la joue en me disant que tout ira bien et Eddy me fait une accolade virile avant de quitter la maison. C'est lui qui va raccompagner Nina et quand j'aurai retrouvé tous mes esprits il me faudra le remercier pour tout ce qu'il a fait.

Je me décide enfin à me bouger les fesses et je fais le tour de chaque pièce pour retrouver Alexia. Juliet me suit à la trace alors que Polochon n'a pas osé bouger de son panier, sans doute un peu apeuré par la foule de ce soir et les bruits, entre la musique, les rires, puis les cris. Alex n'est ni dans sa chambre, ni dans une des salles de bain, ni même dans la buanderie. Je commence à me demander si elle ne serait pas sortie sans que je m'en rende compte mais je vais jeter tout de même un coup d'œil dans la dernière pièce de la maison, la chambre de ses parents. Je la retrouve assise par terre, le dos contre le lit, la tête posée sur ses genoux.

— Je pense qu'on devrait faire un bureau dans cette pièce. Avec une grande bibliothèque. Ma mère adorait lire. Et on pourrait mettre quelques-unes de ses plantes ici. On pourrait aussi installer le vieux fauteuil en cuir de mon père, là-bas, dans le coin, me dit-elle.

— C'est une très bonne idée.

Je m'assieds à ses côtés et elle pose sa tête sur mon épaule. J'embrasse le sommet de son crâne et renifle un instant la douce odeur de mûre sauvage qui imprègne tout son corps. Je suis soulagé de voir qu'elle ne se montre pas distante avec moi, mais la tristesse émane par tous les pores de sa peau et je m'en veux d'en être en grande partie responsable.

— Je te demande pardon pour tout ça, je te promets de tout faire pour tout arranger.

Elle se tourne vers moi et ses grands yeux bleus me scrutent intensément.

— Est-ce que tu m'aimes vraiment ?

C'est tellement simple de lui dire que je l'aime. Même quand il y avait tout ce monde autour de nous, avec Austin qui semblait vouloir me tordre le cou, je n'ai eu aucun mal à prononcer ces mots. Le fait que ça soit si naturel dans ma bouche me prouve à quel point c'est vrai, à quel point c'est fort, et que ça sera pour toujours.

— Je t'aime, Alexia Delilah Grimm. Je t'aime autant qu'il est possible d'aimer.

Elle pose sa main sur ma joue puis se blottit dans mes bras, sa tête nichée dans mon cou.

— Alors, ne t'excuse surtout pas. Malgré tout ce qui s'est passé, ce soir est probablement la plus belle nuit de ma vie.

On reste un moment comme ça, l'un contre l'autre, sans rien dire. Que pourrions-nous ajouter de plus ? Quand elle se met à bâiller toutes les cinq minutes, je décrète qu'il est l'heure d'aller se coucher. Alexia range les quelques derniers verres qui restent sur le plan de travail alors que je commence à fermer les volets. Tout à coup, Polochon se plante devant la baie vitrée qui mène à l'arrière de la maison et se met à aboyer et à grogner méchamment. Alexia et moi échangeons un regard alors que notre molosse se montre de plus en plus féroce en grattant avec frénésie la fenêtre et que Juliet se met à japper elle aussi.

— Reste là, dis-je à Alexia.

Elle hoche la tête et se place en retrait alors que j'allume à l'extérieur et que j'ouvre la baie vitrée. Polochon se met à courir comme un dératé vers les buissons sur la droite du jardin, là où j'ai cru apercevoir un flash plus tôt dans la soirée. Il grogne, gratte un peu le sol, mais quand je le rejoins, je ne vois rien d'anormal. Personne en vue, pas de bruit suspect. Pas de trace de pas sur le sol, juste quelques mégots qui traînent. J'éclaire les alentours avec la faible lueur de mon téléphone portable, mais rien. Le rottweiler pousse quelques petits gémissements puis recule vers le milieu du jardin, un peu apaisé. Finalement je l'oblige à rentrer et je rejoins ma petite amie à l'intérieur.

— Alors ? me demande-t-elle.

— Alors, rien. Il a sûrement dû entendre un autre chien aboyer dans le quartier.

Je refais tout de même deux fois le tour de la maison pour m'assurer que tout est bien fermé. La fatigue devenant insoutenable, Alexia monte à l'étage alors que je fais signe aux chiens d'aller au panier. Juliet ne se fait pas prier mais Polochon se couche devant la baie vitrée, le museau tourné vers l'extérieur.

— Allez, mon gros, y'a rien dehors, va à ta place.

J'essaye de le pousser un peu aux fesses mais il se remet à grogner et reste obstinément couché devant la porte vitrée.

— O.K., comme tu veux, mon grand. Bonne nuit.

Je lui caresse affectueusement le museau puis j'éteins toutes les lumières avant de retrouver les bras de ma belle. Nous rions un instant en nous disant que nous avons non seulement choisi un chien grincheux, mais aussi limite parano. Seulement, le lendemain, nous comprenons bien vite que Polochon est loin d'être paranoïaque et que nos ennuis sont de retour.

*

— Tu ne vas quand même pas le jeter à la poubelle !

— Eh bien, si, qu'est-ce que tu veux que j'en fasse ?

— Il faut l'enterrer, allons !

— Sérieusement ? On ne sait même pas d'où il vient. Je ne vais pas creuser une tombe à sept heures et demie du matin.

— Et moi, je te dis qu'on ne va pas le jeter à la poubelle comme un vulgaire mouchoir usagé. Il mérite mieux que ça. Pauvre bête.

Ce sont les aboiements répétés de Polochon qui nous ont réveillés à sept heures. Il grognait et je l'entendais sauter contre la porte comme un damné. Moi qui espérais avoir droit à un réveil câlin avec ma chérie, tandis que je me collais contre elle, mon érection poussant contre ses fesses, elle m'a gentiment envoyé bouler en me disant que ses petits amours avaient sûrement une grosse envie de pipi. Ce n'était pas l'idée du siècle, ces deux clébards. Elle est donc descendue, son corps uniquement recouvert d'un peignoir en soie gris-bleu, pour ouvrir aux chiens alors que moi je replongeais la tête dans les oreillers, pour inspirer son odeur, laissant ma queue grossir en imaginant tout ce que je lui ferai quand elle remonterait. Jusqu'à ce que je l'entende crier. Pas juste un petit couinement de stupeur, mais un véritable hurlement digne d'un film d'horreur. Je me suis précipité, complètement à poil, vers la baie vitrée qui mène au jardin. C'est là que j'ai trouvé Alexia, les mains jointes sur sa bouche, le regard rivé vers le sol. Quand je me suis avancé, j'ai repéré immédiatement ce qui avait provoqué sa terreur. Le corps inerte d'un pauvre chat gris, dont les intestins étaient répandus sur le plancher de la terrasse. La petite bête avait été éventrée. Alex s'est jetée dans mes bras, les larmes aux yeux, alors que je n'arrivais pas à détourner le regard de cet affreux spectacle. Finalement, j'ai fini par monter pour enfiler un short et un T-shirt alors que les chiens tournaient autour du cadavre et que ma belle libraire laissait libre cours à son chagrin.

Quelques minutes plus tard, nous voici en train de nous disputer pour savoir ce que nous allons faire de ce gros matou. Alexia s'en va vers le fond du jardin et revient avec une pelle, son air décidé s'affichant sur son visage auparavant chagriné.

— Si tu ne veux pas l'enterrer, je le ferai, dit-elle en essuyant une larme qui coule sur sa joue.

Je m'empare de la pelle et presse mes lèvres sur ses cheveux, près de son front. Elle s'agrippe à moi quelques secondes, ses ongles transperçant mon T-shirt pour atteindre directement mon torse. Je sais qu'elle est choquée par tout ça, et elle n'est pas la seule.

— Laisse, je vais le faire, trésor.

Elle hoche la tête mais reste à mes côtés durant toute ma besogne. Ramasser cette pauvre bestiole dont le ventre ouvert laisse échapper des tas de choses visqueuses et du sang me file des haut-le-cœur. Je rage en pensant à la douleur de l'animal, et à quel point il faut être dérangé pour faire un truc pareil.

— Je pense toujours qu'on aurait dû appeler la police, grondé-je.

— Pour leur dire quoi ? Que quelqu'un a déposé un chat crevé devant chez nous ? Les flics s'en moquent bien de ce genre d'histoire.

— Alex, ce chat n'est pas juste mort devant ta porte, il a été éventré et déposé devant chez toi. Et toi et moi, on sait bien qui a fait ça.

— On n'a pas de preuves, dit-elle sans me regarder.

La honte de son histoire avec Reese la poursuit toujours, autant que le sentiment de crainte qu'il lui inspire. Mais nier la vérité ne le fera pas disparaître. Pour moi, il est bien évident que c'est lui qui a fait ça. Qui d'autre pourrait en vouloir à Alexia ? Et être aussi barjot ? Mais malgré mes protestations, elle refuse de faire intervenir les services de l'ordre dans cette histoire. Je ne dis rien pour le moment, je finis d'enterrer l'animal avec dignité, comme elle le souhaite. Juliet ne la quitte pas d'une semelle alors qu'elle lave à grande eau le bois de la terrasse, maculé de sang. Elle pleure à ses pieds, soit à cause de la vie qui a été prise ici même, soit parce qu'elle ressent elle aussi à quel point sa maîtresse est triste et désemparée. Polochon, lui, se calque davantage sur mon humeur. Il court partout dans le jardin, la truffe au ras du sol, comme s'il cherchait le moindre indice de l'auteur de ce meurtre. Je reste auprès de lui, guettant moi aussi chaque chose qui me paraîtrait suspecte. Mais rien. Jamais rien. Jusqu'à ce que Polochon gronde devant le cabanon, et que j'y entre à sa suite.

— Alexia, viens ici.

J'entends ses pas près de la porte du vieil abri de jardin tandis que notre rottweiler renifle partout autour de lui et grogne de mécontentement. Ce chien est d'une grande intelligence et finalement je me félicite de l'avoir recueilli. Sa cécité ne lui a posé aucun problème pour découvrir le lieu du crime. En même temps, la pièce respire la mort, et la folie. Quand Alexia entre, elle pousse un cri entre stupéfaction et horreur.

— Mon Dieu !

Elle n'arrive à rien dire d'autre, et moi non plus d'ailleurs. Le carnage nous coupe le souffle. Le sol est couvert de terre, où l'on distingue clairement des traces de pas. Je vois deux mégots dans un coin, juste à côté de l'établi. Le vieil établi en bois de son père, inondé d'une mare de sang. Une cisaille trône au centre, recouverte elle aussi d'hémoglobine. Il est carrément venu ici pour éventrer l'animal. Le cabanon n'est jamais fermé à clé, et il est facile d'escalader la clôture pour accéder au jardin. Un jeu d'enfant pour Reese. Mais ce qui me fait frissonner d'effroi, ce qui me file la gerbe, ce sont les photos.

— Qu'est-ce qui se passe ici ?

Alexia et moi sursautons tous les deux en entendant la voix d'Austin. Il se tient derrière nous, dans son jean bleu délavé et son T-shirt favori des Arctic Monkeys. Juliet saute sur ses jambes, en quête d'affection, mais il la sent à peine. Il avance dans la pièce, comme hypnotisé par tout ce sang. Puis, comme moi, il reporte son regard sur les photographies. Des dizaines de clichés d'Alexia, étalés un peu partout dans le sang. Certaines images ne sont pas récentes, on le voit car Alexia a les cheveux un peu plus courts. Et puis d'autres datent carrément d'hier. Sur certaines, elle est seule, ou parfois avec Lily, ou son frère, ou avec moi. À chaque fois, mon visage y est gribouillé, presque arraché. Alexia s'empare de mes doigts et les serre si fort que j'ai peur qu'elle ne les brise. Austin, lui, pose une main sur mon épaule, et me fait un signe du menton. Un signe qui veut tout dire.

— Alexia, appelle les flics. Austin et moi, on revient vite.

J'avance déjà dans le jardin, suivi par mon meilleur ami et Polochon qui est scotché à ma jambe, quand Alex nous interpelle.

— Mais vous allez où ? me demande-t-elle, un brin paniqué.

— À la caserne.

17

J'ai une impression de déjà-vu quand nous nous garons devant la FDNY 205. Je me demande si les choses vont se passer de la même manière que la dernière fois. Sera-t-il là, à l'entrée, presque comme s'il nous attendait ? Aurais-je la patience de laisser à Austin le privilège de lui assener le premier coup de poing ? Aura-t-on le temps de le démolir avant que ses collègues n'arrivent ? Qu'importe, qu'ils viennent à dix ou à cent, j'aurai la peau de ce type. Austin et moi n'avons prononcé aucune parole durant le trajet dans sa voiture, mais je sais qu'il est exactement dans le même état d'esprit que moi. Il est fou de rage, et rien ne l'arrêtera. Quand nous sortons du véhicule, je remarque que nous avons tous deux la même posture. Droit. Le buste en avant. Les poings serrés. Prêt à en découdre. C'est ce qui doit alarmer les deux pompiers qui se trouvent à l'entrée en train de plaisanter.

— Hey, qu'est-ce que vous faites ici ? On n'entre pas dans la caserne comme dans un moulin.

— Barney, c'est les deux mecs qui ont cassé la gueule à Reese la dernière fois, appelle les flics.

Le grand blond qui se prénomme apparemment Barney n'a pas le temps d'appuyer sur une touche de son téléphone qu'Austin a déjà tapé dedans et envoyé valser le portable à plusieurs mètres au sol. Le gars s'énerve direct et chope mon ami par le col en hurlant à son visage :

— Non mais, t'es malade ou quoi ?

J'avance, prêt à démolir tous ceux qui se mettront sur notre chemin, quand un mec d'une cinquantaine d'années se pointe en demandant à son collègue de s'écarter tout de suite. Il passe les doigts dans ses cheveux grisonnants puis sur sa petite moustache, en nous dévisageant. Ses bretelles sont tendues par son ventre bedonnant mais quelque chose me dit que malgré son âge et sa corpulence, mieux vaut ne pas l'énerver. Et il est à présent entouré d'une dizaine de pompiers en colère.

— Qu'est-ce que vous voulez ? nous demande-t-il froidement.

— Ce sont eux qui ont tabassé Reese, *boss*, déclare l'un des soldats du feu.

— On cherche Reese, effectivement, dis-je. Il est là ?

Le chef s'approche de moi, collant presque son visage au mien, et je vois Austin se tendre à mes côtés. Il est comme une bombe sur le point d'exploser et à ce stade, rien ni personne ne lui fait plus peur, même pas tous ces gaillards autour de nous.

— Vous lui voulez quoi à Reese ?

— On a une affaire à régler avec lui.

— Et est-ce que cette affaire nécessite que j'appelle la police ? Vous l'avez bien amoché la dernière fois.

— Pas assez.

Je le vois vaciller un instant devant mon grondement. Si j'avais su, ce jour-là, je l'aurais tapé cent fois plus fort. Si j'avais su, je l'aurais tué. Mon meilleur ami s'avance et se place devant le *boss*, mettant de la distance entre lui et moi.

— Bonne idée, appelez les flics. Ils sont déjà chez ma sœur. Là où votre taré de collègue a pris le temps de disposer des tas de photos d'elle dans une mare de sang.

— Quoi ? C'est quoi cette histoire ? nous demande-t-il, interloqué.

Je souffle un grand coup et tente de retrouver un peu de calme avant d'expliquer la situation. Si je sais me montrer convaincant, il me dira peut-être où trouver ce fils de pute. Je suis persuadé qu'il n'est pas là aujourd'hui, sinon il serait déjà ici en train de nous narguer. Il se croit tellement supérieur.

— Votre gars est sorti avec sa sœur, qui est aussi ma petite amie, il y a quelques mois. Elle a mis fin à leur relation mais depuis il la harcèle sans cesse, il l'effraie. Et cette nuit il a éventré un chat dans son jardin avant de le déposer sur le pas de sa porte. Il a aussi pris des photos d'elle, qu'il a laissées à l'endroit où il a tué l'animal.

— C'est une plaisanterie ? Reese est marié. Il n'a pas pu sortir avec votre amie.

— Et pourtant…, répond Austin en grinçant des dents.

Je sais qu'il en veut toujours à sa sœur, d'une certaine façon, de s'être mise dans cette situation, en sortant avec un homme marié. Mais même si c'était une erreur, ça ne change rien au fait que ce type est un détraqué et qu'il faut le mettre hors d'état de nuire.

— Ta sœur, c'est Alexia ? demande un mec derrière son chef.

Le pompier n'est pas très grand, mais trapu, un peu comme un joueur de rugby. Son poing doit être aussi gros que ma tête. Mais il a une mine de gentil, avec son visage joufflu et ses yeux un peu trop rapprochés. C'est ce qui m'empêche de trop m'énerver alors qu'Austin, lui, perd carrément patience et pousse tout le monde sur son passage pour aller parler à ce garçon. Ses collègues se rassemblent immédiatement autour de lui dans un réflexe de protection, mais le *boss* leur fait signe de se calmer, et il donne un coup de menton vers son collègue pour l'inciter à parler.

— Tu connais ma frangine ?

— Eh bien, Reese m'a parlé d'elle. Je n'ai pas trop compris parce qu'il avait l'air fou amoureux de sa femme, Lynette, et puis un jour il m'a parlé de cette fille géniale qu'il avait rencontrée et dont il était raide dingue. Je lui ai dit de bien y réfléchir, de penser à ses gosses mais… Il ne m'a jamais écouté.

— Qu'est-ce qu'il t'a dit d'autre ? l'interrogé-je.

— Ben…

Il hésite, me regarde longuement, mais son chef lui tape dans le dos en lui disant qu'il doit tout nous raconter. Je pense que Reese est son ami, car il n'a vraiment pas l'air ravi de le balancer. Mais en bon petit soldat, il acquiesce et achève de me donner envie de réduire cette ordure en bouillie.

— La dernière fois que je l'ai vu, il m'a dit qu'ils étaient fiancés. Et qu'ils allaient partir très loin tous les deux, et ne plus revenir. Il m'a dit qu'ils envisageaient même de faire un bébé très vite.

La nausée me monte à la gorge quand je pense à cet enfoiré posant ses mains sur mon Alexia une fois de plus. Quand je l'imagine me l'enlever. Austin grogne tout autant que moi et j'ai presque envie de rire quand je me dis que nous devons ressembler à Polochon en ce moment, à gronder toutes les secondes. Mais mon écœurement ne laisse pas place à la plaisanterie bien longtemps.

— Quand ? dit Austin. Quand est-ce qu'il t'a dit ça ?

— Le jour où vous êtes venus à la caserne.

— Putain ! dis-je en enrageant.

Mon pote fait les cent pas en observant chaque type autour de nous. Il a besoin de frapper quelque chose, de frapper quelqu'un. De détruire ce Reese. Et moi aussi. Je me replace devant le chef et son collègue rondouillard et les supplie presque du regard de nous venir en aide. Car il en va clairement de la sécurité d'Alexia aujourd'hui.

— Écoutez, je sais ce qu'est l'amitié, la loyauté. Vous vous faites tous confiance et vous n'avez pas envie de trahir l'un des vôtres. Mais vous vous plantez si vous croyez que Reese est un homme bien. Ce n'est qu'un salopard qui trompe sa femme, est prêt à abandonner ses gosses, et terrorise une jeune femme qui ne veut plus de lui. Je ne sais pas de quoi il est capable, mais je suis persuadé qu'il irait jusqu'à lui faire du mal. Je vous en prie, dites-nous où on peut le trouver.

— J'aimerais vous aider, les gars, vraiment. Si ce que vous dites est vrai alors… Reese a de sérieux problèmes. Malheureusement il n'a pas remis les pieds ici depuis que vous l'avez cogné. Il aurait dû reprendre le boulot il y a un moment déjà, mais on n'a aucune nouvelle.

Je me tourne vers celui qui est son ami :

— Et toi ?

— Rien non plus.

Austin s'avance d'un air menaçant et le pousse au niveau du torse, le faisant presque tomber. Les mecs se ruent sur lui en gueulant mais j'attrape mon ami en premier et lève les mains en signe d'apaisement, en demandant à mon pote de se calmer.

— Il ment, bordel ! Il protège ce connard !

— Non, je vous jure que c'est la vérité, répond l'autre. J'ai essayé de l'appeler, je suis même allé chez lui, mais personne ne sait où il est. Et Lynette n'a rien voulu me dire, elle n'adresse la parole à aucun d'entre nous.

— Pourquoi ? demandé-je.

— Parce que Reese ne le permet pas. Personne n'a le droit de parler à sa femme, ou même de la regarder. Il a toujours été hyper possessif avec elle. C'est pour ça que j'étais surpris de le savoir avec une autre. Il l'aimait tellement…

Merde, alors ce barge a disparu de la circulation. Personne ne sait où il est. Peut-être sa femme. Mais elle ne dira rien, c'est clair. Je passe mes mains sur mon crâne rasé, la tête en arrière. Je me sens impuissant, et apeuré. Je suis terrifié pour la femme que j'aime et ça me met dans une rage folle. Mais je ne peux rien faire. Le boss nous demande de l'attendre une minute et il disparaît dans son bureau. Quand il revient, il me tend un morceau de papier.

— C'est son adresse. Si jamais ça peut vous aider. Je vous promets que si on le voit dans le coin, on vous prévient, et on appelle les flics.

Je lui laisse mon numéro de portable, ainsi que celui d'Austin, et nous le remercions avant de quitter le bâtiment. Quand nous remontons en voiture, je ne sais pas quoi dire. Je sens la menace peser au-dessus de nous mais je ne sais comment agir. Comment protéger Alexia. Je jette un œil vers mon ami d'enfance, en espérant qu'il aura une solution magique pour mettre fin à tout ce bordel, mais il est aussi perdu que moi. Sentant mon regard sur lui, il se place face à moi et je me dis que ce n'est peut-être pas le meilleur moment pour parler de ça mais qu'il faut que ça sorte tout de même.

— Je suis désolé, Austin. J'aurais dû te le dire pour Alexia et moi, et je comprends que tu le prennes mal. Il faut que tu saches que ça nous est tombé dessus comme ça. Mais c'est la meilleure chose qui me soit arrivée.

— Tu l'aimes vraiment ? me demande-t-il en me fixant dans les yeux.

— Oui, plus que tout.

— Alors, prouve-le-moi. Prends soin d'elle, ne laisse pas ce cinglé lui faire du mal. Tant que tu ne lui brises pas le cœur et que tu la protèges, pour moi, tout est O.K.

Il me tend la main, que je serre, avant de l'attirer vers moi pour le serrer dans une étreinte tout ce qu'il y a de plus viril bien sûr. Nous n'avons pas mis la main sur Reese, mais j'ai au moins retrouvé mon meilleur ami.

*

On vient à peine de démarrer que Lily nous appelle pour nous dire qu'il faut que nous venions tout de suite chez Alexia. Pas un mot de plus, elle raccroche immédiatement. Austin appuie sur l'accélérateur et fonce chez sa sœur, alors que mon cœur bat à mille à l'heure. J'imagine déjà tous les scénarios catastrophes possibles. Quand nous arrivons, il y a une voiture et un fourgon de police mais également le véhicule de Lily et celui d'Eddy. Mon pote fronce les sourcils en voyant tout ce monde à la maison mais je me dis qu'au moins Alexia n'est pas seule.

Dès que nous rentrons, je la repère dans le salon, avec un vieux pantalon de jogging et mon sweat des Nets de Brooklyn. Elle a rassemblé ses cheveux en queue haute, qui tombe un peu sur le côté, signe qu'elle a dû les attacher à la va-vite. Elle semble épuisée et vraiment pétrifiée. Un agent de police l'interroge alors qu'un autre discute avec Eddy. Lily se dirige vers nous avec Nina et celle-ci me prend immédiatement dans ses bras ; je l'interroge :

— Comment tu es venue jusqu'ici ?

— Lily est venue me chercher après que je l'ai appelée.

— Appelée ? Pourquoi ?

Elle n'a pas le temps de me répondre qu'un policier se pointe devant nous. La trentaine, des cheveux en brosse et des tatouages sur les mains, il n'a pas vraiment le look d'un flic. On peut même encore apercevoir les vestiges de piercings qui ont été retirés récemment, l'ancien trou venant former comme une sorte de cicatrice au niveau de son arcade et de son menton.

— Messieurs Grimm et Adams, je présume ?

Nous lui serrons la main à tour de rôle et il nous montre sa plaque avant de se présenter à son tour.

— Je suis l'agent Rossi. Mlle Grimm nous a appelés ce matin pour nous signaler qu'un individu a pénétré son domicile.

— Ce salopard de Reese a éventré un chat et l'a déposé sur sa terrasse, rage Austin alors que Lily vient se planquer dans ses bras.

— Elle nous a effectivement parlé d'un certain Reese O'Brian. Apparemment il s'agirait d'un ancien petit ami qui refuse d'accepter la séparation.

— C'est plus que ça, il la harcèle carrément, rétorqué-je.

Le flic acquiesce et prend quelques notes dans son calepin. Il nous demande de lui raconter tout ce que nous savons et nous nous exécutons. La soirée au *Vibe*, les chrysanthèmes… jusqu'à ce funeste épisode du chat. J'observe deux gars en combinaison blanche, l'un fait des allers-retours depuis le cabanon, l'autre déterre apparemment le cadavre du matou. L'officier suit mon regard et nous explique le travail de ses collègues.

— Ils sont en train de relever des indices, ils prennent

des photos… Tout ce qui nous permettra d'inculper l'auteur de ces faits.

— On sait déjà qui c'est, fait remarquer Nina alors qu'Eddy nous rejoint.

— Ce sont vos présomptions, mademoiselle. Et même si je suis totalement disposé à vous croire, il me faudra bien plus pour mettre cet individu sous les verrous. Mlle Grimm nous a dit que vous étiez allés sur son lieu de travail. Je ne vois aucune écorchure à vos mains, pas de bobos, je suppose donc que vous ne l'avez pas trouvé, dit-il en nous souriant à moitié.

— Malheureusement, non. Ses collègues nous ont dit qu'il n'était pas revenu depuis…

Austin s'arrête de parler, de peur de nous causer des soucis. L'agent Rossi rit alors franchement avant de prendre un air plus sérieux.

— Depuis votre précédente visite sur son lieu de travail ? Votre amie nous l'a dit, dit-il en désignant Lily qui nous regarde d'un air penaud. Ne lui en voulez pas, je ne lui ai pas vraiment laissé le choix. Et honnêtement, même si en tant que représentant des forces de l'ordre je n'approuve pas ce que vous avez fait, je le comprends parfaitement. J'ai sept sœurs, messieurs, si quelqu'un agissait ainsi avec l'une d'entre elles, il ne serait plus de ce monde.

Décidément, ce flic me plaît bien. Au moins, il ne nous fait pas la morale. Nous lui racontons tout ce que nous ont dit les collègues de Reese et lui donnons également l'adresse de son épouse.

— Je vais aller interroger tout ce beau monde. Il faut absolument qu'on mette la main sur ce type.

— Vous pensez vraiment qu'il pourrait être dangereux ? le questionne Lily.

— Eh bien, étant donné tout ce que vous m'avez raconté, ce chat éventré, les photos chez chacun de vous… ça ne ressemble pas juste à un mec revanchard qui n'aime pas qu'on lui dise non, mais plutôt à quelqu'un de désaxé. Je ne veux pas vous effrayer, mais avec ce genre de personne…

Je l'interromps :

— Attendez une minute. C'est quoi cette histoire de photos chez chacun de nous ?

L'agent nous observe chacun notre tour, persuadé apparemment que les autres nous ont déjà mis au courant de la situation. Austin est aussi perplexe que moi. L'agent se dirige vers la table de salle à manger où des clichés ont été placés dans des pochettes en plastique et numérotés.

— Putain de merde, dis-je en voyant les images.

— C'est pour ça que je suis ici, m'informe Nina. Quand je suis sortie de l'appartement ce matin pour aller chercher un café dans le *Starbucks* en bas de l'immeuble, j'ai trouvé ça sur la porte.

Elle désigne la photographie d'elle, prise cette semaine alors qu'Alexia venait manger avec nous à la maison. On voit les filles devant le bâtiment en train de se faire la bise.

— Mademoiselle June a également trouvé une photo sur sa porte, ainsi que M. Rosenberg.

Austin passe ses doigts au-dessus de la photographie de sa fiancée, sans toucher pour autant l'indice. On la voit avec Alexia devant la piscine de Brooklyn, bras dessus bras dessous. Celle d'Eddy le montre alors qu'il dit au revoir à Alexia, l'une des fois où il est venu me donner un coup de main pour les travaux.

— J'ai envoyé un de mes hommes à votre garage, *Grimm Motors*. Il arrive mais d'après ce qu'il m'a dit au téléphone, il a trouvé deux clichés. Une de vous, monsieur

Grimm, apparemment vous êtes devant chez votre sœur avec elle. Et une de vous, monsieur Adams, prise dans la rue, alors que vous embrassez Mlle Grimm sur la joue.

Justement, Alexia nous rejoint, escorté par le second policier. Son frère la serre fort dans ses bras, au point qu'elle en devient toute rouge tant il lui coupe la circulation. Elle lui adresse un sourire rassurant quand il la relâche enfin, mais alors qu'elle se tourne vers moi, ses yeux se remplissent de larmes et je sais qu'elle est morte de peur. Je la prends dans mes bras et l'embrasse passionnément, faisant fi des personnes qui nous entoure, car je sais qu'elle a vraiment besoin de moi, là, tout de suite. Je la laisse à court de souffle, et je dépose un dernier baiser léger sur le bout de son nez en lui disant tout bas que je l'aime. L'officier Rossi se racle la gorge, nous ramenant à la réalité, et il nous sourit brièvement avant de reprendre son rôle de policier.

— Cette dernière photo est la pire, d'après ce que m'a décrit mon collègue. L'auteur de ses photos a, à chaque fois, planté l'image à l'aide d'un petit couteau, en plein dans le visage de la personne qui vous accompagne, mademoiselle Grimm. Ce qui prouve que vous n'êtes pas la seule menacée, chacun de vous est en danger du simple fait d'être dans le cercle proche d'Alexia. Mais apparemment, le type qui a fait ça s'est particulièrement acharné sur vous, monsieur Adams. Mon collègue a dit que vous étiez presque méconnaissable sur le cliché, qui était presque arraché à force d'avoir été gribouillé.

— Comme sur l'une des photos ici, fais-je remarquer.

— Exact. C'est ce qui me fait penser qu'il s'agit bien de M. Reese O'Brian, la jalousie semble un motif valable dans cette affaire. Nous allons tout faire pour le retrouver, mais en attendant, soyez tous très prudents.

Nous échangeons tous un regard où se mêlent différents sentiments. Chez les filles, c'est la peur qui prime, la culpabilité chez Alexia également. Chez les garçons, c'est la colère et le besoin de protéger ceux qui nous entourent. Mais au final, peu importe ce que nous ressentons, nous en sommes tous au même point. Nous sommes devenus les cibles d'un fou furieux.

18

Après ça nous avons pris une décision draconienne : aucun de nous ne se déplaçait seul jusqu'à ce que la police ait arrêté Reese O'Brian. Enfin tous sauf Eddy, qui n'a pas jugé cela nécessaire en ce qui le concerne. Je suppose que lorsqu'on a fait la guerre, peu de choses vous impressionnent. Nina est donc allée s'installer chez Austin et Lily pour quelque temps, et moi chez Alexia. Comme je passais déjà la majorité de mon temps là-bas, ça n'a pas changé grand-chose pour nous. Mais malgré ça, je sais que c'est dur à vivre pour elle. Elle se sent responsable d'avoir impliqué tout le monde dans une telle histoire et de ce qui arrive. Et elle a la sensation d'être prisonnière alors même que c'est Reese qui devrait croupir en taule. La police fait des rondes quotidiennes devant la maison ainsi que près de la librairie et du garage, mais ils lui ont tout de même conseillé d'éviter de trop se balader en ce moment. Ainsi elle ne va plus à la piscine tous les jeudis, je dois l'escorter pour ses courses et elle qui aimait parfois aller courir le matin, elle y a mis un terme également. J'ai beau lui répéter que cela est temporaire et qu'ils vont bientôt arrêter ce salopard, je la sens un peu plus déprimée chaque jour. Et apeurée également. Elle guette à chaque instant le moindre bruit, elle a peur de son ombre et sursaute à chaque fois que le téléphone sonne. Je ne peux pas lui en vouloir, moi-même je me sens sur les nerfs. Et notre couple en pâtit un peu. D'ailleurs nous n'avons pas fait l'amour depuis que nous avons découvert le chat, c'est-à-dire depuis neuf longs, très longs jours.

J'ai appelé l'agent Rossi hier pour savoir s'il avait des nouvelles positives à nous annoncer mais pour l'instant ils font chou blanc. Les collègues d'O'Brian leur ont dit exactement la même chose qu'à nous, c'est-à-dire pas grand-chose. Apparemment il n'y a aucun mouvement de carte bancaire, et son téléphone n'est pas traçable, il a dû l'éteindre. Ils sont aussi allés chez lui mais sa femme est restée muette. Elle leur a dit qu'elle ne savait pas où il était et que c'était aussi bien comme ça. Rien d'autre. Ils ont fouillé la maison, posé quelques questions aux enfants, mais ça n'a rien donné.

Tout cela devient vraiment très difficile à vivre pour nous tous, mais surtout pour Alex. Alors quand je vois le magnifique soleil qu'il fait aujourd'hui, je décide qu'il est temps qu'elle s'accorde une journée normale. Sans regarder derrière elle si on l'observe, sans se sentir obligée de rester coincée entre quatre murs. Une vraie journée de liberté. J'enfile un jean brut, un T-shirt à col V couleur parme, et je la rejoins dans la cuisine alors qu'elle finit de débarrasser la table du petit déjeuner.

— Va t'habiller, Alex, on sort.

— Pour aller où ?

— On va faire faire une promenade à Polochon et Juliet.

Rien qu'en entendant ce mot, les deux chiens se mettent à aboyer et à faire la fête. J'ai l'impression que même eux ont ressenti l'humeur morose qui régnait dans la maison ces derniers jours et qu'ils ont eux aussi besoin d'un peu de légèreté. Alexia souffle et replace une mèche de cheveux derrière son oreille.

— C'est pas une bonne idée, mieux vaut rester ici. Tu n'as qu'à les sortir dans le jardin.

— Tu te plains sans cesse d'être enfermé ici et quand je te propose de sortir, tu refuses.

— Eh bien, vas-y toi, moi je reste ici.

Elle se met à s'énerver, à râler et claque un peu trop fort une tasse à café qui dérape du plan de travail pour venir s'écraser au sol. Apeuré par le bruit, Polochon, qui n'y voit rien, sursaute et se prend le coin d'une chaise dans le museau, ce qui le fait glapir. Alexia se jette à genoux et se met à lui caresser la truffe en s'excusant. Elle place son visage contre la tête du molosse et lui murmure à quel point elle est désolée. Quand je relève son visage, il est strié de larmes, et ça me serre le cœur. Je m'accroupis au sol et la serre dans mes bras, et elle s'accroche à moi en mouillant mon T-shirt de ses pleurs.

— Chut, ça va aller, trésor, ce n'est pas ta faute.

— Bien sûr que si, sanglote-t-elle.

— Tu es tombée sur un dingue. Le seul responsable de tout ça, c'est lui, pas toi. Il veut te pousser à bout, il veut te faire perdre le contrôle de tes nerfs, de ta vie. Ne le laisse pas gagner, mon cœur. Tu es bien plus forte que ça.

Elle hoche la tête, ses yeux bleus plantés dans les miens, mais ses larmes continuent à couler. Soudain, une chose étrange nous surprend tous deux. Alors que Juliet est couchée à mes pieds, Polochon, lui, vient s'allonger sur les genoux d'Alexia et se met à lui lécher la main. C'est le premier véritable signe de tendresse qu'il accorde à l'un de nous, et ça la fait pleurer encore davantage, mais cette fois-ci avec un petit sourire sur les lèvres. Ce gros rottweiler vient de réussir là où j'ai échoué : il lui a apporté un moment de répit et de joie. Tandis qu'il continue à lui lécher la main, je sens les muscles de ma copine se relâcher et un petit rire la secouer alors qu'elle se retrouve pleine de bave.

— Je crois que j'ai bien mérité une douche, et lui une longue promenade.

C'est à mon tour de sourire, et tandis qu'elle file s'habiller en vitesse, je remercie Polochon et Juliet avec quelques biscuits. Elle descend dix minutes plus tard, ses cheveux bruns lâchés, vêtue d'un pantacourt en lin marron et d'un T-shirt beige avec des perles orange dessus. Elle ne s'est pas maquillée mais je la trouve si belle au naturel. Nous enfilons colliers et laisses aux chiens et nous partons enfin en balade. À peine sommes-nous dehors qu'Alexia lève son visage vers le ciel et ferme les yeux en inspirant à pleins poumons.

— Qu'est-ce que ça fait du bien ! souffle-t-elle.

Avec les rayons du soleil qui illuminent ses traits et font briller sa peau laiteuse, je l'ai rarement vue aussi magnifique. Et pour la première fois depuis longtemps, je la sens détendue. Je profite de ce qu'elle a encore les yeux fermés pour plaquer ma bouche sur la sienne et m'enivrer de son goût et de son odeur. Elle suit rapidement la cadence en plongeant sa langue entre mes lèvres, alors que sa main glisse sur mon torse, puis mes abdos, pour venir serrer la ceinture de mon jean.

— Mmm, ça m'a manqué, chuchoté-je.

— Mais enfin, je t'ai embrassé ce matin.

— Pas comme ça. Pas comme si tu en mourais d'envie. Dernièrement, j'ai plutôt eu l'impression que c'était un automatisme.

Elle baisse les yeux et prend un air confus et vulnérable que je veux vite effacer. Je la veux heureuse et épanouie aujourd'hui. Et chaque jour que Dieu fait.

— Trésor, ce n'était pas un reproche. Même si je ne peux pas lire dans cette jolie petite caboche, je n'ai aucun mal à imaginer tout ce qui doit te traverser l'esprit. Tu n'as pas trop la tête à ça en ce moment et ce n'est pas grave, on a toute la vie pour…

Je ne peux pas finir ma phrase qu'elle me coupe la parole et le souffle en m'embrassant à nouveau comme si sa vie en dépendait. Je gémis dans sa bouche alors que j'empoigne sa fesse pour la coller tout contre moi. Quand elle relâche mes lèvres gonflées et meurtries par son baiser passionné, nous sommes tous deux haletants.

— Non, c'est toi qui as raison. Je ne peux pas laisser Reese me dominer, le laisser me manipuler encore. J'ai le droit de vivre ma vie. Et je veux la vivre avec toi.

Rien ne pouvait me faire plus plaisir et je m'avance vers elle pour l'embrasser à nouveau quand une petite chose poilue nous interrompt en sautant sur ma jambe.

— Je crois que Juliet en a marre de nous voir nous lécher la poire et qu'elle veut avancer, dis-je en rigolant.

— Nous lécher la poire ? Mais qu'est-ce que c'est que cette expression horrible ?

— Moi je l'aime bien, je trouve ça drôle.

Je la poursuis en sortant la langue, comme si j'allais lui pourlécher le visage et Alexia explose de rire tandis qu'elle court pour m'échapper. Elle n'a pas de mal à s'enfuir avec Juliet et moi je n'ai aucune chance avec le gros flemmard que j'ai au bout de la laisse et qui traîne les pattes. Elle finit par me laisser la rattraper et je la serre contre moi, mon bras sur son épaule et le sien autour de ma taille, en déposant un petit bisou sur ses cheveux.

— Ça te dérange si on passe chez mes parents ?

— Non, au contraire, ça me fera plaisir de les voir.

— Je pense qu'ils seront heureux eux aussi.

*

— Qu'est-ce que c'est que ça ?

Mon père, Juliet couchée sur ses genoux, regarde le chèque que je viens de lui remettre comme s'il s'agissait d'un engin explosif. Ma mère, comme à son habitude, reste en retrait pour observer la scène.

— C'est un chèque, papa.

— Je le vois bien que c'est un chèque, je ne suis pas aveugle, mais je ne comprends pas. Comment as-tu obtenu une telle somme ?

Je pourrais mentir ; lui dire que j'ai vendu un rein le mettrait sûrement moins en pétard. Mais à quoi bon, il va bien finir par capter le nom sur ce satané chèque. Moi non plus ça ne me fait pas plaisir d'en arriver là, mais j'ai eu beau retourner la situation en tous sens pendant des jours, remettre cette conversation à plus tard dans l'espoir d'un miracle, nous en sommes toujours au même point. Ce chèque est notre seule issue. Je regarde longtemps mon père, qui semble chaque jour un peu plus abattu, non par son cœur fragile, mais par le poids des soucis qui pèse sur ses épaules. Puis je tourne les yeux vers ma petite amie, qui est assise sur un fauteuil, Polochon à ses pieds. Elle me sourit, et je lui suis tellement reconnaissant de faire ça pour eux. Jamais je ne pourrai assez les remercier, Austin et elle.

Mon père suit mon regard puis baisse les yeux sur le morceau de papier dans ses mains, et il voit enfin le nom. *Alexia et Austin Grimm.* L'argent vient directement du compte commun où se trouve l'héritage de leurs parents. Quand ils ont touché cette somme colossale et néanmoins non voulue, ils ont tout mis sur le même compte épargne, en choisissant de toujours se consulter avant de le dépenser. Je suis sûre qu'il leur a fallu un quart de seconde avant de décider de sauver la maison de mes parents.

— Non, non et non ! tonne mon père. Je ne vais pas prendre son argent, gronde mon père en montrant Alexia du doigt.

— Papa…

— Il n'y a pas de papa qui tienne. Je refuse, point !

Il fait mine de quitter la pièce, faisant bondir la chienne de ses genoux, mais Alexia s'interpose et l'empêche de passer.

— Monsieur Adams !

— Non, Alex. Tu sais que je t'aime beaucoup, ma belle, tu fais partie de cette famille, tout comme ton frère. Mais je ne vous laisserai pas dilapider l'argent de votre héritage comme ça. Vos parents se retourneraient dans leur tombe si…

— … si on vous laissait dans la panade sans agir. Ne dites pas de bêtises, Adrian, vous savez très bien que s'ils étaient vivants, ils feraient tout ce qu'ils peuvent pour vous aider.

Je vais me placer à côté de ma mère, bien décidé à rester spectateur de toute cette petite scène. J'ai fait ma part du contrat en remettant le chèque, maintenant si je veux avoir le moindre espoir que mon paternel accepte, mieux vaut laisser Alexia argumenter. Elle a mille fois plus de chance de le convaincre que moi.

— Je ne peux pas vous laisser faire ça.

— Bien sûr que si. Parce qu'il est hors de question que vous perdiez votre maison. Hors de question que vous ruiniez votre santé en essayant de garder la tête hors de l'eau. Hors de question que Cora se fasse davantage de soucis pour vous, pour votre avenir. Et hors de question que je laisse l'homme que j'aime se tuer à la tâche pour payer vos dettes alors qu'Austin et moi disposons de l'argent nécessaire.

Mon père nous regarde alternativement Alex et moi, se demandant s'il a bien tout saisi et si c'est bien moi l'homme qu'elle aime. Comme pour appuyer ses propos, Alexia me rejoint et me prend la main, puis la porte à ses lèvres en me fixant amoureusement. Heureusement que nous sommes chez mes parents car un tel regard de braise pourrait vite me faire perdre tous mes moyens. Ça fait si longtemps que je ne me suis pas enfoncé en elle que ma queue réagit au quart de tour et je me sens déjà à l'étroit dans mon pantalon. Si nous n'étions pas coincés ici, je l'aurais déjà couchée sur la table pour la baiser comme un *junkie* en manque de sa dose quotidienne. Ça se fait de virer ses parents de chez eux pour tirer un coup dans leur salon ? J'ai dû rester un peu trop longtemps dans mes pensées car Alexia me regarde avec un air mauvais, ma mère se marre dans son coin et mon père hausse les sourcils comme s'il m'avait posé une question.

— Hein ? Quoi ? dis-je en bredouillant.

— Je te demandais si tous les deux vous…

Il fait un geste limite obscène avec les mains qui fait râler ma mère alors qu'Alexia explose de rire.

— Papa ! Arrête, bon sang !

— Ben quoi ?

— Rrrrr. Oui, Alexia et moi sommes ensemble.

— Waouh !

Son étonnement me vexe presque et je sors machinalement un chewing-gum à la cerise de ma poche pour calmer mes nerfs. Ses sourcils touchent presque son front alors qu'il continue de nous regarder comme s'il y avait une énigme à résoudre. O.K. Alexia est sublime, intelligente, sexy, drôle… Vraiment parfaite. Mais bon, je ne suis pas mal non plus ! Plutôt beau gosse, sportif, pas bête, doué de mes mains… Il y a des tas de femmes qui aimeraient me mettre dans leur lit. Alors, pourquoi nous observe-t-il comme ça ? Il a un peu la même tête que moi quand Alexia a choisi Juliet la moche alors qu'elle aurait pu avoir un adorable chiot tout mignon.

— Quoi ? Arrête d'agir comme si t'étais face à la Belle et la Bête. Je te rappelle que je te ressemble !

— Oh, je plaisante, fais pas cette tête.

— Vous êtes magnifiques tous les deux, mon lapin, et on est ravis pour vous.

Ma belle brune se gausse quand elle entend mon surnom, qui me poursuit depuis toujours et auquel je ne me suis jamais fait. Je lui tire la langue de façon puérile et elle rit un peu plus en se serrant contre moi. Cette sortie était définitivement une bonne idée. Voilà longtemps que je ne l'avais pas sentie si détendue, si… elle-même.

— Vous allez nous faire des petits-enfants splendides.

— Maman !

— Mais c'est vrai ! Si c'est un garçon, j'espère qu'il sera costaud comme toi, mon fils. Et si c'est une fille, il faut absolument qu'elle ait tes magnifiques cheveux,

Alex. Tu sais que maintenant tu peux pratiquement choisir le sexe de ton enfant ? Il paraît qu'il te suffit de suivre un régime alimentaire particulier et c'est presque fiable à cent pour cent. C'est Mme Garber qui m'en a parlé.

Ah, cette chère Mme Garber ! Au moins, maintenant que je suis avec Alexia, ma mère n'essaiera plus de me caser avec son rejeton. Ma pauvre petite amie se laisse entraîner par ma mère vers la cuisine où elle va probablement la saouler de paroles pendant une bonne demiheure. Je reste avec mon père, qui s'installe confortablement dans son canapé. Juliet en profite pour venir reprendre sa place sur ses jambes.

— Elles en ont pour un moment. Je boirai bien une bière mais si l'un de nous rentre dans cette cuisine, il est mort. Ta mère ne le laissera jamais ressortir.

— Je préfère crever de soif.

Mon père rigole puis s'empare de la télécommande pour mettre l'un de ces feuilletons policiers qu'il affectionne tant. Nous restons là en silence, à regarder la télé, lui caressant de temps en temps le pelage dru de Juliet et moi devant supporter le poids de la lourde tête de Polochon sur mes orteils. Le son grave mais ému de sa voix me fait presque sursauter alors qu'au moins dix bonnes minutes ont passé.

— Merci, fils.

— Ce n'est pas moi que tu dois remercier. Je n'ai pas réussi à vous aider.

— Mais si. Je ferai tout ce que je peux pour prouver ma gratitude à Austin et Alexia. Mais je te dois aussi un grand merci. Pour avoir bossé dur pour tenter de réparer mes erreurs. Pour ne pas m'avoir répété en boucle à quel point j'avais agi comme un idiot. Pour nous avoir soutenus ta mère et moi durant toute cette horrible période.

Mais surtout, pour être un fils aussi exceptionnel. Et Alexia a beaucoup de chance de t'avoir.

Je ravale la boule que j'ai dans la gorge et j'observe mon papa, qui n'est plus tout jeune, qui a commis des erreurs, mais qui reste mon héros. Je me racle la gorge pour qu'il ne perçoive pas trop l'émotion dans ma voix. On est des hommes chez les Adams, des vrais, bien virils, on ne pleure pas comme des chochottes.

— Merci, papa.

— De rien, fils.

19

Quand Alexia et moi rentrons chez elle, je pleure de rire alors qu'elle est aussi rouge qu'une tomate et qu'elle fulmine contre moi.

— Non mais, tu te rends compte qu'elle m'a demandé quand tombait ma période d'ovulation ?

Je ris un peu plus alors qu'elle me donne une pichenette sur l'oreille. Je grimace de douleur mais mon rire est incontrôlable et me reprend bien vite. C'est vrai que ma mère n'y est pas allée de main morte. Elle a insisté pour que nous restions manger avec eux et elle n'a pas arrêté de nous tanner sur notre relation. Elle a voulu connaître chaque détail, mais nous avons gardé pour nous le fait que notre première fois était le résultat d'une nuit un peu trop alcoolisée. Ensuite, elle nous a harcelés sur nos projets futurs. Maison, mariage, bébé… La totale. Moi j'ai pris ça avec le sourire. Ma maman est comme beaucoup d'autres mères : un peu envahissante mais pleine d'amour. Alexia a beaucoup moins ri, elle. Dans le fond elle n'est pas fâchée, je le sais, mais ma très chère maman a mis le doigt sur pas mal de questions que nous n'avons pas abordées, et je sens Alexia mal à l'aise depuis. Mon père a bien tenté de calmer sa femme mais c'est comme vouloir arrêter un tsunami avec un parapluie. Moi j'ai appris depuis bien longtemps à me laisser couler dans le flot de paroles de Cora Adams. Ma petite amie, elle, même si elle la connaît depuis toujours, a rarement eu droit à ce genre d'interrogatoire.

Je ne sais pas si les chiens sont eux aussi fatigués après tout le bla-bla ininterrompu de ma mère, mais ils filent s'écrouler dans leur panier dès que nous passons la porte. Alex se dirige vers la cuisine et sort du frigo une petite bouteille d'eau. Elle ouvre un tiroir et s'empare d'une boîte de médicaments. Elle avale en vitesse un cachet pour la migraine puis se masse les tempes en fermant les paupières. J'avance lentement, la serre contre moi en plaçant mes mains sur ses reins et lui souffle à l'oreille :

— Elle t'a vraiment pris la tête.

Elle fronce son petit nez retroussé et ses yeux se plissent alors qu'elle me rend mon étreinte.

— Non, ça va. C'est juste que… J'adore Cora, mais elle aime enfourcher ses gros sabots et mettre ses pieds en plein dans le plat.

Je ris, mais brièvement, car je vois qu'Alexia est plus que sérieuse. Ma mère a été un peu loin, c'est vrai.

— Je suis désolé. Elle ne fait pas ça méchamment, elle est juste trop curieuse et un peu casse-pieds j'avoue.

— Et elle t'aime, elle veut ton bonheur. Je ne lui en veux pas du tout, seulement…

— Seulement quoi ?

Elle s'écarte de moi et pose ses fesses sur le plan de travail en croisant ses chevilles. Elle passe ses mains dans ses cheveux et replace sa longue masse brune sur une épaule, dégageant son cou gracieux. Un doux parfum de cannelle envahit immédiatement mes narines et je m'en délecte. Un petit sourire se peint sur ses lèvres, pourtant son regard est triste et voilé.

— Pendant qu'elle parlait, je n'arrêtais pas de penser à mes parents. J'imaginais ma mère poser autant de questions que la tienne et elles se seraient monté la tête toutes les deux en riant comme des gamines. Nos pères se seraient moqués en buvant une bonne bière et ils nous auraient abandonnés pour aller pêcher ou regarder un match.

— C'est probable, oui. D'ailleurs, j'en aurais sûrement profité pour me sauver aussi.

Elle pince mon bras et je couine comme une fille, ce qui la fait rire. Puis elle entoure ma taille de ses jambes et pose sa joue contre mon torse.

— Ils me manquent, chuchote-t-elle.

— Je sais, trésor. J'aimerais tant pouvoir te les ramener.

Elle reste ainsi quelques minutes, la respiration un peu saccadée, tentant de contrôler ses émotions. Moi je lui caresse les cheveux, je sème parfois un baiser dans son cou ou sur sa joue. Je la laisse retrouver son calme et chasser ses fantômes, même s'ils sont chers à son cœur. Il est très dur de laisser partir les gens que l'on aime. Cependant, même plongée dans sa tristesse, Alexia Grimm arrive toujours à garder le sourire, et à me faire rire surtout.

— Je ne m'attends pas à ce genre de miracle. Même le génie d'Aladdin ne peut pas ramener les morts.

— Mais moi je suis mieux qu'un génie.

— Ah bon ?

— Évidemment ! Je suis un dieu.

Je gonfle mes biceps alors qu'elle ricane tout en me reluquant malgré tout. Je prends des poses dignes des professionnels du culturisme et elle rit aux éclats.

— Tu es le dieu de quoi au juste ? De l'ego démesuré ?

— Non, madame, je suis le dieu du sexe !

Je passe mon bras sous ses jambes et la porte tout contre moi avant de plaquer ma bouche sur la sienne.

Mon baiser est ardent et ses bras se resserrent autour de mon cou. Ses lèvres dévient des miennes et viennent se perdre dans ma nuque, qu'elle suce à plusieurs endroits. Elle plante ses dents dans ma chair alors que je la repose pour attraper ses fesses à pleines mains. Je les pétris tout en pressant mon bassin contre le sien pour lui faire sentir toute l'étendue de mon désir. Elle gémit et attrape mon T-shirt pour le faire passer au-dessus de ma tête. Elle lèche mon torse, embrasse chaque téton, tire sur l'un d'eux avec ses dents au point de me faire délicieusement mal. Ça fait trop longtemps que je ne l'ai pas sentie excitée, chaude, juste pour moi. Il faut que je la prenne maintenant avant de jouir dans mon pantalon comme un adolescent. Je déboutonne son bas avec empressement et m'agenouille devant elle pour le faire glisser le long de ses jambes avec sa culotte. D'un coup de pied, elle envoie valser le tout et je l'aide à se débarrasser de ses chaussures. Sa chatte est juste devant mes yeux, luisante de désir, et ma bite prête à exploser dans mon jean.

— Ça m'a tellement manqué, dis-je en grondant devant cette vision de rêve.

— Je suis désolée, Matt.

— Je te l'ai déjà dit, tu n'as pas à t'excuser, trésor. Je t'aime.

— Je t'aime aussi.

Son regard est en effet rempli d'amour et de passion. Ce qu'il y a entre nous est tellement fort que parfois ça me dépasse. Mais rien ne pourrait me détourner d'elle, elle est devenue mon univers, ma vie entière. Mes paumes de main viennent écarter ses cuisses et j'y plonge ma tête, ma langue partant à la recherche de son clitoris tel un radar. Dès que je la touche, elle sursaute comme si elle venait d'être frappée par la foudre. Et ses plaintes pourraient ressembler à de la douleur si je ne la sentais pas gigoter contre mon visage en criant « Encore ! ». Ses doigts cherchent à quoi s'agripper alors que ma langue la pénètre mais mes cheveux rasés ne lui offrent aucune prise. Elle plante ses ongles dans mes épaules alors que ma main maintient son cul bombé. Elle se cambre, à la recherche de sa propre jouissance, et j'alterne entre petits coups de langue sur son bouton gonflé de plaisir et longues pénétrations brutales avec mon index et mon majeur. Elle halète, geint à s'en faire péter les cordes vocales jusqu'à ce que je la sente se resserrer autour de mes doigts. Son plaisir se déverse sur ma bouche et j'embrasse une dernière fois son pubis avant de me relever. Ses yeux embrumés de désir me dévisagent alors que ses mains s'affairent déjà sur ma braguette.

— Un vrai dieu du sexe, sourit Alexia en se mordant la lèvre inférieure.

— Et encore ! Je ne t'ai pas montré toute l'étendue de mon pouvoir.

Mon jean et mon caleçon au bas des chevilles, je la soulève sous les fesses et elle passe ses jambes autour de ma taille. J'ajuste la position et bientôt je me retrouve fiché au plus profond d'elle. C'est chaud, humide, aussi doux que dans de la soie. Je fais de longs va-et-vient d'une lenteur exquise, profitant de chaque seconde dans son corps, de chacun de ses soubresauts, de toutes ses plaintes de plaisir. Sa tête nichée dans mon cou, elle me laisse la prendre doucement, tendrement, jusqu'à ce que la chaleur qui irradie mes reins soit tellement puissante que mes mouvements en deviennent incontrôlables. Je la baise avec frénésie, mes couilles venant claquer contre la chair tendre de ses fesses. Elle penche le visage en arrière, appréciant chaque coup de boutoir, répétant mon prénom comme une litanie. Moi je ne dis rien, tout ce qui sort de mes lèvres ressemble davantage aux rugissements d'un félin en chaleur. Je me consume au plus profond d'elle. Je perds avec plaisir tout ce qu'il restait de mon âme et de mon cœur et je lui offre tout ce que j'ai, tout ce que je suis. Un râle puissant explose dans ma gorge alors que son sexe se resserre autour du mien et que la jouissance nous emporte. Nos corps sont collés par la transpiration et mes muscles endoloris peinent à nous maintenir debout. Je me laisse tomber sur les genoux, Alexia toujours dans les bras. Le carrelage froid apaise ma peau en feu alors que je la berce contre moi. Elle frotte ses lèvres contre les miennes et son souffle chaud me chatouille.

— Oh, grand dieu du sexe, comme ton pouvoir est colossal !

On rit tous les deux, encore essoufflés par nos ébats, profitant de cet instant de complicité et d'alchimie parfaite. Jusqu'à ce que Juliet arrive en courant pour nous sauter dessus et nous lécher le visage. Je râle après la boule de poils hideuse alors qu'Alexia se moque de moi. Nous nous relevons tous deux et la chienne continue à bondir comme un kangourou. Elle vient de ruiner ce moment de parfait bonheur mais ça n'a pas l'air de déranger ma copine qui lui fait des papouilles alors qu'elle est encore à moitié nue. Si j'espérais pouvoir enchaîner sur un second *round*, je me faisais des illusions. Je comprends pourquoi les dieux n'avaient pas de clébards…

*

Les jours passent et nous n'avons toujours aucune idée du lieu où se trouve Reese. Cela commence à peser sérieusement à tout le monde, nous sommes tous un peu tendus mais nous essayons au maximum de ménager Alexia. Il ne servirait à rien qu'elle se sente davantage coupable. Pourtant, voilà bien dix minutes qu'elle regarde dans le vague sans que nous arrivions à attirer son attention. Nous sommes au garage, avec Lily, Nina et Austin. Celui-ci fait le pitre pour amuser la galerie et surtout arracher un sourire à sa sœur qui semble dans la lune. Mais même quand il monte sur la table pour nous faire une imitation d'Elvis en chantant *Jailhouse Rock*, elle lève à peine les yeux.

— Hey, chérie, tout va bien ?

— Oui, je réfléchissais, c'est tout.

— À quoi ?

— En fait, je me disais que je devrais aller parler à Lynette O'Brian.

Austin saute de la table d'un bond avec une expression sévère sur le visage. Je vois que cette idée lui déplaît autant qu'à moi. Je ne vois pas l'intérêt d'aller discuter avec l'épouse de Reese, qui protège de toute évidence son mari. Elle n'a pas souhaité dire un seul mot sur lui, pas une suggestion du lieu où il pourrait se trouver. Donc soit elle le couvre, soit elle ne sait vraiment pas où il est, ce dont je doute. Dans tous les cas, qu'Alexia aille la voir ne nous aidera pas.

— Non mais, t'es dingue ! Pourquoi tu veux aller voir cette bonne femme ? crie son frère.

— Parce que j'espère qu'à moi elle parlera.

— Oh oui, j'imagine déjà la scène. « Ah bonjour ! Ah oui, c'est vous la fille qui se tapait mon mari, le père de mes enfants, dans mon dos ? Mais bien sûr, entrez, je vais tout vous dire à vous ! »

Alexia grimace sous le coup des réflexions de son frère. Lily lui fait signe de se calmer alors que Nina pose sa main tatouée sur l'épaule de sa collègue. Alex lui sourit mais ce sourire n'atteint pas ses yeux qui brillent d'une lueur presque fantomatique, comme si elle revoyait toute cette période où elle s'est retrouvée dans le rôle de l'autre femme, la maîtresse. À l'époque, une partie d'elle se sentait probablement heureuse. Aujourd'hui, j'ai l'impression que rien qu'en y pensant elle a la nausée.

Je tourne ma chaise vers elle et saisis ses deux mains entre les miennes, en caressant sa peau avec mes pouces en des cercles apaisants.

— Écoute, ton frère n'est pas très subtil mais il n'a pas tort. Je pense que tu es la dernière personne que Lynette O'Brian a envie de voir. Elle n'a rien dit à la police, alors je ne vois pas pourquoi elle se confierait davantage à toi. Peut-être même qu'elle est aussi folle que lui, on n'en sait rien ! On ne peut pas prendre le risque de t'exposer davantage.

Elle se lève vivement, en faisant tomber sa chaise derrière elle, dans un grand fracas. Tout le monde l'observe et Austin arrête enfin de grogner dans son coin pour écouter sa sœur dont les larmes perlent au coin de ses yeux.

— Vous ne comprenez pas. Je n'en peux plus de tout ça. Je vis chaque jour en me demandant à quel moment il va me tomber dessus. Lequel de mes amis il va blesser en premier juste pour m'atteindre. Quand est-ce que je vais pouvoir tirer un trait sur tout ça ? Quand vais-je pouvoir récupérer ma vie ? Et me pardonner ? J'ai besoin de tourner la page mais tant qu'on ne l'aura pas retrouvé, ça ne sera pas possible.

— On le sait bien, Alexia, et on veut tous t'aider. Mais je ne suis pas certaine que…, commence Lily.

— On ne sait pas, la coupe Alex. Peut-être qu'à moi non plus elle ne dira rien, effectivement. Ou alors peut-être qu'elle me dira la vérité. Je n'en sais rien, sous le coup de la colère, elle peut laisser échapper une information.

— Elle peut aussi t'en coller une, intervient Austin.

Alexia se met à rire jaune en jetant un regard en biais à son frangin.

— T'es le premier à penser que je le mérite.

— Dis pas de connerie. Oui, je suis furax, oui, t'as fait une erreur. Mais je pense que t'as été suffisamment punie. Tu ne devrais pas subir tout ça. Et personne ne touche à ma grande sœur.

Il se dirige vers elle et la serre fort dans ses bras, alors qu'elle déverse sa peine sur son épaule. Il la console en lui murmurant des choses à l'oreille, probablement les paroles de réconfort dont elle a cruellement besoin. Lily vient se placer à ma droite, son bras autour de ma taille. Nous les laissons partager cet instant fraternel jusqu'à ce qu'Alexia tape dans l'épaule d'Austin en riant, signe qu'il a dû dire une bêtise pour détendre l'atmosphère. Elle revient vers moi, un petit sourire aux lèvres, mais le regard plus déterminé que jamais.

— Je sais que vous n'êtes pas pour, et je comprends, mais je veux au moins essayer. Je veux tout tenter.

— Je pense qu'elle a raison.

Nina, qui jusqu'à présent s'était faite plutôt discrète, vient aux côtés d'Alexia et nous fixe, Austin et moi, chacun notre tour.

— Elle doit aller affronter cette femme. Pas seulement parce que c'est peut-être notre seule chance d'avoir des informations sur ce tordu, mais parce que ça lui permettra de faire la paix avec elle-même. Vous ne savez pas ce que c'est que de vivre avec des remords, cette culpabilité qui vous ronge de l'intérieur. Ça vous broie les os, et au final, de ce que vous étiez, il ne reste que de la poussière.

Elle baisse les yeux sur son propre corps, sur sa jambe, et je m'en veux de m'être si peu occupé d'elle depuis son arrivée. Avec tout ce qui s'est passé, je ne lui ai pas accordé l'attention qu'elle méritait alors qu'elle a de toute évidence besoin d'aide, elle aussi. Alexia lui saisit la main et la serre fort, en la remerciant des yeux. Lily vient les rejoindre et prend l'autre main de Nina.

— Je suis d'accord. Alexia a besoin de se libérer de ce fardeau, de se confronter à l'un de ses démons. Elle doit reprendre le contrôle de sa vie, et pour ça elle doit en passer par là. Et on sera avec elle.

Je regarde ces trois femmes que j'adore. Ma petite amie, ma cousine et ma meilleure amie. Elles ont toutes vécu des choses horribles, perdu des proches, fait face à des gens qui leur voulaient du mal. Et pourtant elles sont là, la tête haute, unies, prêtes à se battre encore. Elles sont les personnes les plus fortes que je connaisse et je me sens chanceux de les avoir dans ma vie. Austin les observe, lui aussi, puis me jette un regard entendu.

— Trois contre deux, on est baisés, mec, me dit-il.

Je rigole et les filles sourient, fières de nous avoir convaincus. Mais comme l'a dit mon pote, nous n'avions aucune chance, elles sont en majorité. En fait, si l'on veut être honnête, même à un contre un, on est souvent perdant. Lily le mène par la bite aussi bien qu'Alexia le fait avec moi. Et le pire, c'est que nous adorons ça.

— O.K., tu iras voir cette femme, mais à mes conditions.

20

Assis dans ma vieille Honda, Alexia et moi attendons qu'Austin se gare derrière nous. Dès le soir même, ma petite amie a insisté pour que nous nous rendions aujourd'hui chez Lynette O'Brian. Comme convenu, j'ai imposé mes conditions qui heureusement ne lui ont posé aucun problème. Ainsi donc, j'ai tout d'abord appelé l'agent Rossi pour savoir si nous ne risquions pas d'ennuis à nous rendre là-bas. Il n'était pas enchanté par l'idée, mais pas tout à fait contre non plus. Je pense surtout qu'ils n'ont aucune piste et que d'un certain côté, il espère lui aussi que cela fera avancer les choses. Il nous a conseillé d'être prudents et de ne pas insister si elle ne souhaitait pas nous recevoir. Et surtout de l'appeler dès l'entretien terminé.

J'ai aussi exigé d'être présent. On ne sait rien de cette femme, à part qu'elle est mariée à un psychopathe, et jamais je ne laisserai la femme que j'aime seule avec elle. Sans compter qu'à ses yeux, Alexia ne doit être que la garce qui lui a piqué son époux. Rien que pour ça, les choses pourraient vite dégénérer. J'ai aussi demandé à Austin de rester dans les parages. Il ne va pas entrer avec nous, pour que cette dame ne se sente pas acculée, mais il restera garé dans la rue, prêt à jaillir de sa bagnole au moindre bruit suspect. Je préfère parer à toute éventualité. Qui sait si Reese ne se planque pas en fait quelque part dans cette maison ? La police a déjà fouillé les lieux mais il était peut-être juste absent ce jour-là ou il est peut-être revenu depuis. Eddy est resté avec Nina et Lily, pour que nous soyons assurés qu'il ne leur arrive rien durant notre absence. Il avait l'air plutôt ravi de jouer les chaperons.

Je sens Alexia extrêmement tendue à mes côtés. Elle n'arrête pas de se tordre les mains, ses sourcils sont froncés comme si elle réfléchissait et je vois son pouls battre dans son cou à cent à l'heure. Je m'empare de ses doigts que j'embrasse du bout des lèvres mais elle ne parvient pas à me sourire, elle est pétrifiée.

— On n'est pas obligés de faire ça, Alex, rien ne t'y oblige. On peut faire demi-tour maintenant si tu le souhaites.

— Non, on y va.

Elle prend une grande inspiration et sort de la voiture en claquant la portière un peu trop fort. Elle voulait prendre sa Chevrolet mais j'avais peur que Reese soit dans le coin et qu'il reconnaisse son véhicule. Et puis elle n'est pas très fiable, même si je continue d'y jeter un œil régulièrement, et je préfère ma bonne vieille japonaise. Au moins, si nous devons partir vite, elle en a assez sous le capot pour que l'on puisse semer Schumacher en personne.

On arrive devant une petite maison simple, sans prétention, dans un quartier calme et familial. Plusieurs enfants profitent du soleil pour jouer dehors et des mamies discutent tranquillement sur un banc en jetant du pain aux oiseaux. Tout le monde paraît vivre ici en toute quiétude, appréciant sûrement le charme de ce coin paisible, loin des cités malfamées. Si tous ces gens savaient que dans cette maison résidait le diable en personne, ils se sentiraient sans doute beaucoup moins en sécurité. Alex reste devant la porte d'entrée sans bouger, cherchant le courage de frapper chez Mme O'Brian, qu'elle a trahie en quelque sorte. Je toque à sa place, pressé d'en finir et de pouvoir partir d'ici. C'est un petit garçon d'à peine quatre ans, aux cheveux bouclés blond platine, qui nous ouvre.

— Hey, je vous connais, vous ! dit-il en regardant Alexia.

— Bailey, je t'ai déjà dit de ne pas ouvrir la porte, tu dois laisser faire maman, c'est dangereux.

Une jeune femme aux cheveux aussi clairs que ceux de son fils fait irruption devant nous. Elle est très jolie. La peau pâle, de grands yeux verts, une bouche fine et un corps voluptueux. Elle a l'air douce et gentille, même si là elle semble surtout apeurée et un peu en colère de nous voir ici. Alexia ouvre la bouche à plusieurs reprises devant « sa rivale ». C'est étonnant de voir comme elles sont si différentes physiquement, bien que leur look soit un peu semblable. Toutes les deux en jean, l'une en débardeur rose, l'autre (la mienne) en caraco vert. Dans d'autres circonstances, et si je n'étais pas déjà fou amoureux, Lynette O'Brian aurait pu être mon genre, et ça me dégoûte un peu de savoir que Reese et moi avons les mêmes goûts en matière de femme. Alexia trouve enfin le courage de prendre la parole mais sa voix est fluette et incertaine.

— Bonjour. Nous sommes navrés de vous déranger. Je m'appelle…

— Je sais qui vous êtes, l'interrompt Lynette O'Brian. Bailey, rentre à la maison et va jouer avec ton frère dans sa chambre.

Le garçon ne se fait pas prier et nous l'entendons courir dans l'escalier. Sa mère referme légèrement la porte et regarde derrière nous, à la recherche de je ne sais qui, ou je ne sais quoi. Puis elle revient vers Alexia et la dévisage longuement, prenant sûrement le temps de la détailler elle aussi, d'admirer leurs différences.

— Un policier m'a montré une photo de vous l'autre jour, avoue-t-elle.

Ma jolie libraire ne sait que répondre et je la sens sur le point de craquer. Se retrouver en face d'elle, avoir revu un des deux enfants, je pense que le poids de la culpabilité est en train de l'étouffer lentement. Je prends donc le relais, afin que cette torture se termine au plus vite.

— Bonjour, je suis Matt, le petit ami d'Alexia. Nous sommes vraiment désolés de venir vous déranger. Mais nous aimerions parler avec vous, juste un instant.

— Je ne pense pas que ça soit une bonne idée, je n'ai rien à dire.

— Je vous en prie, intervient Alex. Je sais que je suis probablement la dernière personne que vous voulez voir, mais j'ai besoin de m'entretenir avec vous. Quelques minutes, pas plus.

Lynette O'Brian se passe une main sur le visage, las, puis elle s'écarte en ouvrant la porte en grand pour nous laisser passer. Alexia souffle de soulagement tandis que moi je la remercie. L'intérieur est tout aussi simple que l'extérieur. Tous les murs sont blancs, les meubles ne sont pas très assortis mais l'endroit est chaleureux. La maison déborde de jouets, il y en a des tas qui traînent à terre et je me prends les pieds dans un camion de pompiers, ce qui manque de me faire tomber.

— Désolée, les enfants sont un peu désordonnés.

— Ne vous en faites pas, votre maison est très jolie, dis-je.

Elle nous fait signe de nous asseoir sur son grand canapé beige, qui a bien vécu et qui a quelques taches de feutre çà et là. Elle ne nous propose rien à boire, je suppose qu'elle n'a pas envie que nous nous attardions. Et c'est réciproque. Voyant qu'Alexia ne dit pas un mot et qu'elle n'ose même pas relever le visage vers Lynette, je prends le contrôle de la situation.

— Je suppose que la police vous a expliqué les problèmes que nous rencontrons. Avec votre mari.

— En effet.

— Je sais que c'est un peu culotté de notre part d'être ici, mais, voyez-vous, nous sommes assez désespérés. Nous espérions que peut-être…

— Je ne sais pas où il est.

— Vous êtes mariés depuis près de dix ans, vous le connaissez. Vous n'avez pas une idée ?

— Non.

Elle ne prend même pas le temps de réfléchir. Elle n'a pas envie de nous parler, pas plus qu'aux forces de l'ordre. Nous n'apprendrons rien de cette femme, nous perdons notre temps. Ma colère doit apparaître comme un néon rouge sur ma figure. Néanmoins, je ne peux pas lui reprocher de ne pas vouloir nous aider. Je me lève et fais signe à Alexia que nous devrions y aller.

— Attends, dit-elle.

Elle tire sur mon bras et m'oblige à me rasseoir. Elle ferme les yeux une seconde, puis inspire longuement avant de braquer ses prunelles bleues sur l'épouse de son ex-amant. Son visage est déterminé mais ses yeux sont embués de larmes.

— Je sais que vous me détestez. Vous avez toutes les

raisons du monde pour ça. Quand j'ai rencontré Reese, j'ai cru sur le moment que c'était un père célibataire, mais très vite il m'a dit être marié. Pourtant, quand il m'a proposé qu'on se voie, j'ai accepté. Malgré mes remords, je me suis lancée dans cette histoire avec lui comme une gamine amoureuse, sans penser aux gens que je risquais de blesser. Sans me soucier du mal que je pourrais vous faire, à vous, et à vos enfants. La culpabilité m'a rattrapée et j'ai mis fin à notre aventure, mais bien trop tard. En fait, elle n'aurait jamais dû commencer. Tout ça n'a peut-être aucune importance pour vous, mais je voulais tout de même vous demander pardon. Pardon d'avoir brisé votre mariage, votre famille. Pardon pour tout.

Lynette serre fort ses poings sur ses genoux tout en ravalant ses larmes. Je ne sais pas si elle est touchée par le discours d'Alexia, ou si c'est la souffrance liée à la fin de son union qui lui noue la gorge, mais face à nous elle paraît sur le point de suffoquer. Elle porte les mains à son cou et nous entendons le rire des enfants à l'étage, qui contraste avec la scène dramatique qui se joue ici. Alexia se relève, me prend la main, puis nous commençons à avancer pour quitter cette maison. Mais une voix entrecoupée de sanglots nous arrête.

— C'est moi qui devrais vous présenter mes excuses.

Nous nous retournons tous deux, abasourdis, alors que Mme O'Brian nous fait signe de revenir nous asseoir.

— Bien sûr que non. C'est moi. Ce que j'ai fait est ignoble.

— Non, vous m'avez rendu service.

L'incompréhension doit se peindre sur nos visages et nous nous asseyons de nouveau tandis que Lynette se mouche le nez bruyamment. Elle tente de reprendre contenance avant de nous expliquer toute l'histoire.

— Quand j'ai rencontré Reese, j'étais très jeune. Il était beau, intelligent, fort et ambitieux. Il voulait devenir pompier et je le trouvais courageux et charismatique. Toutes les filles étaient folles de lui. J'étais fière d'être avec lui. Il était du genre jaloux mais je trouvais ça romantique. Il s'intéressait à tout ce que je faisais, il voulait savoir qui étaient mes amis, il me donnait son avis sur tout. Je me disais qu'il était vraiment très attentionné. Quand il m'a demandé de l'épouser, j'étais la femme la plus heureuse du monde.

Elle se met à rire, mais pas de joie, non. Elle nous lance un regard l'air de dire « qu'est-ce que j'étais stupide ». Nous l'écoutons attentivement vider son sac, en espérant que parmi toutes ces informations, il y aura la clé pour retrouver Reese.

— Nos débuts de jeune couple marié ont été joyeux, mais la lune de miel n'a pas duré. En vivant avec Reese, j'ai appris à réellement le connaître. J'ai compris que s'il s'intéressait à ma vie, c'était surtout pour la contrôler. Il me disait comment me vêtir, il m'a obligée à arrêter de travailler, il m'a coupée de tous mes amis. Par la suite, je n'ai même plus eu le droit d'adresser la parole à un autre homme sous peine d'une énorme crise. Reese n'était pas attentionné, il était possessif et manipulateur.

Je l'interroge :

— Il vous frappait ?

— Non, il ne l'a jamais fait, même si j'étais sûre qu'il en était capable. Son emprise était plus psychologique. Et quand il se mettait en colère, je peux vous jurer que j'étais terrifiée. Un simple regard lui suffisait pour m'anéantir.

— Pourquoi être restée ? demande Alexia.

Mme O'Brian plaque ses doigts sur sa bouche, comme

si elle réfléchissait, mais elle comme nous connaissons déjà la réponse.

— La peur. Il me terrorisait. Je ne savais pas de quoi il serait capable si je le quittais, mais il disait toujours que si je partais, nous en mourrions tous les deux. Et puis je suis tombée enceinte. Ça a rendu les choses plus compliquées. Je ne désirais pas d'enfant tout de suite, les deux fois je suis tombée enceinte alors que je prenais la pilule. Ne vous méprenez pas, j'aime mes garçons plus que tout, mais j'ai toujours été persuadée que Reese s'était arrangé pour que je tombe enceinte. Je ne sais pas comment. Il a toujours été un bon père, cela dit.

— Qu'est-ce qui s'est passé ensuite ? lui demandé-je.

Elle regarde Alexia et un sourire peiné prend vie sur ses traits. Cette femme est belle et charmante, mais quand on y regarde de plus près, elle est brisée. Ce type l'a changée à jamais en victime. La peur suinte par tous les pores de sa peau, et finalement, en les regardant bien, maintenant je trouve qu'Alexia et elle se ressemblent beaucoup. Beaucoup trop.

— Il vous a rencontrée. J'ai tout de suite vu que quelque chose avait changé. Il ne me surveillait plus, il était distant. Lui qui insistait pour me prendre chaque soir semblait indifférent au sexe. Avec moi, en tout cas. J'ai profité de ce qu'il était sous la douche pour fouiller dans son portable. Jamais je n'avais osé faire une chose pareille mais je devais savoir. J'ai trouvé des messages de vous, et j'ai compris.

— Je suis désolée, chuchote Alex.

— Ne le soyez pas. Quand j'ai su pour vous, je ne me suis pas sentie triste, ou en colère, j'ai été soulagée. Sans le vouloir, vous m'avez libérée. Il était heureux, il s'occupait de ses fils, et moi il me laissait tranquille. J'avais tellement peur qu'un jour ça prenne fin, surtout quand il est revenu un jour furieux et... malheureux. Je me suis dit que vous l'aviez quitté et que mon enfer allait recommencer. Mais il a pris ses affaires, et il a quitté la maison. Je ne l'ai pas revu depuis, et les enfants non plus.

Je me passe la main sur le crâne, désespéré par ce qu'elle vient de nous dire. Elle ne le protégeait pas, elle ne sait vraiment pas où il est. Retour à la case départ. Pourtant cette visite n'a pas été inutile. Je sens déjà qu'Alexia est soulagée d'avoir pu s'excuser, de voir que Lynette O'Brian ne lui en veut pas. C'est même tout le contraire. Mais ça n'arrange pas nos affaires.

— J'ai pensé à vous dire de vous méfier de lui. Mais je me suis dit que vous ne me croiriez pas. Et puis, égoïstement, je voulais qu'il continue de vous aimer. Alors c'est moi qui vous demande pardon, parce que s'il vous harcèle aujourd'hui, c'est parce que je n'ai jamais rien fait pour l'arrêter.

Alexia se lève et va serrer Lynette contre elle. Au début, elle est surprise et ne sait pas quoi faire. Puis elle lui rend son étreinte, et voilà que ces deux femmes qui ont vécu le même calvaire font la paix ensemble, mais aussi avec elles-mêmes.

Alexia sourit une dernière fois à Mme O'Brian, puis elle me prend par le bras et nous quittons la maison. Austin sort de la voiture, prêt à nous rejoindre, quand la porte s'ouvre de nouveau dans notre dos. Lynette court vers nous et me tend un morceau de papier.

— À la mort des parents de Reese, il a hérité d'un petit loft en centre-ville. Voilà l'adresse. Je pense que c'est là-bas qu'il se cache.

Une vague de colère s'empare de moi. Elle savait. Elle savait bien où il se cachait tout ce temps et elle n'a rien dit. Elle doit voir ma fureur et elle baisse les yeux. Je me rappelle alors que j'ai en face de moi une femme terrifiée qui pense avant tout à sa sécurité.

— Je ne veux pas qu'il vous fasse du mal, dit-elle en regardant Alexia. Mais je ne veux pas non plus qu'il s'en prenne à mes enfants, et à moi. Ne le laissez pas s'en prendre à nous, s'il vous plaît.

Je pose une main sur son épaule et Austin nous rejoint, en serrant sa sœur contre lui avant de se présenter à Mme O'Brian. Moi je ne perds pas de temps, j'appelle l'agent Rossi.

*

Le lendemain, alors que midi sonne, Eddy débarque les bras chargés de sachets provenant du traiteur indien. À peine avons-nous déballé tous ces mets succulents que les filles arrivent. Nous nous installons tous autour de la petite table du garage et je pense alors qu'il serait bon d'investir dans du mobilier plus grand. Notre groupe s'est étoffé en l'espace de quelques mois et nos déjeuners sont quasi quotidiens. Nous sommes serrés comme des sardines mais personne ne se plaint, tous trop heureux d'être ensemble. Nous discutons un peu de tout et de rien, jusqu'à ce que la conversation dévie inéluctablement vers le sujet qui nous intéresse tous : l'affaire Reese.

— Que vous a dit l'agent Rossi ? demande Eddy.

— Eh bien, je lui ai donné l'adresse fournie par Lynette O'Brian. Ils ont foncé là-bas et il s'est avéré qu'il s'agissait bien de son point de chute. Ils ont trouvé quelques affaires de toilette, des vêtements qui traînaient, de la vaisselle sale. Mais surtout des tas de photos de nous tous, et principalement d'Alexia. Des notes de nos déplacements à chacun, nos adresses. Même celle de mes parents, dis-je en grognant.

Austin bouillonne de rage également. Ce matin de bonne heure, nous sommes allés rendre visite à mes parents pour leur expliquer brièvement la situation et leur demander d'être prudents. Mon père en a profité pour remercier chaleureusement mon ami d'avoir épongé ses dettes. L'instant a été un peu gênant, les deux n'étant pas du genre à trop laisser parler leurs émotions. Ma mère m'a juré qu'ils feraient très attention mais elle était surtout morte d'inquiétude pour nous. À juste titre. Eddy siffle avant de faire tourner son doigt tout près de sa tempe.

— Ce mec a vraiment un grain.

— Ça, tu peux le dire ! affirme Lily.

Je continue mes explications :

— Malheureusement, il n'était pas là. Ils ont laissé quelqu'un en planque là-bas toute la nuit mais il n'est pas rentré chez lui. L'agent Rossi suppose qu'il a repéré ses hommes et que du coup il ne reviendra sans doute pas à son appartement.

À mes côtés, Alexia reste silencieuse, je sais qu'elle a été déçue qu'il ne soit pas arrêté. Comme nous tous, elle espérait vraiment que ce cauchemar prendrait fin, mais nous n'avons pas eu cette chance. Je la serre contre moi et embrasse son cuir chevelu en caressant doucement son dos, où une fine bande de peau apparaît sous son T-shirt.

— L'agent Rossi reste optimiste. Maintenant qu'O'Brian n'a plus d'endroit où loger, l'étau se resserre. Des patrouilles vont continuer de tourner près de chez nous, et chez sa femme aussi. On va bien finir par le coincer.

— Il a aussi dit que ça risquait de le mettre en colère et de l'obliger à passer à l'action, déclare Austin, très inquiet.

— Ça ira, dit Alexia. Je suis sûre que tout ira bien. Ils vont l'attraper.

Je ne sais pas trop si c'est nous qu'elle essaye de convaincre ou elle-même, mais je veux bien qu'elle se répète ça un million de fois si ça peut l'aider un peu à se détendre. La visite à Lynette O'Brian lui a malgré tout fait beaucoup de bien. Mais tant que l'on n'aura pas chopé ce connard, elle continuera de vivre à moitié.

Une paire de talons qui claquent sur le sol en béton nous fait lever les yeux. Quelle n'est pas notre surprise de découvrir Bonnie ici, au garage. Elle n'y a pas remis les pieds depuis qu'elle et Austin ont rompu. Comme à son habitude depuis quelque temps, elle porte une tenue tapageuse et bien trop courte. Son short laisse apparaître la moitié de ses fesses et son débardeur est si moulant que même une fillette de huit ans ne pourrait pas rentrer dedans. Elle a attaché ses cheveux sur le haut de sa tête et son maquillage est outrancier, son rouge à lèvres bien trop rouge et son fard à paupières bien trop noir. La bimbo vulgaire dans toute sa splendeur.

Elle passe d'abord à côté d'Eddy et Nina presque sans les voir, puis elle s'arrête un instant devant Austin, lui lançant une œillade aguicheuse, avant de littéralement fusiller du regard celle qui était sa meilleure amie. Lily ne se démonte pas et lui fait face, en se rapprochant imperceptiblement de son petit ami. Celui-ci passe son bras autour d'elle, ce qui arrache une grimace à Bonnie. Néanmoins, elle ne s'attarde pas trop auprès d'eux, et contre toute attente, elle vient se planter devant moi et pose sa bouche sur la mienne. Je la repousse immédiatement, et la stupéfaction fait vite place à la colère. Alexia, elle, est déjà toutes griffes dehors.

— Hey ! crie-t-elle en se plaçant entre Bonnie et moi.

Celle-ci garde confiance et elle ignore totalement ma petite amie en venant plaquer sa poitrine contre mon bras.

— Bonjour, mon chou, me susurre-t-elle.

— Je peux savoir ce que tu fous ? tonné-je.

— Eh bien, je suis venue te dire bonjour, pourquoi ?

Elle regarde tout le monde avec un petit air innocent mais une lueur diabolique danse au fond de ses yeux. Elle dévisage froidement Alexia, un petit rictus plaqué sur son visage, alors que ma belle brune est verte de rage. Bonnie reprend sur un ton doucereux qui me hérisse le poil.

— Quoi ? Tu ne leur as pas dit ? Allons, il faudra bien leur en parler un jour.

— Nous parler de quoi ? demande Alexia.

— Que nous sortons ensemble.

Je brasse de l'air comme un poisson hors de l'eau et mes yeux doivent carrément sortir de leurs orbites. Alexia nous observe tour à tour, et son regard est à la fois perdu et peiné. J'entends déjà Austin gueuler en arrière-plan mais je ne comprends pas vraiment ce qu'il dit, je tente de faire le tri dans le brouhaha de mes pensées. J'arrive enfin à cracher quelques mots, mais non sans mal.

— Quoi ? Mais non ! C'est des conneries.

— Pourquoi est-ce qu'elle dit ça ? me demande ma copine.

— Mais j'en sais rien, moi, elle est folle. Dis-lui que tu mens !

Je m'énerve contre Bonnie que la situation amuse visiblement. Cette fille est une grande musicienne, mais c'est dans la comédie qu'elle aurait dû faire carrière. On pourrait presque croire à son petit numéro quand elle prend une mine contrite et qu'elle se met à minauder devant moi.

— Chéri, je suis désolée, je pensais que tu lui avais déjà annoncé la nouvelle. Alexia, je sais que vous avez eu une brève histoire, mais entre Matt et moi, c'est trop fort. Il n'a sans doute pas osé te larguer à cause de tout ce qui t'arrive en ce moment mais il faut bien que quelqu'un te dise la vérité.

— Quoi ? souffle Alexia, estomaquée.

Moi je n'arrive même plus à placer un mot. J'ai l'impression d'être hors de mon corps et d'assister à un véritable cauchemar. J'ai envie de bouger, de crier, de secouer cette garce comme un prunier et de supplier Alexia de me croire, pourtant je reste immobile, comme un con. Je laisse Bonnie finir de déverser son venin et mettre la femme que j'aime à terre.

— Tu vis une épreuve en ce moment mais, comprends-moi, j'ai le droit au bonheur moi aussi, ainsi que Matt. On veut être ensemble. L'amour est plus fort que tout paraît-il, dit-elle en jetant un œil à Austin et Lily.

— Non, murmuré-je en implorant Alexia du regard.

— Depuis qu'on a échangé ce baiser dans la cage d'escalier, que j'ai senti ses lèvres sur les miennes, son petit goût de cerise…

C'est ce qui nous fait basculer dans l'horreur la plus totale. Alexia se moque toujours de moi et de mes chewing-gums à la cerise. Bonnie a dû me voir en manger plus d'une fois à l'époque où elle sortait avec Austin, pourtant ça ne fait aucun doute dans l'esprit de ma petite amie. Si cette fille est au courant de ça, c'est qu'elle a déjà mis sa langue dans ma bouche. Et effectivement cette folle m'a roulé une pelle mais sans mon accord ! C'était il y a un siècle maintenant, tellement de choses ont changé. Je veux pouvoir dire tout ça à Alexia, lui expliquer, mais quand je lève les yeux vers elle, je sais que je l'ai déjà perdue. Les larmes dévalent ses joues alors que son cœur se brise en mille morceaux à mes pieds. Elle se met à courir et s'enfuit du garage en bousculant au passage Nina qui cherche à la rattraper. Du coin de l'œil, je vois Lily mettre dehors une Bonnie hilare et fière d'elle. Quant à moi, quand je bouge enfin, c'est pour m'écrouler au sol, après qu'Austin m'a mis une droite en plein visage.

21

— J'arrive pas à croire que t'aies pu faire une connerie pareille ! gueule Austin.

Il n'a pas arrêté de toute la journée. Après le départ d'Alexia, il s'est mis en tête de me mettre la tête au carré. Heureusement, Eddy est intervenu et je n'ai pris qu'un coup de poing qui m'a probablement brisé la mâchoire mais c'est le cadet de mes soucis à l'instant. Tout ce qui m'importe, c'est Alexia. Je l'ai appelée des dizaines de fois, des centaines même. Je lui ai laissé des messages, pour lui expliquer que je n'avais rien fait. Et puis soudain, son téléphone a cessé de sonner, elle a dû le couper. Quand Austin s'est enfin un peu calmé, je lui ai juste dit que je n'avais rien fait et que nous en parlerions plus tard. Nous avons fermé le garage, et nous nous sommes mis à la recherche d'Alexia. Quand nous avons constaté qu'elle n'était pas à la librairie, Lily a fermé la boutique aussi et nous avons sillonné la ville, et tous les endroits où elle traîne d'habitude, pour la retrouver. Le soir commence à tomber sans toujours aucune trace d'elle. Je commence vraiment à flipper.

— En plus avec Bonnie ! Non mais, t'es débile ou quoi ?!

Ma patience a atteint son maximum et je suis tellement à bout que je le chope par le col de son T-shirt et le plaque au mur, faisant cogner son crâne contre le plâtre.

— Je t'ai dit que je n'avais rien fait, O.K. ? Bonnie m'a sauté dessus dans un couloir un jour. On discutait et d'un coup elle a enfoncé sa langue dans ma bouche. Ça a duré un quart de seconde, je ne lui ai pas rendu son baiser. Après ça elle a filé et je ne l'ai même pas revue depuis.

— Alors, pourquoi elle est venue pour raconter ça ?

— Parce qu'elle veut nous blesser. Tous. Et surtout toi et moi. Même si elle doit passer par nos amis pour ça. Elle se venge, c'est tout, répond Lily à ma place.

Austin fait les cent pas, puis il colle son téléphone à l'oreille, sûrement pour essayer de joindre à nouveau sa sœur, mais une seconde après il jette son smartphone à terre. Elle est toujours injoignable.

— Ce que je ne comprends pas, c'est comment elle est au courant pour l'histoire de Reese. Qui a pu le lui dire ?

Austin me foudroie à nouveau du regard et il s'approche vivement de moi comme un taureau en train de charger une cape rouge. Je suis presque surpris de ne pas le voir gratter le sol avec son pied.

— J'espère vraiment que t'es innocent dans cette histoire et que tu ne me racontes pas de bobards, parce que si j'apprends qu'à cause de toi ma sœur est en danger…

— Putain, j'ai rien fait ! Je ne sais pas comment elle sait tout ça ! Je n'ai jamais été du genre infidèle, même avec des filles dont je me foutais, alors tu crois franchement que je tromperais Alexia ? Je suis fou amoureux d'elle, merde !

Il m'observe longuement, cherchant la vérité au fond de mes yeux, puis il expire un grand coup en me donnant une tape dans le dos. Pourtant, même s'il me croit enfin, moi je n'arrive toujours pas à me calmer. Nous ignorons où est Alexia. De même que l'endroit où se trouve Reese. Et s'il s'en prenait à elle ? À cause de moi ? Je ne m'en remettrais jamais, et je devrais tuer cette salope de Bonnie. Je tourne en rond comme un animal en cage. Quand nous avons constaté qu'Alexia n'était pas chez elle, nous sommes venus chez Austin, et depuis nous n'en sommes pas repartis. Mais je ne peux pas rester là à ne rien faire, il faut que j'essaye à nouveau de la trouver.

— Je vais retourner chez elle. Elle est peut-être rentrée maintenant. Je ne peux pas rester à attendre comme un con.

— On devrait appeler l'agent Rossi, on ne sait jamais, propose Nina.

— Je m'en occupe, répond Eddy qui a déjà dégainé son téléphone.

Il quitte la pièce pour avoir un peu de calme et mon téléphone se met alors à biper. Je me jette dessus à tel point qu'il m'échappe presque des mains. Un grand soulagement m'envahit quand je constate que c'est un SMS d'Alexia.

— C'est elle, dis-je dans un souffle.

Tout le monde sourit enfin et respire à nouveau. Nom de Dieu, ce qu'elle nous a fait peur !

Je suis à la maison, il faut qu'on parle, rejoins-moi.

Bon, ce n'est pas le message le plus chaleureux du monde mais au moins elle n'est pas fermée à la discussion, ce qui me laisse une chance de lui donner ma version des faits, et avec un peu de chance de me faire pardonner. Je devrais sans doute acheter un bouquet de fleurs de la taille du Texas, ça pourrait m'aider. Je lui tape vite fait une réponse pour lui dire que j'arrive de suite, avant de ranger mon portable dans ma poche.

— Elle est chez elle, elle veut que j'aille la retrouver pour qu'on puisse parler.

— C'est une bonne chose, assure Lily, confiante.

Austin enfile sa veste et prend ses clés de voiture qu'il fait tourner au bout de son doigt. Il ouvre la porte d'entrée et me regarde d'un air de dire « allez, mon gars, bouge ton cul ». Mais je n'avance pas d'un pouce et je croise les bras sur mon torse.

— Qu'est-ce que tu fais ?

— Ben, je viens avec toi.

— Pour quoi faire ?

— Parce que ma sœur a besoin de moi.

Lily se met à rire dans son coin et Nina plaque une main sur sa bouche pour cacher son hilarité. Mon pote nous fixe tous comme si nous étions des idiots alors que c'est son comportement de grand frère protecteur qui en devient stupide.

— Mec, ta sœur a surtout besoin de se retrouver seule avec moi. On a des choses à régler, elle et moi.

— Et alors, je vois pas pourquoi je ne pourrais pas être présent ? Tu me caches des choses, Adams ? T'es pas aussi blanc que ce que tu veux me faire croire.

Je gronde comme un animal alors qu'il commence vraiment à me prendre le chou. Mais ça ne sert à rien de s'énerver avec Austin. Il est têtu comme une mule et il n'écoute rien ni personne, à part Lily. Le seul moyen de m'en débarrasser, c'est de le dégoûter.

— Pour la dernière fois, je n'ai rien fait du tout. La raison pour laquelle je refuse que tu viennes c'est que quand Alex et moi on sera réconciliés, je compte bien la prendre dans chaque pièce, et dans toutes les positions.

— Bordel, Matt, c'est ma sœur, t'es dégueulasse ! Dégage.

Il m'indique la sortie avec son index en grimaçant, ce qui déclenche l'hilarité des filles. Eddy choisit justement ce moment pour revenir, en éteignant son téléphone.

— J'ai eu l'agent Rossi. Ses gars étaient en train de tourner autour de la librairie justement, mais pas de trace d'Alexia. Ils vont faire le tour des endroits où elle pourrait se trouver et ils iront voir chez elle également.

— Pas la peine, elle vient de m'envoyer un message. Elle est bien à la maison, je pars la rejoindre.

— Bonne nouvelle, mon pote, dit-il en me mettant un coup de poing amical dans l'épaule. Je rappelle Rossi pour le prévenir.

Je remercie mes amis pour leur aide et leur promets de leur donner des nouvelles très vite. Je fonce comme l'éclair au volant de ma voiture vers la maison des Grimm.

Quand j'arrive chez Alexia, tout est calme dans la maison. Une légère lumière tamisée éclaire la pièce principale mais je ne vois aucune trace de ma chère et tendre. Je suis tout aussi surpris de ne pas être accueilli par un Polochon bougon et une Juliet sous *speed* qui saute partout.

— Alex ? C'est moi.

Je lance mes clés sur la petite console à l'entrée et retire mon blouson. Pas de réponse d'Alexia, mais j'entends de vagues aboiements et des sortes de grattements. Je suis l'origine du bruit, qui me mène directement au garage. Quand j'ouvre, Juliet se jette sur moi en aboyant alors que Polochon me file entre les jambes.

— Hey, mais qu'est-ce que vous fichiez là-dedans ?

Juliet continue de pleurer à mes pieds alors que le

gros rottweiler se met à courir en direction de l'escalier. Je remarque qu'il boitille de la patte droite mais ça ne l'empêche pas de débouler comme un dérateé au pied des marches. Sa cécité entraîne parfois certains accidents comme des chutes ou alors il se cogne contre des meubles, je suppose que c'est ainsi qu'il s'est fait mal. Mais quand je l'entends grogner à l'étage et japper à nouveau, je commence sérieusement à m'inquiéter. D'autant qu'Alexia n'est toujours pas là.

— Viens, la moche.

Juliet m'emboîte le pas alors que je monte les marches quatre à quatre. Je découvre Polochon, planté devant la chambre d'Alexia, le corps tendu et les babines retroussées. Le grognement qui s'échappe de sa gorge est terrifiant, ce chien n'a rien à envier à Cerbère. Une vague odeur de cigarette me chatouille les narines et me fait grimacer. Puis un bruit étouffé provenant de la chambre me fait bondir et j'ouvre la porte avec fracas. Les deux clébards restent à mes côtés, sur leur garde, alors que je tente de comprendre ce qui se passe. Alex est bien dans la pièce, sur le lit, dans une nuisette que je ne connais pas et qui, même si elle lui va à merveille, ne lui correspond pas. Transparente, avec des fanfreluches de partout et surtout d'un rose bien trop criard. Elle est à moitié allongée mais elle paraît tendue, presque sur la défensive. C'est surtout son visage qui m'angoisse. Ses yeux sont bouffis, on voit encore les traces de larmes sur ses joues. Je pourrais mettre ça sur le compte de ma prétendue infidélité mais ses prunelles sont remplies de terreur. Et ce n'est pas moi qui suis responsable de ça. J'avance de quelques pas, le cœur battant à cent à l'heure.

— Alexia, qu'est-ce qu'il y a ? Il est ici ?

Elle ouvre la bouche et je l'entends crier avant qu'une

douleur atroce vienne me fendre le crâne. Je porte la main à ma tempe et mes doigts sont maculés de sang. Ma vision se trouble et j'entends un aboiement suivi d'un grondement impressionnant. Encore un cri, puis des pleurs. J'essaye de me relever, je prends appui sur mes bras, mais je reçois un violent coup dans les côtes qui me fait chuter à nouveau. Je lève les yeux, ma vision s'obscurcit mais j'ai le temps de l'apercevoir. Ses yeux de psychopathe, son rictus mauvais, la clope au bec. Reese. Il lève le bras et une nouvelle vague de souffrance s'insinue sous mon cuir chevelu. Cette fois-ci, je tombe dans le néant.

*

C'est un bruit strident et répétitif qui me tire du brouillard. J'ai l'impression que ma tête se déchire en deux. Je tente d'ouvrir les paupières mais du sang me coule sur le visage et me fait cligner. Le bruit aigu revient suivi d'un cri plus grave. Quand ma vision redevient enfin à peu près claire, je vois Juliet qui pleure près du corps étendu de Polochon. Elle hurle si fort que c'en est douloureux pour mes pauvres tympans. Une grande silhouette fonce alors vers elle et lui donne un coup de pied qui l'envoie valser à l'autre bout de la pièce. J'entends à nouveau deux cris, celui d'Alexia et un plus grave. Je comprends que c'est le mien quand ses yeux se tournent vers moi, envahis de larmes mais aussi d'un peu de soulagement.

— Tiens, tu es réveillé, toi.

Reese s'approche de moi mais je ne le regarde pas. Je reste focalisé sur Alexia, j'inspecte de loin son corps et son visage, à la recherche de la moindre trace de blessure. Elle a l'air d'aller bien, en dehors de son évidente détresse. O'Brian ne doit pas apprécier que je la fixe ainsi car il m'envoie un coup en plein visage, me faisant tanguer sur ma chaise. Ce salopard m'a attaché, pieds et poings liés. Sa droite a dévié mon visage à nouveau vers Polochon et je remarque maintenant qu'une flaque de sang l'entoure. Je n'arrive pas à distinguer s'il respire.

— Ce sale cabot m'a sauté dessus quand je t'ai frappé, ricane Reese en me montrant son bras ensanglanté. J'ai dû répliquer.

C'est à ce moment-là que j'aperçois l'arme accrochée à sa ceinture. Je ne m'y connais pas trop en flingues, mais ça n'a pas l'air d'être un petit calibre. Reese avance vers Alexia et vient s'asseoir à ses côtés sur le lit. Il caresse du bout des doigts sa jambe nue et elle tressaille alors que lui jubile carrément. J'en ai la nausée.

— T'aimes pas ça, me voir la toucher. Au moins tu comprends ce que j'ai pu ressentir ces derniers mois, alors que je la voyais dans tes bras, dans son lit. Ce même lit où je lui avais déjà fait l'amour.

Mon visage se déforme de dégoût alors que lui se marre carrément. Sa main remonte un peu plus sur la cuisse de ma petite amie et elle gigote pour essayer de lui échapper mais il lui agrippe violemment la peau, la faisant hurler.

— Lâche-la, fils de pute !

— Ha, ha, ha ! s'esclaffe-t-il. Va falloir t'habituer, mon gars, parce qu'elle est à moi.

Il l'attrape par les cheveux et plaque sa bouche sur la sienne. Alexia tente de le repousser de ses deux mains mais il est fort et il la maintient contre lui. J'essaye de défaire les cordes qui m'entravent, je tire si fort que je sens un liquide chaud couler le long de mes poignets. Je tombe de ma chaise dans un bruit sourd mais j'ai beau me tortiller en tous sens, impossible de me libérer. Le cri de Reese résonne alors dans la petite chambre et il place une main sur sa bouche en regardant son ex avec fureur.

— Salope, tu m'as mordu !

Il prend son arme et lui envoie un coup en plein visage, qui la fait s'écrouler au sol. Je hurle son nom et elle relève péniblement la tête pour planter ses yeux dans les miens. Lentement, elle rampe jusqu'à moi et quand nos doigts se frôlent j'ai la sensation de respirer à nouveau. Mais mon soulagement est de courte durée.

— Relève-toi. On doit partir maintenant.

— Non.

Il la tire par le bras et elle crie alors qu'il la remonte contre lui. Elle se débat, le griffe mais il la frappe une nouvelle fois du plat de la main ; la lèvre d'Alexia explose et se met à saigner abondamment.

— Je t'ai dit qu'on devait partir. Il me reste juste une petite chose à faire avant ça.

Il pointe son arme vers moi et ses yeux de fou me dévisagent. Il est comme pris de frénésie, son corps tremble de partout et il a du mal à rester en place. Il prend son pied ce soir, c'est la consécration de plusieurs semaines d'acharnement. Aujourd'hui, tout va prendre fin.

— J'aurais pu juste l'emmener et disparaître avec elle. Mais je voulais que tu la voies une dernière fois. Que tu saches qu'elle m'appartenait et qu'elle finirait ses jours auprès de moi. J'ai tout orchestré, je lui ai même acheté cette belle nuisette. Dès qu'on sera partis d'ici, je m'arrêterai dans un petit coin tranquille et je la lui arracherai avec les dents. Quand j'en aurai fini avec elle, elle aura oublié ton existence. Qui d'ailleurs va bientôt prendre fin.

La détonation est immédiate et une balle vient me perforer le torse. Je suffoque sous l'impact alors que les hurlements d'Alexia me déchirent le cœur. Elle frappe

O'Brian comme une démente au point qu'il est obligé de la lâcher. Elle se rue vers moi et plaque ses deux mains sur mon torse pour arrêter l'hémorragie.

— Ne me laisse pas, s'il te plaît, Matt, je t'en prie, reste avec moi ! Je ne peux pas vivre sans toi.

J'essaye de lui parler, j'ouvre la bouche, mais la douleur est insupportable. Je tente de bouger mais elle me supplie d'arrêter car je saigne plus fort encore. Derrière nous, Reese se tire les cheveux en faisant les cent pas. Il observe Alexia, qui pleure à chaudes larmes à mes côtés. Il ne fait que répéter sans cesse la même chose.

— T'es perdue. T'es perdue. T'es perdue.

— Ferme-la ! s'égosille Alex.

— Il t'a contaminée. T'es perdue. Je ne peux plus rien faire pour toi. Tu vas mourir. Comme lui.

La panique me submerge alors qu'il pose la main sur son arme. Je bouge dans tous les sens, je tire sur les cordes même si ça me déchire la poitrine et que la peau de mes poignets part en lambeaux. Alexia tire sur mes liens aussi mais rien n'y fait. Reese nous lance un dernier regard mauvais, puis, d'un pas précipité, quitte la chambre. Nous entendons le loquet de la porte, il nous a enfermés. Mais je m'en fiche, tout ce qui m'importe, c'est qu'il ne lui a pas tiré dessus.

— Il est parti. Il est parti ! crie Alexia.

Je n'arrive pas à me réjouir car je doute que cela soit déjà terminé.

— Il faut que tu me libères. Maintenant.

Elle hoche la tête et court vers le tiroir de la table de chevet, d'où elle sort une paire de ciseaux. Avec ça elle arrive à couper les liens et m'aide à me relever. J'ai mal dans la poitrine et je peine à respirer mais je ne veux pas l'inquiéter alors je lui souris et la prends dans mes bras.

Elle se laisse aller à sangloter un moment mais nous ne pouvons pas nous permettre de rester là. Il faut bouger. Nous avançons prudemment vers Polochon qui gît à terre. Juliet est revenue s'installer à ses côtés et elle pleure en tournant autour de lui. Il respire encore mais je le sens doucement partir.

— Il faut sortir d'ici, dis-je à Alexia, essoufflé.

— Matt, j'ai du mal à respirer.

Elle se met à tousser et une odeur désagréable me prend alors au nez. Ce n'est pas ma blessure qui me fait suffoquer, c'est la fumée. Alexia tousse de plus en plus fort alors qu'un épais nuage gris s'infiltre sous la porte. La femme que j'aime se tourne vers moi, les yeux exorbités.

— Mon Dieu, il a mis le feu à la maison.

22

— Matt, il a mis le feu ! On va mourir ! hurle Alexia.

Je puise dans mes forces qui s'amenuisent de plus en plus. À mon avis, tout ce sang que je perds y est pour beaucoup. Mais voir la femme que j'aime dans un état second, terrifiée par les flammes qui doivent se répandre en bas, me donne un regain d'énergie. Je me redresse et lui souris en lui adressant un regard confiant. J'espère qu'elle sera dupe parce qu'en mon for intérieur, je ne suis pas du tout certain que nous nous en sortirons vivants.

— Tout va bien se passer. On va sortir d'ici. Fais-moi confiance.

Elle acquiesce mais je crois qu'elle aussi tente de me rassurer plus qu'autre chose. J'avance péniblement vers la porte de la chambre, en pressant la main contre mon torse. Je tire comme un damné sur la poignée, mais impossible d'ouvrir. Il ne nous reste pas beaucoup d'options. Je recule de quelques pas et me place un peu de côté, face à l'obstacle. Je prends une grande inspiration en tentant d'oublier la douleur qui me cisaille la poitrine, et avec un peu d'élan je me jette contre la porte. Le bois cède en un craquement, ou peut-être était-ce mon épaule endolorie. Un éclair de souffrance me fait voir des étoiles un court instant mais le cri de soulagement d'Alexia me ramène à la réalité, loin du sommeil qui m'appelle chaque seconde un peu plus fort. Il ne faut pas perdre de temps, je ne sais pas si je vais pouvoir tenir encore longtemps comme ça.

— O.K., il faut faire vite. Prends Juliet avec toi.

J'indique du menton la petite boule de poils qui est prostrée entre les pattes du rottweiler. La pauvre bête tremble comme une feuille et des plaintes déchirantes s'échappent de ses babines en permanence. Alexia la prend dans ses bras et Juliet s'y blottit avec impatience.

— Et Polochon ? me demande Alexia avec crainte.

— Je m'en occupe.

— Mais tu ne peux pas. Il est lourd, et tu es blessé !

— Tu veux parier ?

Je me penche vers l'animal dont la respiration me semble bien faible. Comme moi, du sang s'écoule de son poitrail et il semble à bout de force. Pourtant, je ne le quitte pas des yeux et lui murmure à l'oreille en passant mes bras sous ses pattes :

— Ça va aller, mon gros, on va tous s'en sortir. Tu ne me lâches pas, O.K., sale cabot ?

Il pousse un petit grognement et venant de lui, je prends ça pour un oui. Je puise dans toutes les forces qu'il me reste et soulève le molosse en chancelant un peu. Alexia accourt pour me soutenir mais je lui fais signe que tout va bien et je cours pratiquement vers la porte avec le chien dans les bras. Seulement l'horreur de ce qui nous attend me donnerait presque envie de faire demi-tour. Ma petite amie doit avoir la même idée que moi, alors que nous entendons au loin des sirènes retentir.

— On devrait attendre ici, les secours arrivent.

Je regarde les flammes qui montent de plus en plus vite, comme serpentant autour de la rampe d'escalier, venant lécher les lames du parquet qui était autrefois si beau.

Si nous restons ici, nous allons finir calcinés. Ou nous risquons de mourir étouffés. L'air est déjà irrespirable et nous toussons à nous en décoller les poumons.

— On ne peut pas, il faut y aller. Je passe devant, reste collée à moi.

J'avance prudemment mais l'étage n'a pas encore été trop touché et nous atteignons l'escalier sans trop de difficultés. Mais c'est là que les choses se corsent. Je ne sais même pas si nous pourrons marcher sans que nos semelles restent collées au sol. Il y a des flammes partout, on se croirait en enfer. Je vois les rideaux qui se consument comme un simple bout de papier que l'on aurait allumé au briquet. Les photos sur les murs sont noircies, des cadres ont explosé, des meubles se sont écroulés au sol et les poutres au plafond paraissent sur le point de céder. C'est maintenant ou jamais. J'accroche la main d'Alexia une seconde et elle me regarde avec tant d'amour que j'en ai les larmes aux yeux. Ce sont peut-être nos derniers instants et je m'en veux de ne pas avoir été à la hauteur. Je lui avais promis de la protéger. Mais il me reste une dernière chance. Je plaque mes lèvres sur les siennes juste une seconde, car si je dois mourir aujourd'hui, je veux garder cette sensation exquise d'amour et d'éternité avant de m'en aller vers un monde soi-disant meilleur. Vu où nous nous trouvons en ce moment, ça ne peut être que mieux.

— Allez, on fonce maintenant.

Sans perdre une minute, je cours comme un dératé dans l'escalier, Alexia sur mes talons, en essayant de me convaincre que Polochon est aussi léger qu'une plume. Sauf qu'il est aussi lourd qu'un mammouth et je promets que si nous nous en sortons, je le fous au régime. Je sens la chaleur des flammes me lécher les bras et les jambes mais les ignore et je cours le plus vite possible, en évitant tout ce qui se dresse sur notre route. Je dois faire un écart gigantesque alors qu'une bibliothèque s'écroule devant moi et je manque de tomber en voulant protéger Alexia tout en tenant le chien. Elle hurle mon prénom et j'ai du mal à y voir clair avec le sang qui continue de me couler dans les yeux et que je ne peux plus essuyer avec Polochon dans les bras.

— C'est bon, ça va, continue d'avancer.

Elle s'accroche à mon jean et je relève un peu le chien dans mes bras, tirant sur ma poitrine douloureuse. Nous gémissons lui et moi à l'unisson et mes jambes commencent à devenir molles. Si je n'atteins pas la porte d'entrée rapidement, jamais je ne sortirai d'ici. Je sens Alex qui me pousse et à présent c'est presque elle qui me traîne hors de la maison. Mes bronches me brûlent, j'ai mal partout et ma vision est de plus en plus trouble. Je la sens trébucher à mes côtés alors qu'un cri lui échappe.

— Aïe !

— Quoi ? Ça va ? Tu es blessée ? hurlé-je en l'inspectant sans vraiment la voir.

— Non, ça va, j'ai marché sur un trousseau de clés.

Je prends conscience seulement maintenant qu'elle était en tenue légère dans cette chambre et que si moi j'ai des chaussures, ce n'est pas son cas. Et vu la chaleur qui essaye de faire cramer mes orteils, Alexia, elle, doit avoir l'impression de marcher sur des charbons ardents. Nous continuons d'avancer à travers le feu et les sirènes retentissent de plus en plus fort dehors. Quand je pose enfin la main sur la poignée de l'entrée, je souffle un grand coup, nous croyant sortis d'affaire. Mais alors que j'essaye d'ouvrir, impossible. Ici aussi, c'est verrouillé. Et je n'ai plus assez de force pour la défoncer. Alexia s'acharne, elle tire comme une folle sur la porte alors que je tombe à genoux, Polochon toujours dans mes bras. Il pleure et je sens mes propres larmes inonder mes joues. J'ai échoué. Nous allons mourir. Elle va souffrir. *Pitié, mon Dieu, je ne veux pas qu'elle souffre.* Un grand fracas accueille ma supplique et la porte cède. Un homme en jaune et noir tire Alexia hors de la maison et je respire à nouveau en la voyant hors de danger. Deux gars, dans le même uniforme, se pointent et s'approchent de moi. Je reconnais les collègues de Reese O'Brian. L'un d'eux veut me prendre Polochon des bras mais je m'accroche à mon chien comme à une bouée de sauvetage. Il abandonne et ils arrivent non sans mal à nous sortir de la maison. J'entends des craquements, du verre qui se brise, le bruit caractéristique du feu qui crépite, et pourtant je ne pige pas un mot de ce que me raconte le pompier qui est juste en face de moi. Je cligne plusieurs fois des yeux et tente de me concentrer mais ce n'est guère mieux.

— … lâcher… chien… soigner… êtes blessé…

— Quoi ? Mon chien. Il faut le soigner.

— Monsieur… maintenant… donnez-le… l'ambulance…

Je comprends un mot sur dix mais quand il me tend les bras je lui confie mon gros rottweiler. Le chien gémit mais se laisse faire et deux bras costauds me retiennent alors que je m'écroule au sol. Je vois les yeux du *boss*, le chef de la brigade 205, et ses lèvres qui bougent mais le son ne parvient pas à mes oreilles. Plus loin, je vois Alexia avec un pompier et un ambulancier. Ils lui parlent, la retiennent, alors qu'elle hurle en me regardant. Ses yeux me fixent avec frayeur alors qu'elle cherche à me rejoindre mais ils ne la laissent pas passer. Je voudrais la rejoindre, mais je n'ai plus aucune force, j'ai la sensation que ma vie m'échappe, et mes yeux se ferment alors que je murmure une dernière fois :

— Alexia.

*

La première chose à laquelle je pense alors que j'ouvre les yeux c'est : *Merci, mon Dieu, je ne suis pas mort.* L'odeur bien particulière et nauséabonde des hôpitaux me chatouille les narines et la couleur caca d'oie des murs me donnerait presque envie de plonger dans le coma. Sans compter cette horrible douleur qui me lance… partout. Je n'arrive pas à trouver un seul endroit où je n'ai pas mal. Ah si, en fait il y a ma queue, qui fait un gros dodo. Je n'ose pas lever le drap, mais elle a dû passer d'un bon dix-huit centimètres à deux virgule cinq. Il caille dans cette chambre ! Moi qui croyais que l'on crevait toujours de chaud à l'hosto. Je jette un œil à gauche, où repose un gros bouquet de fleurs, puis à droite. Là, cinq paires d'yeux me fixent. Ma cousine et Lily paraissent soulagées, Eddy sourit, et Austin a un air totalement idiot qui me donne envie de rire. Et à côté de lui, Alexia. Mon Alexia. Je me racle un peu la gorge mais ma voix me paraît bien rocailleuse et ma gorge est irritée.

— D'habitude, quand je rêve qu'on est à plusieurs dans une chambre, il n'y a que des filles avec nous et aucune n'est de ma famille.

— Idiot, gronde Alexia en me donnant un coup sur le bras.

Elle tape près de mon torse sans le faire exprès et je pousse un cri qui lui fait immédiatement monter les larmes aux yeux. Elle se penche vers moi en s'excusant une bonne centaine de fois et elle embrasse mon nez, mes joues, mon front, avant que je n'attrape ses lèvres au vol. Grâce à ça, je me sens bien vite mieux.

— Je vais bien, trésor, ne t'en fais pas. Enfin, je crois ? Les médecins n'ont pas dit que j'allais mourir, dis ?

— Non, rit-elle. Tu as eu de la chance. La balle n'a touché aucun organe vital, et tu as un léger traumatisme crânien.

— C'est pas comme si ça pouvait te rendre plus bête que tu n'es déjà, se moque Eddy.

Je lui fais un doigt d'honneur et il m'envoie un baiser que j'attrape dans les airs et que je me fous au cul. La contorsion me fait grimacer de douleur mais ça valait le coup. Austin se marre alors que les filles nous regardent, dépitées, comme si elles étaient dans une classe de maternelle. Alexia m'envoie une pichenette sur l'oreille et je fronce les sourcils en massant mon cartilage douloureux.

— Tu as aussi de nombreuses brûlures, il faut que tu fasses attention.

— Toi aussi, t'as une sale tête, lui fais-je remarquer.

— Merci pour le compliment, chéri, mais c'est que t'as pas encore vu la tienne.

C'est vrai qu'elle a les traits tirés, quelques hématomes et j'aperçois chez elle aussi des traces de brûlures. Mais elle reste la plus belle femme que je n'aie jamais vue. Je serre sa main dans la mienne et j'embrasse sa paume en essayant de lui transmettre avec mes yeux tout l'amour qu'elle m'inspire. Et à quel point je me sens chanceux de m'en être tiré, mais surtout tout le bonheur que je ressens qu'elle aille bien. Elle me rend mon regard et serre mes doigts un peu plus fort.

— Tes parents sont venus, me dit Nina, mais ils ont dû repartir, ton père a eu un peu trop d'émotions avec tout ça.

Ta mère voulait qu'il se repose. Je vais aller les appeler pour leur dire que tu es réveillé.

— Merci, cousine.

Je lui fais un clin d'œil et Eddy la suit de près en prétendant vouloir rapporter des cafés pour tout le monde. Je me demande s'il ne me prend pas pour un con, mais s'il veut me faire gober qu'il ne s'intéresse pas à ma cousine, alors il devrait arrêter de loucher sur son cul quand il marche derrière elle. Je reste avec Lily et Austin, qui partagent la même chaise, et Alexia qui vient s'asseoir sur mon lit. Je me sens encore un peu dans le brouillard, sûrement en partie à cause de ce tuyau que j'ai dans le bras qui doit me gaver de morphine, mais un éclair vient traverser mon cerveau embrumé et j'agrippe le bras d'Alexia.

— Comment va Polochon ?

Elle prend une grande inspiration et avec son visage triste, je m'attends à ce qu'elle me dise qu'il ne s'en est pas sorti. Putain, je sens déjà une boule se former dans ma gorge de la taille d'une montgolfière.

— Il avait une très vilaine blessure. Le vétérinaire ne pensait pas qu'il s'en sortirait, la balle est passée tout près du cœur. Mais c'est un battant, comme toi. Le véto dit qu'il va se rétablir. Il le garde encore quelques jours à la clinique et ensuite il pourra revenir auprès de nous pour faire sa convalescence. Juliet est chez tes parents en attendant.

— Putain, je suis soulagé ! dis-je dans un souffle.

Elle me sourit mais je la sens toujours triste et un peu éteinte. Rien d'étonnant avec tout ce que nous venons de vivre. Une question me brûle les lèvres mais je ne me sens pas prêt à la poser. Alors, j'aborde un autre sujet :

— Et la maison ?

— En ruine, me répond Austin. Les dégâts sont énormes, je ne sais pas si on pourra la remettre en état. Mais on essayera, ajoute-t-il en fixant sa sœur.

Elle acquiesce et avec toute la conviction du monde, je lui montre mon assentiment. Ça prendra le temps qu'il faudra, mais nous la reconstruirons. Pierre par pierre, brique par brique, je le lui promets. Je discute encore de choses et d'autres, concernant ma santé, celle d'Alexia, mais bien vite je ne trouve plus beaucoup de choses à dire et il ne me reste qu'un sujet à aborder. Reese O'Brian.

— Et lui ?

Pas besoin d'en dire davantage, ils ont tous compris de qui je parlais. Et la frayeur que je vois dans les yeux d'Alexia ne me dit rien qui vaille.

— Disparu.

23

Le lendemain, je suis toujours avec la même fine équipe. Mes parents viennent de passer et ils avaient bien besoin d'être rassurés. Ma mère m'a sauté dessus en m'embrassant et en m'appelant son petit lapin, provoquant l'hilarité générale. Enfin, sauf la mienne. Mon père était aussi pâle qu'un mort, mais quelques minutes avec moi, en serrant ma main avec son énorme paluche, lui ont vite redonné des couleurs. Ça fait du bien de se sentir aimé. On a trop facilement tendance à oublier que nos parents sont prêts à tout pour nous et qu'ils nous aiment plus que tout. Et réciproquement. Tout ce qui s'est passé ces derniers mois nous a permis d'en prendre conscience à nouveau, et chacun de nous le savoure.

Je devrais normalement pouvoir sortir dès le lendemain et Alexia va venir s'installer à l'appartement avec moi. Nina va donc rester chez Lily et Austin. Ça m'embêtait un peu, et ma copine encore plus, de la mettre quasiment à la porte. Mais elle nous a assuré que ça ne la dérangeait pas et mes amis sont aussi très contents de l'avoir chez eux. Enfin cette situation ne pourra pas durer indéfiniment. Et il va me falloir beaucoup de temps avant que la maison d'Alex ne soit de nouveau habitable. Austin me montre des photos de la demeure et il règne un silence de mort dans la chambre quand nous entendons trois petits coups à la porte. C'est l'agent Rossi, qui vient, je pense, me poser des questions supplémentaires. Un de ses collègues a déjà pris notre déposition hier après mon réveil. Il salue tout le monde et reste près de la porte, malgré mon invitation à s'asseoir.

— Je ne peux pas rester longtemps. Je voulais vous tenir au courant des derniers évènements. Le dernier en date, et pas des moindres, est que nous avons mis la main sur M. O'Brian.

Un cri de joie résonne dans la chambre, mes amis clament leur soulagement et à juste titre. Seuls Alexia et moi restons silencieux, attendant péniblement la suite. Il m'en faudra un peu plus pour crier victoire.

— Où était-il ? demande-t-elle.

— Perdu en rase campagne. Il marchait et tentait de rejoindre la ville voisine. Un automobiliste l'a reconnu d'après son signalement qui est passé aux informations, et il nous a transmis sa position.

— Qu'est-ce qu'il foutait à pied en pleine cambrousse ? interroge Eddy.

— Nous avons retrouvé son propre véhicule garé pas très loin de chez vous. Je ne sais pas pourquoi mais il s'est enfui avec votre Chevrolet, Mlle Grimm. Il est apparemment tombé en panne. Pas de chance pour lui.

Austin se met à rire alors qu'Alexia me regarde avec une mine consternée. Elle semble fouiller dans sa mémoire un instant et elle fait volte-face vers le policier.

— Ses clés. J'ai marché sur un trousseau de clés en sortant de la maison en flammes. Il a dû perdre ses clés. C'est pour ça qu'il a pris ma voiture.

Je suis heureux qu'Alex ait gardé la vieille Nova de son père. Si elle avait eu une voiture flambant neuve comme je le lui avais conseillé, ce type aurait pu se barrer au

Mexique sans le moindre problème. Il aurait pu revenir n'importe quand, et dans tous les cas, nous aurions toujours vécu avec la boule au ventre. Mais aujourd'hui il est entre les mains de la police. J'espère que ce connard va croupir en prison. Lily doit lire dans mes pensées car elle demande exactement la même chose à l'agent Rossi.

— Dites-nous qu'il va finir enfermé avec pour seule compagnie un gros poilu qui lui fera des câlins tous les soirs ?

Le policier sourit mais nous fait signe que non.

— Reese O'Brian est mort. Lorsque nous avons voulu l'interpeller, il a sorti une arme. Ce genre d'individu… il était fou, mais pas idiot. Il savait ce qui l'attendait. Il s'est jeté sur nous et il est décédé sous les coups de feu de quatre policiers, dont moi. Vous n'aurez plus jamais à entendre parler de lui. C'est terminé.

Un sanglot déchirant sort alors de la gorge d'Alexia. Je pense qu'elle n'y croyait pas trop. Elle pensait qu'encore une fois il s'en sortirait, et qu'il reviendrait nous le faire payer. Mais cette fois-ci, tout est bel et bien fini. À présent, elle est libre. Elle se jette dans mes bras et j'accuse le coup contre mon torse sans rien dire parce que nous avons tous les deux besoin d'être ensemble, juste comme ça, l'un contre l'autre. Mon nez plongé dans ses cheveux, je hume son parfum de pomme alors que ses larmes coulent sur mon torse nu. Je vois du coin de l'œil nos amis, notre famille, qui se prennent dans les bras. Tout le monde va enfin pouvoir revivre. L'agent Rossi se racle la gorge et nous nous tournons tous vers lui, un peu gêné.

— Je suis désolé de vous embêter encore, vous avez tous besoin de vous retrouver et de savourer cette nouvelle. Cependant, il reste un dernier point que je devais éclaircir avec vous. Une personne s'est présentée à nos locaux cette nuit. Avec des informations capitales. Et elle souhaitait vous parler aujourd'hui. Donc si vous êtes d'accord…

Alexia et moi hochons la tête et l'officier se tourne vers la porte qu'il ouvre en grand. Derrière se trouve la dernière personne que nous aurions pensé voir ici : Bonnie.

*

Elle n'a rien à voir avec la fille que nous avons vue dernièrement. Toujours la même tenue voyante et trop moulante, oui, mais son maquillage a coulé, elle a de grands cernes sous les yeux et son visage d'habitude hautain et revanchard est à présent envahi par le remords. Bonnie s'avance doucement mais reste près du policier, qui lui fait un sourire d'encouragement. Sa voix est à peine un murmure quand elle ose enfin nous regarder en face.

— Salut. Je… Je ne sais pas trop par où commencer. Je ne sais pas s'il est possible que vous me détestiez encore plus mais… on va vite le savoir.

Elle rit jaune mais son visage s'emplit de larmes alors qu'elle dévisage Alexia, puis moi dans mon lit d'hôpital. Ses yeux se perdent un instant vers Austin mais c'est surtout Lily qu'elle fixe. Et pour une fois, ses yeux ne sont pas remplis de haine. Pour un peu, je la plaindrais presque. Elle passe une main lasse sur son visage puis se lance, la peur au ventre.

— Il y a quelques jours, un mec est venu me voir. Brun, bien foutu, plutôt beau gosse. Il m'a dit qu'il était ton ex, Alexia. Et que tu l'avais trompé avec Matt. Il voulait se venger.

— Reese, murmure Alex.

Bonnie hoche la tête et ses yeux dévient de nouveau vers Lily avant de revenir vers nous.

— Il m'a payé des verres au *Vibe*, on a discuté. Il m'a dit à quel point tu l'avais rendu malheureux, comme il se sentait trahi. On a évoqué mes propres déboires, dit-elle en grimaçant.

Austin se met à rire en l'observant froidement, la colère suinte par tous les pores de sa peau. Bonnie déglutit difficilement avant de reprendre son récit :

— Il m'a proposé de l'aider. Il m'a dit de venir au garage, et de faire une scène, d'affirmer qu'il se passait quelque chose entre Matt et moi. Je pensais qu'il voulait juste foutre la merde et te blesser. Je n'ai pas réfléchi, tout ce que je me disais, c'est que ça me permettrait de vous atteindre, moi aussi. De vous faire du mal. Alors j'ai accepté.

— Il s'est avéré que M. O'Brian avait tout prévu. Dès que vous êtes sortie du garage, il vous est tombé dessus, affirme Rossi.

Alexia m'a en effet raconté que Reese l'avait kidnappée dès qu'elle était sortie. Il l'avait enfermée dans sa voiture, puis l'avait emmenée chez elle, l'avait obligée à porter cette nuisette vulgaire, et ensuite il m'avait envoyé le texto. Tout était bien calculé dans son cerveau malade. Nous avions cru qu'il avait eu un coup de chance, qu'il attendait le moment propice. Mais Bonnie lui a servi Alexia sur un plateau.

— Quand j'ai vu ta maison en flammes aux informations le soir, je suis allée au commissariat pour tout leur avouer. Je suis désolée, Alexia. Il ne s'est jamais rien passé entre Matt et moi, je te le jure. Je ne pensais pas que les choses iraient si loin, qu'il tenterait de vous tuer. Je te demande pardon. À tous, je vous demande pardon.

Un silence de plomb accueille cette révélation. Nous nous regardons tous, abasourdis, et blessés aussi. Elle a effectivement réussi son coup si c'est ce qu'elle voulait. Seule son ex-meilleure amie garde les yeux rivés au sol, mais je la vois refouler ses larmes difficilement. Austin lui prend la main mais elle ne semble même pas s'en apercevoir. Finalement l'agent Rossi nous dit qu'il vaut mieux à présent qu'ils partent ; il nous contactera prochainement pour prendre de nos nouvelles. Bonnie fait mine de le suivre, la tête basse, quand Lily se précipite sur elle et lui attrape le poignet. Elle la retourne vivement vers elle et le policier est sur le point d'intervenir mais Lily lâche son ancienne amie et la regarde avec tellement de peine dans le regard que je me sens terriblement mal pour elle.

— Tout ça pour nous faire du mal, à Austin et moi ? Tu te rends compte qu'ils ont failli mourir !

— Je sais. Je suis désolée.

— Ce n'est pas suffisant d'être désolée. Tu me détestes à ce point ? souffle-t-elle.

Bonnie essuie sur sa joue une larme qui lui a échappé. Contre toute attente, elle s'approche de Lily et dépose un baiser sur son front. Cette dernière fronce les sourcils en portant une main sur sa bouche, pour retenir ses sanglots.

— Je ne te déteste pas, Lily. Pas du tout.

Et sur ce, Bonnie quitte la pièce, nous laissant tous dans une incompréhension totale.

Quelques heures plus tard, je me retrouve seul avec Alexia, tous les autres étant rentrés chez eux. Dehors, le jour décline et je suis content de passer ma dernière nuit ici. La bouffe est infecte et j'ai autant mal au dos dans ce lit que dans l'ancien plumard minuscule d'Alex. Elle est pelotonnée contre moi, sa tête sur mon épaule, une main juste en dessous de ma blessure.

— Je suis tellement heureuse que tout soit terminé,

m'avoue-t-elle, mais une partie de moi a encore peur de me réveiller demain et qu'il soit là.

— C'est impossible, trésor. Il est six pieds sous terre.

Elle se relève et s'appuie sur son coude, une lueur de panique dans le regard.

— Et si c'était comme dans les films d'horreur ? Tu sais quand on croit que l'assassin est mort et qu'en fait il se relève et que tout le monde sursaute à s'en faire péter le palpitant ?

Je passe une main sur sa joue toute douce puis mes doigts se perdent dans ses cheveux pour la rapprocher de moi. Mes lèvres à quelques millimètres des siennes, je murmure :

— Alex, c'est fini. Il ne reviendra jamais. Le seul qui va faire exploser ton cœur, c'est moi. Tu vas tellement m'aimer qu'il va gonfler comme un ballon.

— Je déborde déjà d'amour pour toi, me dit-elle dans un sourire coquin.

— Tant mieux alors. Parce que moi aussi. Et ce putain de Reese va se retourner dans sa tombe quand il verra que je fais de toi la femme la plus heureuse de la terre.

— Tu me le promets ?

— Je le jure sur nos cœurs obèses.

Elle se met alors à rire. Un vrai rire, comme je n'en avais pas entendu depuis bien trop longtemps. Et mon cœur grossit encore un peu plus. Parce qu'Alexia a cet effet-là sur moi. De bien des manières, elle me gonfle, mais j'aime ça. Je l'aime, elle.

Épilogue

Une semaine plus tard…

ALEXIA

— Je déteste ton appartement !

— Et on peut savoir ce que tu lui reproches ?

— Il est trop petit, voilà ce qu'il a !

Assise à terre, une main sur le genou, je frotte ma jambe endolorie après la chute spectaculaire que je viens de faire. En patinage artistique, on doit appeler ça un triple lutz, ou quelque chose comme ça. Sauf qu'au lieu de me réceptionner gracieusement, je me suis vautrée comme une merde. Matt arrive et me regarde avec ses grands yeux bruns, un léger sourire aux lèvres.

— Qu'est-ce que tu fiches à terre ?

— Je me suis pris les pieds dans Polochon.

Comme il a entendu son nom, notre gros rottweiler se met à grogner et se tourne sur le flanc, totalement insensible à ma douleur. Il se remet doucement mais sûrement de ses blessures, ce qui est un soulagement. Le pauvre doit tout de même supporter une Juliet ultra pot de colle qui a du mal à comprendre que son partenaire de jeu est en convalescence. J'ai d'ailleurs le même problème avec

Matt. J'ai hâte qu'il se remette totalement de sa plaie par balle afin que nous puissions nous aussi reprendre nos… jeux. Il me tend la main pour m'aider à me relever et je grimace alors que mon genou me lance.

— Il va falloir te faire à ce petit espace, ma belle, parce que ta maison ne sera pas prête de suite.

— Je sais…

Je souffle, mais pas tant à cause de la petitesse de l'appart, qui ne me dérange pas vraiment en fait. C'est surtout mon chez-moi qui me manque. C'est la maison de mes parents, j'y ai passé toute ma vie, et alors que nous avions pratiquement fini les travaux, voilà qu'elle part en fumée. Tout ça n'est que matériel, bien évidemment, rien en comparaison de ce que Matt et moi avons subi, ainsi que mon héros de Polochon. Mais ça reste dur à avaler, et j'espère sincèrement que Reese croupit en enfer.

— Tu crois qu'on pourra la remettre en état ? Les dégâts sont vraiment importants.

— Mon père et moi allons aller voir ça demain, mais je t'ai promis que je ferai tout pour que tu retrouves ta maison et je tiens toujours mes promesses.

Je me blottis dans ses bras, heureuse de l'avoir alors que j'ai eu si peur de le perdre il y a quelques jours. Plus de tergiversations, aucun doute, Matt est à moi et nous allons passer notre vie ensemble. Je ne sais pas pourquoi il nous a fallu autant de temps pour nous en rendre compte, tant ça semble évident aujourd'hui. Nous sommes faits l'un pour l'autre et je ne compte plus passer une seule journée loin de lui.

— Pas ma maison, mais la nôtre.

— C'est une demande, mademoiselle Grimm ?

— Tout à fait. J'aimerais que tu viennes t'installer avec moi, quand on aura réparé la maison. Si ça te va ?

Il me serre plus fort contre lui et frotte son nez contre le mien avant d'embrasser délicatement ma joue.

— Je ne voyais pas les choses autrement. J'ai même déjà promis à Nina de lui laisser mon appartement.

— Et si je n'avais pas voulu vivre avec toi ? dis-je pour le taquiner.

— Trésor, comme si tu avais le choix ?

Il n'a pas tort, je suis toute à lui, et il est tout à moi. Il me prend sur son épaule, faisant fi des recommandations des médecins qui lui ont demandé de se ménager. Puis il me jette sur le canapé avant de se laisser tomber sur moi de tout son poids. J'expire lourdement et il aspire mon souffle entre ses lèvres. Son baiser est puissant, ardent, à son image. Sa langue caresse la mienne et je passe le bout de mes doigts sur ses abdos. Je le sens frissonner et il se détache de moi à contrecœur, collant son front au mien.

— Je t'aime, Alex.

— Je t'aime aussi.

Un amour sincère, pur, rien à voir avec ce que j'ai pu partager avec Reese. Un amour qui me rend heureuse comme jamais. Et qui durera toujours.

LOVE HURTS

ELLIE ACH

Depuis le décès tragique de son fils, la vie d'Ally n'a plus aucun sens. En dépit du soutien inconditionnel de ses proches, elle n'est plus que l'ombre d'elle-même. Jusqu'à sa rencontre avec Sam, barman dans un club à la mode. Derrière sa carrure de colosse se cache en réalité un jeune homme fragile. Il est lui aussi hanté par de terribles fantômes : élevé par un père violent, Sam craint d'avoir hérité de son tempérament agressif. Et pour éviter de commettre l'irréparable, il refuse de s'engager dans la moindre relation sérieuse. Pourtant Ally va ébranler toutes ses résolutions et, pour elle, Sam se sent enfin capable de dominer ses pires instincts. Mais guérir les blessures infligées par le passé n'est pas si facile, surtout pour deux êtres aussi torturés…

Face aux tourments de la vie,
l'amour est leur seul refuge.

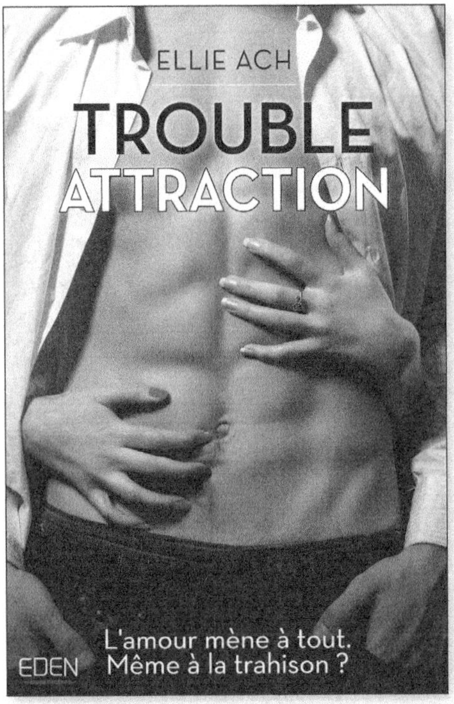

TROUBLE ATTRACTION

ELLIE ACH

La seule personne qui compte pour Lily June, c'est sa meilleure amie, Bonnie. Elles se connaissent depuis des années et forment un duo qui se complète parfaitement : si Lily est une petite brune réservée, Bonnie est une grande blonde délurée. Mais cette belle entente est sur le point d'éclater quand, à son retour de vacances, Lily découvre que sa copine, habituée aux coups d'un soir, a enfin trouvé le prince charmant ! Et il faut dire qu'Austin ne manque pas de qualités : le jeune homme au regard troublant est beau, bâti comme un dieu, drôle... Et le problème, c'est qu'entre Lily et Austin, l'attirance est immédiate. La jeune femme se sent terriblement coupable. Impossible de succomber et de trahir sa meilleure amie. Mais dans la vie, on ne fait pas toujours ce qu'il faudrait, surtout en matière de sentiments…

Entre l'amour et l'amitié, son cœur balance.

city-editions.com/EDEN

Achevé d'imprimer en juillet 2019
sur les presses de la Nouvelle Imprimerie Laballery
58500 Clamecy
Dépôt légal : août 2019
Numéro d'impression : 907494

Imprimé en France

La Nouvelle Imprimerie Laballery est titulaire de la marque Imprim'Vert®